从一粒微尘中窥得日月 在异世中寻找完美世界

辰东超高人气幻想之作 千万读者热烈追捧

完美世界

辰东◈著

定价
29.80元/册

小千世界 深渊激战 祭坛通道 再起冲突

《完美世界》第1～19册全国火热销售中！

异人崛起

6

辰东 著

时代出版传媒股份有限公司
安 徽 文 艺 出 版 社

图书在版编目（CIP）数据

异人崛起.6/辰东著.—合肥：安徽文艺出版社，2019.5
ISBN 978-7-5396-6606-8

Ⅰ.①异… Ⅱ.①辰… Ⅲ.①长篇小说—中国—当代
Ⅳ.①I247.5

中国版本图书馆CIP数据核字(2019)第040183号

YIREN JUEQI 6

异人崛起6

辰东 著

出 版 人：朱寒冬
责任编辑：胡　莉　张　磊　　装帧设计：田星宇　曹希予

出版发行：时代出版传媒股份有限公司　www.press-mart.com
安徽文艺出版社　www.awpub.com
地　　址：合肥市翡翠路1118号　邮政编码：230071
营 销 部：(0551)63533889
印　　制：湖南天闻新华印务有限公司　(0731)88387856

开本：710×1010　1/16　印张：18　字数：300千字
版次：2019年5月第1版　2019年5月第1次印刷
定价：32.00元

异人崛起 6

CONTENTS

/目 录/

001 第126章 夜斩十王

015 第127章 震惊天下

026 第128章 悠然精进

035 第129章 挣断枷锁

045 第130章 再临嘉西

055 第131章 绝世白衣

068 第132章 形意

079 第133章 勇猛无敌

091 第134章 宝贝

103 第135章 群王会集

113 第136章 战神斩诸王

124 第137章 谁能阻

136 第138章 风波未平

146 第139章 举世皆惊

CONTENTS

目 录

160 第140章 天地再次剧变
173 第141章 坐骑
185 第142章 通古联盟
198 第143章 整体战力增强
209 第144章 地外文明所
220 第145章 场域
231 第146章 绝世争锋
243 第147章 位列东方十大强者
253 第148章 千星藤
263 第149章 海陆大决战
274 第150章 神秘空间

第126章

夜斩十王

夜空中，一轮明月高挂。月光如水，洒落山林中，让山林仿佛缭绕着薄雾，显得素淡而朦胧。

这里地势起伏，长着一棵又一棵巨树，山林中，原本的猿啼虎啸声已经消失了，只剩下一片寂静。

楚风站在那里，手持金刚琢，身上血迹斑斑，但难掩他的英气。在月光下，他身体发光，双目如电。虽然身负重伤，但他现在毫不在意，瞳孔中射出光芒，逼视所有王级强者。

谁都会惜命，王级强者也不例外。听到楚风冷冷的话语，没有一个王级强者敢轻举妄动，谁都不愿意第一个出手。

如今，楚风的金刚琢可谓诸王尽知，连南域海黑龙太子都挡不住，被砸得身受重伤，谁敢轻视他的这件武器？

一股恐怖的气息弥漫在山林中，激荡着整片山林，令大树上的叶片簌簌坠落。

王级强者很多，虽然还没有强者出手，但是恐怖气息弥散开来，一场惊世大战随时会爆发！

诸王沉默，这不是在害怕，而是在酝酿致命的一击。诸王很有默契，彼此对视，做好同时攻击的准备。

远远望去，这片山林中有二三十道庞大的身影，这些身影被月光勾勒出银白色的轮廓，极其骇人。

八十米高的黑猿王浑身长着浓密的长毛，目光森冷，嘴中露出雪白的獠牙，如同一尊魔神。

金雕王化形成一个披散着金色长发的男子，手持雪亮的长刀，杀气腾腾。

足有三十米长的山猫王长毛竖立，瞳孔绿油油的，随时准备扑击而出。

身穿金属盔甲的几个人类王级强者则分别立于四方，眸子中的光束如火炬般。

“上！”几乎在同一时间，各方的王级强者大吼，径直向前冲去。刹那间，这片地带刀光剑影，雷电交加，光焰耀目，景象非常骇人。

正面，八十米高的黑猿王力大无穷，抓起一块足有十米长的巨石，向着楚风猛力砸去。

“轰！”

空中发生了大爆炸，挣断了五道枷锁的黑猿王所砸出的石块速度超越声速，瞬间荡起恐怖的气流，将楚风罩在下方。

“哧！”

金雕王化成人形后，十分英武，身高在一米九左右。此时，金雕王仿佛一道金色的闪电，几乎是瞬间，就到了楚风近前。金雕王手持那柄雪亮的长刀，发出十几米高的光芒，向楚风径直劈去。

“喵！”

山猫王浑身皮毛璀璨，挥动一双大爪子，封住楚风的左侧，寒光无比耀眼。

“咔嚓！”

身穿金属盔甲的人类王级强者连头和脸都被头盔盖住，只露出一双眼睛。此时，其中一人挥动手中的紫色金属锤，发出一道巨大的雷电，从右侧攻向楚风。

白狐王眉心发光，尖叫声很刺耳，这是在使用强大的精神能量干扰楚风，对楚风发动猛烈的精神攻击。这种生物跟黄鼠狼一样在民间有“大仙”的称号，精神力天生强大。

天空中一只鹞子王身体发光，直接俯冲下来；而地下一只山鼠王在打洞，准备从地下袭击楚风。

……

就这么一瞬间，这片地带的所有王级强者都动了，使出各自最强大的手段，围攻楚风。

这么多王级强者出手，楚风真要与其硬碰硬的话，必死无疑，而且金刚琢只有一枚，他要打向谁？他只要出手，就会失去金刚琢，从而死在这里。

王级强者太多，而且全都攻向楚风，让楚风连手脚都施展不开。有大半王级强者占据了有利的地势，准备对楚风发动第二击。

“砰！”

生死攸关之际，楚风的身体如同一个陀螺般旋转，他用双脚踏碎山地，而后以赤色飞剑掘地，直接钻入地下。

地下传来一阵惨叫声。八米长的黑色的山鼠王身体健硕，满嘴锋利的雪白牙齿，想要从地下冲起，袭击楚风，却被楚风先一步用赤色飞剑刺中，直接殒命。

“轰！”

土石崩开，楚风从这片地下天然的岩洞中一路向前冲去。不管怎样，他已经避开了众王级强者刚才的致命一击。

就在那片山地中，黑猿王掷出的巨石轰然砸落到地下的岩洞中，直接砸在了山鼠王的身上。同时，金雕王手中雪亮的长刀迸发出夺目的光芒，划破虚空，斩中楚风的残影。

其他王级强者的攻击也全部落空，没有一个命中目标。

“楚风，你走不了！”有王级强者大喝。

“轰！”

地下传来巨大的爆炸声，居然有人带着激光武器，先一步潜入地下，对楚风发起致命的攻击，与此同时，岩洞崩裂开来。

山地碎裂，楚风挣脱土层，冲了上来。

“砰！”

最为难防的是雷电，那个手持紫色金属锤的人类王级强者再次挥动紫色金属锤，一道电光激射而出，劈中楚风，让他一个踉跄，肩头焦黑。

“楚魔王，你死定了！”这一刻，黑猿王很威猛，掌心猛然发出黑色的烈焰，拍向楚风。

“打！”楚风稳住身体，落地的刹那再次跃起，猛力转动右手中的金刚琢，向着黑猿王拍来的手掌打去。

这一刻，很多异类王级强者心惊不已，人类王级强者的眼中也光芒大盛，诸王都死死地盯着金刚琢，只要这件武器飞出去，诸王就会立刻争抢。

只有黑猿王的眼中略微现出慌乱之色，它想横移躯体，但为时已晚，它的手掌甚至都收不回来，因为此时，它的手掌已经拍到楚风近前。

楚风跃起后才转动金刚琢，直到靠近那只巨大的手掌，这才松开手，将金刚琢以数倍于声速的速度砸出。

金刚琢一下子比太阳还要璀璨，那是楚风注入的能量在其中激荡，它瞬间变得恐怖起来。而且，金刚琢是由上而下砸出的，不会飞向远方。

“噗！”

金刚琢旋转着，击中黑猿王的那只手掌。

“啊——”

黑猿王惨叫着，踉跄着倒退，强如挣断了五道枷锁的黑猿王，也在这一次的碰撞中身受重伤。

“轰！”

金刚琢穿透地面，没入地下，因被岩石所阻，加之先前与黑猿王的手掌碰撞了一下，因此只没入地下百余米深。

只听“嗖”的一声，楚风运转精神能量，将金刚琢收了回来。

几乎在同一时间，楚风横移身躯，避过了身后金雕王那雪亮的长刀的猛力一击，而后他祭出赤色飞剑，直击天空中的那只鹞子王。

鹞子王原本目光冷厉，张开翅膀，正朝楚风俯冲而来，并且伸出爪子，抓向楚风，现在却觉得毛骨悚然，浑身羽毛竖立。它疾速改变方向，想避开楚风的赤色飞剑。

“噗！”

还是晚了，楚风的赤色飞剑如同一条红色的蛟龙般，刺中了鹞子王的胸膛。

“扑通”一声，鹞子王一头栽落下来，横尸地上，这是楚风在这里拼命后除掉的第二个王级强者。

“轰！”

此时，楚风祭出了那颗形似宝瓶的种子，“宝瓶”喷出上百道璀璨的剑芒，射向金雕王。

“当当当——”

金雕王用长刀抵挡，剑光迸放，火星四溅。这一切都发生在电光石火间，让人眼花缭乱。

楚风身经百战，哪怕身陷危局中，也能迅速反应，捕捉到战机，分步骤地对付这里的王级强者。但显然，面对这么多王级强者，他哪怕一时取得了惊人的战果，也还是很危险。

就在这一刻，雷电再次爆发，那个人类王级强者手中的紫色金属锤激射出雷电，劈在他的身上。

“砰！”

同一时间，躲在荆棘后面的穿山甲王猛力跃起，直接撞中楚风，让楚风横飞而出。

“喵！”

挣断了四道枷锁的山猫王一声嚎叫，同时挥动一双锋利的大爪子，将楚风罩在大爪子下方。

“轰！”

楚风抬起左手，催动雷电符号，使用天师降妖术，将山猫王的大爪子打得血肉模糊，彻底焦黑。

山猫王惨叫不已，而后跳跃出去，压碎一片山林。

同一时间，楚风盯上那个手持紫色金属锤的人类王级强者，眼中冒出寒光，朝他冲了过去。同为人类，那个人数次对他出手，伤到他的身体，他想先解决那个人。

“轰！”

楚风扬起左手，使出天师降妖术，催发出雷电。雷电威力惊人，速度极快。

“砰！”

那个手持紫色金属锤的人类王级强者没能躲开这一击，被雷电劈得横飞而出。但不得不说，他手中的紫色金属锤非常惊人，此刻正在快速地吸收他身上的电光，化解他的危难。

“真是耻辱，这么多王级强者还被他一个人威慑，我们一起斩了他！”黑猿王怒吼。它吃了大亏，断掉一只手掌，自然早已暴怒。

“说得没错，虽然同为人类，但我们看不惯他，我们一起斩了他！”那个手持紫色金属锤的人类王级强者喝道，他身边的几个人类王级强者都随声附和。

“上！”金雕王大吼，手持长刀朝楚风扑去。

……

一时间，诸王齐动，再次向楚风发起猛攻。

楚风怒极，异类王级强者联手对付他也就罢了，竟然还有人类王级强者围攻他，虽然他不知道那些人类王级强者的具体身份，但是仔细想来，他们必定与那些大财团有关。

此时，楚风咆哮着，猛地抬头，眼中顿时迸发出两道光焰，宛若火炬在焚烧，照亮整片山林。

“既然你们找死，我就成全你们！”

这一刻，楚风没有选择的余地，迫不得已之际，他动用了自身最强大的力量，刹那间，他身上的伤口全部崩开，心脏那里更是一阵剧痛，让他的脸色变得苍白。

只听“嗖”的一声，楚风的速度已经达到了极限，快到令人不可思议的地步。

“你在说疯话，死！”黑猿王大喝。它认为楚风已是强弩之末，也只有手中的金刚琢是个威胁，不然，楚风早该被众王级强者解决了。

然而下一刻，黑猿王瞳孔骤然收缩，面露惧意，因为这一次楚风一跃数十米高，又是冲着它来，直接跟它对掌。此时的楚风将大力牛魔拳与蛟魔拳融合起来，拳头闪闪发光，威力大增，十分惊人。他放开手脚后，不计后果，不计代价，要在这里进行一番大战。

“砰！”

黑猿王巨大的手掌被楚风的拳头打中，楚风落在它的身旁，而后一跃而起，击向它的脑袋。

“啊！”

黑猿王试着躲避，张口喷出一团黑色烈焰，欲焚烧楚风。

“哧！”

楚风以精神能量在半空中移动躯体，而后猛力扑了过去。

“砰！”

楚风一拳击在了黑猿王的额头上，令黑猿王倒地而亡。但同一时间，楚风咯血，心脏疼痛，胸膛部位的伤口撕裂，他无力地向地上滑落而去。

“喵！”

山猫王大叫，认为机会到了，于是向前扑击。

“哼！”

楚风一声冷哼，眼中光芒大盛，催动赤色飞剑，斩向山猫王。山猫王惨叫一声，被赤色飞剑斩中。

楚风滑落在地后，施展神足通，“砰”的一声，踏向山猫王，直接让山猫王毙命。

所有王级强者都毛骨悚然，谁都能看得出，楚风已是强弩之末，却还能连斩两大王级强者，这不得不让人忌惮。

“嗖！”

在众王级强者一起出手时，楚风贴地而行，向那个手持紫色金属锤的人类王级强者扑去。

“砰砰砰——”

在这个过程中，一些王级强者同时出击，发出的能量光束打在楚风的身上，令他伤势更重。

但是，楚风认准了那个手持紫色金属锤的人类王级强者，径直冲到他的近前，全力出手，哪怕背后挨了一记猴拳，肋骨挨了一记狐爪，楚风也没有停下。

那个人类王级强者目光森冷，催动紫色金属锤，发出道道雷电，向楚风轰击而去。与此同时，楚风也催发出雷电，两者间发生了一场剧烈的爆炸。

“砰！”

楚风在身上带着电光、负了重伤的情况下，一拳击中了那个人类王级强者的躯体，让他横飞而出。

“噗！”

同时，楚风祭出赤色飞剑，将那个人类王级强者的一条手臂斩落下来。

“嗖！”

那个人类王级强者反应迅速，生命力顽强，直接跃起，而后倒飞出去。

楚风旁边还有几个人类王级强者，此时他们全都出手，有一人甚至使用激光武器，将楚风生生逼退。

“他快完蛋了，生命力正在枯竭，我们一起对付他！”有强者大喝。

异类王级强者、人类王级强者再次疯狂出手。

所谓的对付楚风，不是指立刻要他的性命，而是指让他彻底失去战斗力。诸王之所以出手，是因为觊觎他的绝世呼吸法。尤其是经历过这一战，诸王更切身体会到这个楚魔王究竟有多么恐怖，楚风口鼻间白雾弥漫，那绝对是他在运转绝世呼吸法，此时，诸王的眼神变得更加热切了！

“轰！”

那只穿山甲王跃起，通体呈淡金色，鳞片坚固，朝着楚风撞来。

“砰！”

楚风要应付的敌人太多，无法全都防范到，所以被穿山甲王撞中，整个人横飞而出。楚风目光冷厉，因为穿山甲王已经不是第一次偷袭他。

“轰！”

在横飞出去时，楚风抬起左手，使出天师降妖术，雷电交加，其中一道雷电劈中十几米长的穿山甲王，顿时令它上下翻飞，身体焦黑。

不得不说，穿山甲王鳞片坚硬，生命力顽强，它坠落在地上后，一骨碌就爬了起来。

只听“噗”的一声，金雕王化成的男子手持那柄雪亮的长刀，从一侧劈来，楚风躲避得稍微慢了一步，又被伤到了。这一次，他伤得有些重。他坠落在地，身体踉跄，感觉到一阵刺骨的剧痛。

“砰！”

一个人类王级强者速度非常快，跟几个异类王级强者一同逼近楚风，一拳砸在楚风的后背上，凶猛而霸道。

楚风被打得身体前倾，险些倒在地上，双耳内更是嗡嗡作响。片刻间，他接连遭受重创，在生死边缘徘徊。

这里有二十个以上的王级强者，而楚风只是一个人，他原本就身负重伤，生命力在枯竭，还怎么可能击败这么多王级强者?

“楚风，只要你交出绝世呼吸法，我等可以饶你一命！”就在这时，那只白狐王开口了。白狐王虽然没有与楚风近身搏斗，但也不是什么善类，倚仗自身精神力的强大，在关键时刻干扰楚风，让他多次陷入险境中。

“交出绝世呼吸法，我等便放你一马！”金雕王也开口。此时，金雕王正提着长刀，双目逼视着楚风。

“各位不用着急，我们先斩伤他的腿，避免他逃走，接下来，我们可以慢慢逼问绝世呼吸法。”那个手持紫色金属锤的人类王级强者开口。不久前，他断掉了一条手臂，哪怕穿着由稀有金属炼制的盔甲也没能挡住楚风的赤色飞剑，此时，他的眼中寒光闪烁。

“不错，楚魔王太危险，先斩伤他的腿或者手臂，再谈绝世呼吸法也不迟！”另一个穿着银色盔甲的人类王级强者开口。

此时战斗暂缓，楚风避过了几次猛攻，擦了一把嘴角的血，目光森冷，凝视着那几个人类王级强者。

那几个人类王级强者真是狠毒，比异类王级强者还要可恨，竟要对他下这样的毒手。楚风怒气冲天，恨不得立刻除掉他们。

“楚风，你也不用担心，只要你肯配合，我们不会要你的性命。”有王级强者说道。

“交还是不交?”性子比较急躁的金丝猴王喝道。

“法不传六耳。你们哪个势力最强，我可以考虑把绝世呼吸法交给哪个势力。”楚风说道。

“呵呵，别费心思了，在让你彻底失去战斗力之前，我们都会默契配合。诸位不要浪费时间，早点解决他。”那个手持紫色金属锤的人类王级强者冷笑道。同时，他在倒退，尝试使用神秘能量，将断臂接上。

“动手吧，诸位不要犹豫，不用担心不小心打死了他，王级强者生命力顽强，只要给他留一口气，他就能活着，我们就可以逼问出绝世呼吸法。”那个穿着银色盔甲的人类王级强者说道。

楚风越发觉得那几个人类王级强者比异类王级强者还可恶!

虽然同为人类，但这些人类王级强者觊觎他的绝世呼吸法，而且发起狠来，毫无人性可言，狠毒程度远超那些异类王级强者。

“那就动手吧！”金雕王喝道。金雕王是挣断了五道枷锁的禽王，实力强大，有一定的话语权，在金雕王的带领下，大战再次爆发。

“轰！”

这片地带光芒闪耀，火焰冲天，超自然力澎湃，宛若神话大战再现。

楚风的状态很糟糕，他刚才强行使用自身最强的力量，接连诛灭了黑猿王和山猫王，体力消耗太大，而且他心脏处的伤口再次裂开，精血损耗严重！

他现在极其疲累，非常虚弱，仿佛失了锐气、少了锋芒，让人感觉他随时会倒下去，这实在是因为他体力透支得太厉害，伤势过重。

“楚魔王，难道你就这么一点能耐吗？跟个病秧子一样！早就听闻你的大名，可今日一见，实在令人失望。”野猪王奚落他。

楚风冷冷地看着野猪王，真是虎落平阳被犬欺，现在连野猪都在笑话他。野猪王自然是故意的，谁都知道楚风伤得有多重。此时，野猪王咧着大嘴，露出两根可怕的獠牙，如一辆装甲车般“轰隆隆”奔跑起来，向着楚风撞去。

“哧！”

楚风祭出赤色飞剑，向野猪王斩去。

“当！”

野猪王猛然摆头，用那两根雪亮而锋利的獠牙直接撞开了赤色飞剑。

“楚魔王，你太没用了，拿柄破剑给本王挠痒痒吗？”野猪王嚣张地叫道，故意气楚风。

“轰！”

野猪王直直地冲过来，踏裂地面。

楚风闪身避过，他眉头紧皱，自己的肉体状态现在很糟糕，连精神能量也衰减了，赤色飞剑的威力随之锐减。当然，这跟那只白狐王的精神干扰有关，不然，刚才赤色飞剑的威力不至于那么弱。

“噗！”

一朵血花溅起。金丝猴王动作十分敏捷，快如闪电，在楚风的后背上抓了一道可怕的伤口。

“呵呵！”白狐王在笑。

楚风冷冷地看了白狐王一眼，他得尽快地解决白狐王，因为它总是在关键时刻针对他，刚才正是因为它对他进行精神干扰，他反应慢了一步，才会被金丝猴王袭击得手。

“各位加把劲，废掉楚风的时刻到了，我们一同得绝世呼吸法。”那个手持紫色金属锤的人类王级强者说道。此时，他的手臂发光，他竟真的暂时将断臂接上了。

楚风眼底的光芒一闪而过，他准备再次使用最强力量，虽然那样他的心脏负担会更重，但是他没有选择的余地。

楚风祈祷自己的心脏千万不要彻底裂开。下定决心后，他没有急于爆发，而是想选择一个最佳机会，给予对方重创。而且，这一番大战后，他准备突围，或许大战的景象足够骇人，能暂时震慑住这些王级强者！

“楚魔王，你太弱了，本王解决你来了！”野猪王面带轻蔑之色，再次向楚风挑战。此时，野猪王狂奔而来，其他王级强者也纷纷出手。

楚风盯上那只庞大的野猪王，又看向白狐王和远处的穿山甲王，这三只兽王即将在一条直线上。

这一刻，楚风不计后果，再次使用最强力量，转动金刚琢，“轰”的一声，将金刚琢砸了出去。

野猪王的身躯瞬间僵住，它恨不得立刻改变方向逃走，但是为时已晚。

“怎么可能？！”野猪王有些不敢相信，这个虚弱至极的楚魔王怎么突然间又生龙活虎，爆发出至强的力量来？

“噗！”

金刚琢打中野猪王的躯体，又飞了出去。它的速度虽减，但依旧超过了声速。

白狐王原本还在笑，准备再次使用精神能量干扰和暗算楚风。可是这一刻，它惊悚不已，眼睛大睁，因为金刚琢猛然砸出，先是打中了野猪王的躯体，而后冲它飞来。

“啪！”

一切太突然了，白狐王没能躲开，金刚琢直接击中了它，让它命丧当场。

“当！”

接着，金刚琢飞出去时，正好撞在穿山甲王身上，打得它晕头转向，接连翻了几个大跟头。

前两只兽王化解了金刚琢大部分的力量，穿山甲王自身的鳞片也足够坚硬，这才使它逃过一劫，没有立刻死掉。但是，它也身负重伤，几乎动弹不得。

“噗！”

赤色飞剑激射而去，重重地斩向穿山甲王。

“啊！”

穿山甲王惨叫一声，瞬间毙命。

这一切都发生在刹那间，楚风再次出手，竟然迅速消灭了三只兽王，令所有王级强者震惊不已。一瞬间，诸王的心中都充满了恐惧，这个楚魔王不是虚弱得快要倒下去了吗，怎么一下子又爆发出这样的威力？加上他之前消灭的山鼠王、鹞子王、黑猿王和山猫王，他现在一共消灭了七大王级强者，这简直让人难以相信！

此前诸王认为，楚风已经丢掉大半条性命，即便狠下心来拼命，最多只能拉上一两个王级强者陪他殒命，毕竟这么多王级强者联手，他根本没有什么机会。谁能想到他现在一共除掉了七个王级强者？

一击之下，便有三大兽王毙命，这让这些王级强者头皮发麻，受到了极大的惊吓。

不过也有王级强者不惧楚风，觉得他这样消耗自身能量，难以活命。而且，所有王级强者都看到他胸膛部位的那道伤口在淌血，像是心脏裂开了。

“嗖嗖嗖——”

几个人类王级强者都立刻行动起来，朝穿山甲王冲了过去，想要夺取金刚琢。

事实上，楚风比他们先行动，因为他绝不能让金刚琢落在他们手中。而且，消灭三大兽王是他精心计划好的，他早已料到了金刚琢飞出去的轨迹以及最后落地的位置。

“嗖！”

楚风第一个靠近，使用精神能量收回金刚琢。他目光冷厉，催动赤色飞剑，猛然向前劈去。

赤色飞剑比金刚琢轻太多，攻击范围却很远，径直斩向那几个人类王级强者。

“当！”

不过，那个手持紫色金属锤的人类王级强者立刻挥动手中的法兵，砸中赤色飞剑，让赤色飞剑倒飞出去。

“冲！”其他王级强者大喝，也向楚风冲去。

只是，这一刻的楚风认准了这个方向，他决定全力以赴，不计代价地突围！

“轰！”

他左手心的雷电符号发光，一道雷电瞬间劈出，跟那柄紫色金属锤再次发出的一道雷电撞在一起。

楚风心脏剧痛，但他依旧深呼吸，运转特别的呼吸法，将一身力量催动到极致，准备拼命。

显然，楚风刚才的出击导致三大兽王惨死，让金雕王等异类王级强者有些胆怯，现在的动作都稍慢了一拍。楚风直接跟几个人类王级强者交手，身后的异类王级强者没能在第一时间扑击他。

这一刻，楚风勇猛无比，哪怕心脏疼得受不了了，他也在发挥自己最强的力量，与那几个人类王级强者大战。

他不仅催动赤色飞剑，再次向前攻击，还将大力牛魔拳和蛟魔拳融合在一起，全力施展，攻击那几个人类王级强者。

“咚！”

这至强的一击发出耀眼的光芒，照得方圆十米内都亮如白昼，更是将那个穿着银色盔甲的人类王级强者打得飞起，直接毙命。

同时，那个手持紫色金属锤的人类王级强者脸色变了，他那条刚接上的手臂被剧烈的能量浪涛震得再次坠落在地。他满身是血，身体都在痉挛，虽然竭尽全力挥动紫色金属锤，却只能勉强打飞赤色飞剑。而决定拼命的楚风已经到了他的身前，楚风的拳头带着璀璨的光芒，伴着莽牛与蛟龙的虚影，砸在他的身上。

“噗！”

那个人类王级强者被打得横飞而起，而后倒地身亡。

同一时间，楚风腾空而起，一把抓住那柄飞起的紫色金属锤，对着第三个人类王级强者击去。

“轰隆！”

雷电交加，将第三个人类王级强者打得飞起。

“噗！”

接着，第三个人类王级强者被楚风祭出的赤色飞剑斩中，当即毙命。

一瞬间，楚风就连斩了三个人类王级强者，而后他一跃而起，没入山林，从这片区域逃走。

剩余的几个人类王级强者全都浑身冰冷，那些异类王级强者也都胆战心惊，被楚风吓住了。

这一战，楚风总共斩灭了十个王级强者！这要是传出去的话，一定会震动天下！

刚才，在场的王级强者都犹豫了，因为他们根本不知道这个看似虚弱的楚魔王能否再次大战，结果稍微耽搁一点时间，楚风就成功地突围了。

这实在是因为楚风战出了威风，刚才他太神勇，着实镇住了诸王。

“追啊！”有王级强者大喝，“无论如何都不能放走楚魔王。”

其他王级强者醒悟过来，诸王相信楚风已经快油尽灯枯了，如果追上他，可以让他彻底失去战斗力，逼问出绝世呼吸法。

可是，一直追到天亮，诸王也没有寻到楚风，即使散开强大而敏锐的神觉也无济于事。

最后，消息还是传开了。楚风一夜间斩灭十王，顿时震动天下！

第127章 震惊天下

这个清晨注定无法宁静，尤其是嘉西大地上各路异人与异类，莫不震颤万分！

据闻，这则消息是从那片山林中的异类口中传出来的，它们目睹了那一战，莫不胆寒。

这样的大战结果简直是石破天惊！

“快，赶紧去现场获取第一手资料！”

“这位要捅破天了，听闻他已重伤垂死，结果还是拖着疲惫的伤体，生生斩灭了十个王级强者！”

嘉西境内各路人马已经疯狂，许多组织都在行动，更有媒体参与其中，大家恨不得生出翅膀，赶到现场去了解真相。可惜的是，当他们赶到现场时，这里早已一片寂静，所有尸体都被带走了，一具都没有留下。但是，他们可以清晰地看出，这里发生过一场惊世大战。

地面四分五裂，满地枯枝败叶，森林被毁，血迹斑斑。一些山被削平，满目疮痍，一地狼藉。残破的山地中有淡金色的鳞片，也有染血的兽毛，更有少许碎骨，这些都属于王级强者！

许多人在拍照，将这里可怕而真实的景象记录下来，然后发到外界。

其他地域的人们清晨醒来后，无论是习惯看晨报的，还是喜欢看网络新闻的，都被头条消息惊呆了。

“楚风垂死，夜斩十王！”

“绝世呼吸法，绝地反击！”

这样的新闻标题非常有冲击力，异常吸引眼球。一夜间便有十个王级强者相继死去，而且都是死在一个人的手中，这让人们瞠目结舌。

前一天，大家还在传楚风跟南域海黑龙太子一战后，身负重伤，结果才过去一夜，就传出他斩灭十王的可怕战绩。

在此之前，有不少人曾评估过楚风的实力，说以楚风现在的状态，他起码要虚弱很长一段时间。

这些头条新闻不仅有文字，还有各种照片，显示出那一战有多么可怕。

兽王的双脚踩裂山林，留下七八米长的巨大的脚印；可怕的猛禽用爪子抓裂山岭，留下可怕的缺口；还有王级强者直接拍碎一座山峰，留下惊人的巴掌印；更有雷电击毁成片的山林，让几座石山崩裂开来……

这些报道一出，顿时震动各地。

那些痕迹显示，前一夜发生过一场神话般的战斗，超自然之力十分骇人。

“一大清早就看到这样的新闻，还好我的心脏够好，承受力足够强，不然，我还真要被楚魔王吓住。”

“夜斩十王，这样的战绩太辉煌了，这简直是一个奇迹啊！”一些异人感慨道，对楚风的战绩惊叹不已。

“老大，你这是要封神吗？都受这么重的伤了，居然还能除掉十个王级强者，真是太厉害了！”不要说其他人，就是欧阳青、杜怀瑾等熟人知道这一消息后，也都目瞪口呆，无比震惊。当然，他们也很担心楚风。

熊坤、胡生等就更不用说了，一个个头皮发麻，觉得这位小叔爷实力真的太恐怖了。

熊坤、胡生几个本就是异类，对孔雀王号令南方各路禽王追击楚风的事情很清楚，原以为楚风这次危矣，怎能料到，只是一夜之间，楚风竟斩灭十王，简直称得上惊天动地。

“好小子，干得好，真是痛快！”陆通得到消息时，哈哈大笑，但是很快又沉下脸，这么多王级强者去围攻楚风，实在可恨。

陆通迅速联系人马，跟他们通话：“不管你们用什么办法营救楚风，一定要确保他的安全！”

陆通深知楚风看似强悍，一夜之间斩灭十王，但他自身一定付出了极其惨痛的代价，现在多半生命垂危。

各大财团的人也目瞪口呆，因为就是他们最早对楚风眼下的状态进行评估的，认为他丢掉了大半条命，没想到他居然还可以这么猛烈地反击。

此时，心情最不好的自然是孔雀王一脉，孔雀王本以为号令南方各路禽王追击楚风，就可以稳操胜券，没想到却得到了这样一则消息，这实在令孔雀王有一种挫败感。

这一战之后，不管楚风现在状态究竟如何，他的声威绝对攀上了一个崭新的高度，这是一场辉煌之战！

一些大势力内部则很沉闷，他们不仅没有活捉楚风，而且连自家的王级强者都纷纷殒命，损失未免太大了。

“一定要活捉他，得到绝世呼吸法，再不济，至少也要将他除掉！”某一大势力内部，一些人做出这样的决策。他们担心楚风养好伤后会打上门来，不计代价地报复他们。

“倒也无妨，我们没有留下什么线索，痕迹都已经被抹除，一切都跟我们无关。”在这些大势力内部，也有人这样表示。

“一定要斩了楚魔王，这是最好的机会。各位不要担心，有孔雀王、金乌王这样的绝世强者号令各路禽王，我们有什么可怕的，最重要的是得到绝世呼吸法啊！”一些参战的异类王级强者道。它们知道这件事没有办法善了，昨夜大战，它们没有拿下楚魔王，它们所有人都已陷入危险之中。

这个时候，一些异类王级强者眼中虽有杀气，心中却没底，万一楚风活着，它们多半都会有大麻烦。

“还是那些人类狡诈，二三十个王级强者强强联手，在完全可以拿下楚魔王的情况下，那些人类都没有露出真容，真是可恶。”有兽王骂道，不然，它们可以拉人类的大势力一起下水。

“说起来真是耻辱，我们这么多王级强者去围攻他，结果反被他连斩十个，然后逃遁而去！”异类王级强者聚在一起，感觉十分愤懑。

而后，一则同样惊人的消息传出。

“孔雀王在临近嘉西时与玉虚宫之主爆发大战，将一片山岭扫平。”

这是绝世强者之间的大战！孔雀王一路南下，想要借此机会除掉楚风，没想到临近嘉西时，竟被玉虚宫之主拦住，两者展开了激烈的搏斗。

可以想象，玉虚宫之主出动得非常及时，而且消息精准，不然，他不可能拦截到孔雀王。

不过这个级别的生物想要逃走，同级别的强者也不见得能拦住，因此，很多人的心都提了起来。

“要坏事啊，孔雀王已经赶到皖州境内，离楚风不远了！”

“糟糕，万一被孔雀王闯过去，楚风危矣！”

不少人担心楚风，觉得情况很不妙，如今楚风重伤垂死，万一被寻到，他必死无疑。

还有消息说，金乌王也一路南下，或许能先一步找到楚风。

不少异类秘密行动起来。

昨夜一战后，都不用谁再去刻意传播，所有的王级强者都已经意识到楚风必然拥有绝世呼吸法。不然，一个垂死的人怎能在最后关头爆发出巨大的威力，对抗诸王？这一战虽然成就了楚风的威名，但也坐实了他掌握神秘传承的传闻，让更多的王级强者眼红。

甚至，有传言称，最早开宗立派的那几个异类也都心动不已，有可能会南下。要知道，那几位可都是挣断了六道枷锁的绝世强者！

一时间风云再起！

这样的消息一出，各路王级强者莫不想掺和一脚，如果他们抢先发现了楚风，逼问出绝世呼吸法，那么他们以后也能称霸一方。

天地即将再次发生剧变，若是将绝世呼吸法抢到手，这绝对是一张强大的底牌，他们此后的进化之路将会异常顺畅。

“谁敢为难本王的兄弟，本王废了他！”大黑牛在西部地区咆哮。

大黑牛与黄牛得到消息时，飞机已经落地。两头牛想再次到嘉西去，便急忙让陆通帮忙跟人联系与协商，找到一架即将起飞的客机。与此同时，两头牛跟昆林山诸王联系，请求支援。

“谁敢欺负本王的兄弟，本王一定饶不了他！”西伯利亚虎王第一个跳起来，双眼放光，道，“那绝世呼吸法是我们兄弟的，你们都想找死吗？”

这家伙一向没节操，在昆林山第一时间表态，主要是因为对楚风的绝世呼吸法十分眼红。

昆林山诸王被鼓动起来，相继站出，称楚风是自己的兄弟，谁要是想找死，那就试试看。毫无疑问，昆林山诸王是一股不容忽视的恐怖力量，消息一出，顿时震动东方！

很快，普梦山的太极老宗师表态，他将南下，对抗想要除掉楚风的异类，直指金乌王等。

八景宫之主、碧游宫之主也都站出来，声称如果孔雀王、金乌王、九命猫王等再敢对楚风下死手，他们不介意扫平异类诸王所在的山头。

一时间，整个天下都不安定了。

“嗬，有意思，各路王级强者都坐不住了，难道姓楚的真的有绝世呼吸法？难道他的呼吸法比我的形意十二真形中蕴藏着的呼吸法还要厉害？”白衣男子的脸上露出淡笑。

他很自信，因为他得到的形意拳谱是刻写在兽皮上的原始拳谱，不是外界流传的那些拳谱。而且，这拳谱中还蕴藏着一种神秘莫测的呼吸法！

听到这句话，三眼男子面带冷笑，道：“海族诸多王级强者都将登岸，到时候必然会赶去擒拿楚风，我也该行动了。”

“是吗？那我也走上一遭！”白衣男子目光灼灼，也准备行动。

南域海，浪涛滚滚，龙吟阵阵，一道白色的身影从海底冲起，立在数百米高的大浪上，向陆地方向疾速行去。

这是一个身穿白衣的年轻男子，他十分俊朗，长发飘舞，眼睛有神，额头上有龙形纹路。此时，他自言自语：“陆地，我来了！天地将再次剧变，绝世争霸即将开始，我一定要在陆地上化龙！”

东海，一道金光冲上云霄，一只很神秘的海兽扇动双翼冲出水面，它形若神虎，浑身都长着金色鳞片。

这只海兽先是一声咆哮，而后化形成一个金发男子，立在海面上，道：“上古一战过后，恐怕人类早已忘了我们这一族。”

金发男子身材高大，浓眉大眼，英气勃勃，双目中射出一道道金色的光芒。金发男子迈开大步，踏着海面，疾速奔跑起来，背后的一对金色翅膀张开后，空中随之发生大爆炸，其速度更是达到了五倍声速。金发男子宛若一道金色的闪电，向着陆地的方向奔去。

“我们这一族是无敌的，纵然龙族也不能压制我们，名山大川注定会是我们的，谁与争锋！”

随着那道金色身影远去，这个声音在海面回荡开来。

另一片遥远的海域，浪涛翻滚，一道美丽的身影在海中若隐若现。之后，一个女子冲出了水面，立在浪花上。

这个女子皮肤雪白细腻，面孔挑不出一点瑕疵，焕发着迷人的光彩，双眼迷离，瞳孔略显紫色，满头紫色发丝挂着水珠，在阳光照射下如同珍珠般闪闪发光。

“我是神之后裔，我的祖先来自陆地，我要回归那里，挣断第七道枷锁。”她的声音很好听，而且透着无比的自信。

就在这两天，一些海族强者先后登岸。

除了以上强者，还有一只银色的海龟，这只海龟先是一跃而起，而后在空中化形成一个白发男子，落在了陆地上。

此外，在某一海岸边，一只海贝发光，而后张开，一个体态婀娜，浑身散发着圣洁光辉的丽人从中走出。

……

悬田山下，一个拥有倾城容貌的蓝发女子亭亭玉立，仰望着紫气弥漫的山峰。她一双明眸灵动，一头海蓝色的长发飘舞着，头上有晶莹的角。

在她的身后，有人正在向她禀报，告知她一些海族强者纷纷登岸，正式进入陆地，而且大多去了嘉西。

“这些强者是想去虎泷山还是想去争夺那个楚风的绝世呼吸法，我们要去看一看吗？”蓝发女子的背后站着一些男女，他们都很关心接下来的动向，便这般问道。

“不急，我想观完悬田山再去嘉西。”

这一日，天下都不能平静，传闻有一批海族顶级强者登岸，全都异常强大，都已挣断了六道枷锁。

“天下要大乱了吗？海族强者来了，要跟我们争夺机缘！”各地，无论是异人还是异类，都心中一惊。

很快，众人得到消息，一些强大的海族强者径直向嘉西赶去。

“这次，赶往嘉西的不仅有陆地上的各路强者，也有海中的霸主，楚魔王要有大难了。”

人们意识到，各方人马聚于嘉西，嘉西境内将有大风暴，必然会爆发惊世大战。要知道，一个南域海黑龙太子就已经很恐怖，跟楚风拼了个两败俱伤，而今又来了一批海族强者，嘉西必定会发生惊天动地的大事。

最早开宗立派的绝世强者、昆林山诸王、孔雀王、金乌王以及玉虚宫之主等，再加上海族强者，诸王齐动，可谓叱咤风云。

一时间，嘉西吸引了所有人的目光。而此时，楚风根本不知道外界的这些消息，他仍然在生死边缘徘徊。

那一夜，楚风连斩十王，虽然最后突围而去，但付出了巨大的代价。他险些当场殒命，幸好冲出了一条血路，突围出来后，他更是拼尽自身的力量，以最快的速度狂奔。

在四倍半声速的速度下，他身上的伤口全面崩开，心脏更是差点裂成两半。

他的身体从来没有这么糟糕过。当然，损害最严重的器官就是心脏，这是身体的动力源泉，没有心脏，他一身的力量都会枯竭。

为了不让自己的心脏彻底裂开，楚风动用了精神能量，强行掌控心脏，使心脏上的裂痕闭合。

也就是从这一刻起，他有了一些意外的收获。

楚风伤得太重，几番大战下来，体内的能量几乎消耗殆尽。他最终动用了精神能量，使精神能量向四肢百骸蔓延。此时，他意外发现自己又激发出了一些肉体能量，恢复了一些活力。很快，他发现这是精神能量与肉体能量交融的结果。

也就是从那时起，一路追过来的诸王失去了楚风的踪影，加上他在拼命奔跑，一路远去，脱离了诸王所在的区域，所以诸王即使释放出神觉也根本感知不到他的存在。

楚风不知疲倦，速度极快，一路狂奔，他自己都不知道跑出了多远的距离，直到感觉自己快要倒下时，他才减速，一头扎进一个干燥的山洞中，用岩石封住洞口，倒在洞中。

他努力让自己保持清醒，运转特别的呼吸法，修复自己受伤的身体，激发自己的精神能量。但是，他只坚持了一段时间，就陷入昏厥之中。

因为，这一战太耗体力了，楚风的肉体能量与精神能量全面透支，他整个人相当于油尽灯枯的状态。昏迷时，他恍惚间觉得自己依旧在运转特别的呼吸法，那是一种本能，不那样做的话，他或许会立刻死掉。

当他再次醒来时，已经过去了一天一夜，他根本不知道在这一天一夜里，外界早已掀起了巨大的波澜，各路强者聚于嘉西，都是为他而来！

楚风艰难地推开堵在洞口的岩石，他感觉自己的状态很不好，浑身疼痛，心脏那里更是剧痛不已，生命力近乎衰竭。

当迎着洞口的朝霞，呼吸到洞外新鲜的空气，沐浴着明媚的阳光时，他才感觉自己好受一些。

“总算还活着！”楚风轻叹。

他这一次经历了一场生死大战，能活着逃出来实在不易。二三十个王级强者一起围攻他，而他早已身负重伤，这场大战实在艰难而可怕。

楚风不知道外界怎样了，因为他的通信器早已粉碎。不过，他一夜连斩十大王级强者，想必惹出了很大的风波，也会让有些人头痛不已。

楚风不再多想，他扶着岩壁，坐在洞口，面对初升的太阳运转特别的呼吸法。这一刻，他非常渴望阳光的温暖，因为他的身体冰凉。他的口鼻间白雾弥漫，霞光笼罩着他的身体，让他觉得无比舒服。

“情况不妙。”很久后，楚风停止运转特别的呼吸法，睁开眼睛。

他刚才用精神力观察了自己身体的状况，简直糟糕透顶。他的心脏几乎裂成两半，若非他时时刻刻都在以精神能量保护自己的心脏，他早已死掉了。

“现在不去想挣断第五道枷锁的事，我要先恢复自己的身体。”

楚风盯着心脏中南域海黑龙太子留下的那团黑色光芒，那团黑色光芒阻碍了他心脏的恢复，正常情况下，他需要花费数日才能清除那团黑色光芒，因为怕自己过于激烈地驱除它而进一步损害心脏，他一直没敢太用力。

“不如拼一下，一次性清除那团黑色光芒！”楚风下了决心。反正心脏几乎已经裂成两半了，如今只是靠他的精神能量才勉强闭合着。

“噗！”

楚风散开精神能量，他的心脏因此全面裂开，此时，他几乎要一头栽倒在地，身上剧痛难忍，十分虚弱。

“砰！”

楚风胸膛部位的那道伤口再次裂开，一道乌黑的光芒从伤口处冲出。

楚风竭尽全力，从裂开的心脏中清除那团黑色光芒，而后迅速用精神能量闭合心脏。做完这一切后，他面无血色地靠在岩壁上，浑身发冷。

“总算一次性清除了！”

楚风迎着阳光，再次运转特别的呼吸法，很快，他裂开的心脏就粘在了一起，与此同时，他胸口的伤口处有肉芽在迅速地生长。

“这么快？”楚风惊讶不已，若有所思。

清除南域海黑龙太子留下的黑色光芒后，他的心脏隐患彻底消除，血液流通变得顺畅不少。最为关键的是，他现在的精神能量与肉体能量在融合，而且一同运转，这样的融合似乎增强了肉体的活力。

楚风想到一些事，他问过黄牛其所在的那个世界最强的生物有多强，黄牛曾回答，有的生物哪怕只剩下一条手臂，都能活过来。

当时楚风很不解，如果失去了头颅，意识都不在了，那些生物还能活着吗？不过，现在他明白了，那些生物的精神能量与肉体能量全面融合，手臂中也有精神意识，再辅以稀世圣药，那些生物自然还有活过来的希望。

“这么说，我将精神能量融入四肢百骸，与肉体能量交融，这无意间的举动是一种正确的方法？”楚风暗自思忖。

很快，他又想到很多。

“黄牛一再强调，这种特别的呼吸法不限于肉体呼吸，还有精神呼吸。”

以前他运转特别的呼吸法时，尝试让精神与肉体律动一致，现在看来，他以前的方法或许错了，应该将精神能量融于肉体能量，这样才算是共同呼吸。

想通了这一点后，楚风开始尝试，不断将精神能量与肉体能量相融合，最后他的身体发光，充满了生机。

“黄牛还很小，也是意外得到这种传承，并没有人指点，看来黄牛也还在摸索之中，我这次的方法应该对了。”

楚风面露喜色，他感觉自己的身体在恢复之中，而且恢复的速度明显加快了。此时，他的精神能量密布在四肢百骸中，他自然能够更好地感知到自身的状况。

比如，有一团精神能量融合在心脏中，他可以清晰地看到，他的心脏上裂痕密布，一些地方在闭合，在缓慢生长。

“等身体恢复后，我可以借此法使自己变得更加强大，或许可以因此而挣断第五道枷锁！”楚风猜测，这样做的话，特别的呼吸法的成效会比以前还要显著，他也将变得更加强大，到时候他完全靠自己，不借助神圣花粉，说不定也能有所突破。

“那些异类，还有大财团，你们等着！”楚风想到了那些围攻过他的王级强者，顿时怒气冲天。

二三十个王级强者联手对付他一个人，这是多么强大的阵容！同时，他心中也有些感慨，当初他还在觉醒境界时，对付一只伤残的苍狼王都险象环生，而现在他也成王了，达到了自己曾经无法企及的高度。

“苍狼王如果还活着，或许已进化成了一方霸主。”楚风猜测。随着各地名山大川相继复苏，王级强者越来越多，早期的那些强者变得更加强大了。

“孔雀王南下，应该赶到嘉西了吧！”楚风瞳孔收缩。他必须尽快恢复身体，并且使自己更加强大。

此时，他根本不知外界的气氛比他想象中的还要紧张，因为各路强者都赶到嘉西了。

半日后，楚风起身离开这里，一路向西而去。他怕在一个地方久留，容易被寻到。

随着精神能量与肉体能量的交融，他惊讶地发现，不用刻意去隔绝自己的气息，附近的生物也很难感知到他的存在。

楚风边赶路边运转特别的呼吸法，不去动用自己最强的力量，他的身体便不会出现大问题。途中，他多次休息，到傍晚时，他感觉自己的精力好了很多，心脏上的裂痕已经愈合一部分了。

楚风身体的恢复速度非常惊人，再给他一天多时间的话，他心脏上的严重创伤说不定就彻底恢复了。

楚风行走在偌大的山林中，却没有异类发现他，他如一个幽灵，轻盈而无声，在夜色的掩护下赶路。

“这一次，我应该很难被发现吧。”楚风猜测。如果沿途所有生物都难以察觉他的存在，线索就会因此中断。

一天后，他的心脏已近乎长好，胸口的伤口也愈合了，断裂的骨骼都接上了，也很快可以彻底长好。

“照这个速度下去，再有一两天，我的身体就可以完全恢复。”

一日后，楚风到了隆冈境内。

“也好，远离了是非之地，短时间内应该没有人可以找到我，我正好可以养好伤，争取挣断第五道枷锁！”楚风目光灼灼。他很想尽快恢复身体，在实力上有所突破，然后找那些围攻过他的强者们一一算账。

第128章

悠然精进

傍晚，红日浑圆，晚霞将天边的云朵染红，并且给云朵镶嵌上一道又一道金边，就连山地之中都是红彤彤的。

楚风心情大好，再看那夕阳，觉得它不再像前两天那样血红刺眼，带着暮气，反而觉得它鲜艳而灿烂。

楚风的身体在渐渐好转，心脏的伤势近乎痊愈，骨骼也差不多长好了，哪怕现在遇上强敌，他都可以出手大战一场。

晚霞带着金色的光辉，将楚风的身影拉得很长。开阔的山地中，林木稀疏，也被染上了金色的光芒，偶有鸟鸣，更显幽静。

“采到晚霞中一丝生机，对身体更有益处。”楚风步履轻快，在这片安静的山地中缓缓迈步。

他只知道自己现在在隆冈境内，却不知道自己的具体位置，因为天地剧变后，地形发生了极大的变化，山川地貌早已大不相同了。

楚风沐浴着霞光，口鼻间喷吐着金色的光辉，整个人都在发光。此时，他的精神融于每一寸血肉中，跟着肉体一起呼吸，令他舒畅至极。

万道霞光缭绕着他的身体，他的精神仿佛也在沐浴着天边的余晖，阳气随之蒸腾。

“精神偏于阴，血气偏于阳，现在我的精神能量被阳刚之气滋养，带着阳性气息。”

楚风身心愉悦，这是精神饱满、肉体舒泰的自然表现。

“呼！”

楚风喷出了一口浊气，这口浊气竟也带着光，从口鼻间飞出，在空中发出了“砰”的一声响，并且宛若利剑一般，斩开了一块岩石。

“嗯，我呼出的浊气都有了一定的威力，竟然带着丝丝缕缕的能量。”楚风很满意。他觉得，将精神能量与肉体能量交融后，自己哪怕还没有彻底养好伤，实力也已大进。

前几日，他在嘉西境内进行生死大战，战场从虎泷山到机场，再转到山林，对手从席勒到南域海黑龙太子，再到诸王，战斗一场接着一场，皆是生死搏斗，神经始终绷紧，从来没有放松过。

现在，他的状态完全不同了。他身体发光，整个人都神采奕奕，气息平稳，悠然徜徉在山林中。

这是两种截然不同的环境，他的感受自然也大不相同。进化的道路上虽然常常伴着生死考验，但有时也有平凡中的祥和，一张一弛，路上风景不同，心境也大不相同。

楚风越发觉得自己现在的状态极佳，骨骼的生长速度变快了，伤势近乎痊愈。他不知道这是大战过后彻底放松导致的，还是精神能量融入肉体能量引起的。

此时，他的身体渐渐弥散出一层光辉。

他运转着特别的呼吸法，肉体与精神渐渐归于平和，蕴含在身体内的能量更加强大，身体充满了生机，超越以往。

“或许，这跟经历了一场生死之战有关。”楚风猜测。那一场生死之战几乎耗尽了他体内的所有能量，令他险些死掉。

在这次劫难中，他挺了过来。或许是死亡的锤炼与洗礼，刺激了肉体与精神，使得身体越发强韧。

现在没有敌人，他的身体在慢慢恢复着，充满了生机，并且在进一步蜕变。

夕阳下，前方的一座矮山上，一座破败的寺庙被霞光照耀着，赤色中带着金色光彩，竟显得有些神圣。

楚风登山，来到寺庙近前。这座寺庙早已荒废，很小也很残破，院墙早已倒塌。

这里自然没有人，因为寺庙已被废弃多年，天地剧变后，这种荒野更加无人到访，此时，一切都显得很寂静。不过，那倾塌的殿宇中，哪怕被尘埃覆盖，金身菩萨像也在夕阳的照耀下泛着光泽。

楚风凝视着这一尊金身菩萨像，同时运转特别的呼吸法，觉得一切都有些不同。他沐浴着霞光，看着残破的殿宇中的金身菩萨像，心竟出奇地平静，心中越发空明。

“被人们所喜、所尊、所拜，自然有一定的道理。”楚风低语。从进化角度看，这应该是古代超级进化者中的佼佼者，金身神圣，显化世间，被人所铭记。即使过了很久，人们仿佛还能感受到这种大能的气势。

“进化到这个层次的生物应该不会很多吧。”楚风一阵出神，想到很多。

不知不觉间，楚风由运转特别的呼吸法改为运转大雷音呼吸法，虽然大雷音呼吸法是残缺的，但他现在对着沐浴着霞光的金身菩萨像，觉得大雷音呼吸法与他此刻的心境相符，自然而然就运转起大雷音呼吸法了。

楚风这个时候运转大雷音呼吸法，精神能量与肉体能量交融，雷音震荡，身体颤动，精神得以淬炼。

原本这几天楚风是不准备运转大雷音呼吸法的，因为大雷音呼吸法太霸道，在自身负伤的情况下运转实在不适合，一不小心就会伤及自身。

不过，楚风现在发现，在心境契合的情况下，运转大雷音呼吸法根本不会出现那种情况，他没有感觉到霸道，反而觉得神音绕耳，如同黄钟大吕在耳畔萦绕，让人于平和中体会到一种完全不同的心境。

“内圣外魔？”楚风低语。他从进化的角度联想，难道大雷音呼吸法的霸道只是一种外在的表现，其实其内部是祥和的？

“或许，可以再换一个角度，从佛门角度来阐释。”楚风似有所悟。

佛门中人讲究慈悲心，心中要保持祥和安宁，但真要出手时绝不手软，降魔手段威力无穷。

“运转大雷音呼吸法要这样契合心境，才能更好地修行？”一刹那，楚风醒悟。

黄牛曾说，很多人在修炼流传在外的残缺的大雷音呼吸法时，经常伤及自身。楚风以前很不解，但现在明白了其中的问题。

短时间内，他对两种呼吸法的了解更深刻了，意识到看似简单的呼吸节奏中蕴藏着诸般妙处与禁忌。而且，据黄牛说，呼吸法的神秘之处如今只揭开了一层面纱，后面还会更加惊人。

“轰隆隆！”

雷音震荡，楚风的五脏六腑内仿佛有电光交织，骨骼更是震动不已。他并没有觉得很痛，反而觉得很舒服，因为精神与肉体同时被洗涤，被蓬勃之力震荡着。

当楚风停下来时，晚霞早已消失。

他惊讶地发现，自己的骨骼已经长好，断骨彻底接上，没有一点裂痕，心脏处伤口最后的鲜红纹路也随之消失，自己像是从来没有受过伤一样。

至于胸膛上的伤口，之前就长出了肉芽，而今只是皮肤表面有点鲜红，里面早已愈合。

“好快！”这种恢复速度让楚风惊讶不已。

当然，黄牛教给他的特别的呼吸法起到了很大的作用，大雷音呼吸法只是在最后心境契合的情况下做收尾的工作。不过，他已经感觉到了大雷音呼吸法的神妙之处，如果有完整的传承，大雷音呼吸法绝对可以跟黄牛传给他的特别的呼吸法比肩。

事实上，黄牛的确说过，这两种呼吸法都大有来头，外人想得到的话，难如登天。更重要的是，即便外人得到了这两种呼吸法，一旦被那两个道统知道，肯定会被“收走”！

“算一算时间，已经过去三天了，不知道嘉西境内情况如何了。”楚风抬头，望向远方。

他一夜斩十王，闹出如此惊天的动静，然后彻底消失，可以料想外界一定掀起了轩然大波。

“我的身体已经恢复，可以考虑挣断第五道枷锁了。”楚风目光灼灼。当然，他并没有急于行动，因为他的身体刚刚复原，他准备再休养两天，让自己的精气神达到一个崭新的高度，再考虑挣断第五道枷锁。

晚间，楚风离开山林，来到一座小镇中。他买了一部通信器，跟家人联系。现在他的身体已彻底恢复，哪怕被发现，他也无所畏惧。

“妈，我很好啊，您不用担心。之前没联系你们，是因为我的通信器坏掉了，我压根没事。”楚风嬉皮笑脸，说得相当轻松。他跟父母通话时，常常报喜不报忧，没敢说自己差点死在外面，怕父母担心自己。

这一次，他真是经历了一场生死大战，比他以往所有的大战都要可怕。

随后他跟陆通联系，了解现在的情况。他吃惊不已，因为他从陆通那里得知海族强者相继登岸，不少都聚在嘉西境内。

“有一个长着三只眼睛的海族强者扬言要除掉我，为黑媵报仇，他活腻了吧！让他赶紧滚蛋，我对他没有一点兴趣，他真要来的话，我马上把他扔回海里去。你让黑媵赶紧出来，我还想再跟黑媵大战一场呢，上次打得根本不痛快！”

听到楚风的话，陆通顿时一阵无语。这都什么时候了？嘉西境内暴风骤雨即将来临，各路强者齐聚于此，楚风还跟个没事人似的。

“放心，我过几天就去嘉西，上次围攻我的那些浑蛋一个都跑不了。你告诉玉虚宫之主，跟人交手时注意点力度，别把围攻我的那些浑蛋打死，我回去要一个一个收拾，谁都别想跑！”楚风提到复仇时，眼睛发亮。

听到楚风这么豪迈的宣言，陆通憋了一肚子的话都说不出口了。原本陆通一直联系不上楚风，还在为楚风担心，心急如焚，谁承想这家伙突然出现，还这样凶巴巴的。

陆通越想心中越不是滋味，这几日里楚风的境况令他操碎了心，愁得他差点将头发抓掉一半，结果楚风跟一个没事人似的。

“你这小子太混账！”陆通终于发飙了。

“喂，老头子，你说什么呢！你火气这么大，这两天吃了太多上火的菜了吧？赶紧给我说一下嘉西的具体情况，两三天内，我就准备过去！”

……

两人隔空掐架，最后陆通气得胡子直翘，一把扔开了通信器。

此时，陆通明白了，楚风现在应该生龙活虎，甚至可能变得更强大了，看他这嚣张的样子，竟要主动去对付那群围攻过他的王级强者，他肯定有所依仗，才会有如此表现。

陆通彻底不担心了，甚至没有问楚风详情，因为他刚才被楚风气到了。

楚风险些死在外面，却没向陆通倒苦水，现在他只想早点突破，去嘉西大战一场。

很快，楚风又跟两头牛联系上，得知两头牛身在嘉西，想跟人拼命呢，楚风心中热乎乎的，但立即阻止了两头牛。

“我现在很好，你们别去参战，立刻躲起来，等我过去！”楚风怕两头牛出事。他知道嘉西境内强者林立，不仅有孔雀王、金乌王等，还有最早开宗立派的那些绝世强者，更有海洋中的霸主。现在的嘉西可谓强者如云，实在是太危险了。

据悉，那里已经发生了绝世强者之间的大碰撞，玉虚宫之主跟孔雀王大战过，普梦山的太极老宗师跟海族的强者交过手，战斗场面十分可怕。

“说实话，你最好不要到嘉西来，知道你已经没事，我们就放心了，你还是赶紧躲起来吧。”大黑牛小声告诫道。因为，目前赶到嘉西境内的王级强者比外界传闻的还要多，更有一些能人隐藏身份来到嘉西，形势非常不妙。

“有人练成了形意十二真形，还有神秘人物将八极拳练到了极致，出手如雷霆轰鸣，以前这些人都没有出现过！”黄牛告知楚风。

很多强者就是为楚风而去嘉西，一些挣断了六道枷锁的海族绝世强者也盯上了楚风的绝世呼吸法，所以黄牛告诉他最好别在此时出现。

“海族强者都去虎泷山转了一圈，不过都没有什么收获，就想打你的主意。”

“想打我的主意？当我是唐僧吗？这群海族强者简直是活腻了！”楚风说道。

楚风让两头牛打探一下各族群的情况，留意一下嘉西境内都有哪些强大的族群。

两头牛面面相觑，如今嘉西境内强者太多，挣断了六道枷锁的绝世强者在这里出没，楚风的处境非常危险，这种情况下，楚风还要来？

“放心，我如果去的话，肯定有一定的把握，倒是你们要小心一点，千万别出事。”楚风让两头牛小心。

“我们没事，西伯利亚虎王和昆林山的一些兄弟都来了，虽然这帮浑蛋也想浑水摸鱼，但总的来说，形势对我们而言还是不错的。”大黑牛让楚风放心。

“行，那你们再帮我留意一下，究竟是哪些财团在暗中寻我。”楚风说道。那一晚的大战中，人类王级强者简直比异类王级强者还可恨，他很想知道他们究竟是哪些财团的人马。

虽然楚风眼下不知道那些人类王级强者的身份，但如果再次跟他们交手，他会瞬间认出来。他神觉敏锐，那些人类王级强者的气息早已被他牢记于心。

“嗯，现在各路人马都在寻你，肯定有人会露出马脚。”黄牛说道。

眼下，所有人都认为楚风重伤垂死，如今正躲着养伤，所以大家都在疯狂寻找他。尤其是那一夜参与大战的王级强者，看到他的身体状态那么糟糕，一致认为，只要寻到他，就能将他俘虏。

“很好，就让他们认为我伤势恶化，依旧在生死边缘挣扎吧！”楚风面带笑意，语气略冷，最后，他补充道，“对了，你们留意一下都有哪些强者掌握了呼吸法，不管是海中的还是陆地上的。他们惦记我的，我还想夺取他们的呢。”

“行，我们等你夺下几种呼吸法！”大黑牛说道。

接下来的两日，楚风不再理会外界的事，而是放松自己，一路随意而行，观察自己的身体状况。毕竟一场大战下来，他身受重伤，虽然身体得以迅速恢复，但他还是有些担心，怕存在什么隐患。如今，他的精神能量分布于每一寸血肉中，他能时刻感知到体内所有细微的变化。

“所有的伤都好了，连疤痕都消失了，像是没被重创过！”楚风低头，看向他胸膛上的那道伤口，那里的皮肤之前还略显鲜红，现在已经恢复如常，心脏、骨骼也完好如初，没有留下一点疤痕，如今他身上的所有伤痕都已消失不见。

“轰！”

楚风不再悠闲而行，而是用尽力量奔跑起来，速度竟然比原来还要快。他在崇山峻岭中奔跑，经常一下就跃出去数百米远，有时更是从一座山峰上猛然跃到另一座山峰上。他宛若神话中的人物在空中飞跃，身后的空气随之爆炸开来。

“轰隆！”

楚风用力时，脚下的一些山头直接被踩碎，乱石翻滚，隆隆作响。他确定自己的身体完全没有问题了，应该说自己比以前更厉害了。他进一步挖掘出了特别的呼吸法的秘密，将精神能量与肉体能量相互融合，的确变得更加强大了！此时，他状态极佳，精气神达到了一个崭新的高度，体内血气滚滚，仿佛有用不完的力量。

“轰隆隆！”

在无人的大山深处，楚风挥拳施展大力牛魔拳与蛟魔拳，拳头发出璀璨光芒，伴着电光，如同雷电降临。同时，一头莽牛与一条蛟龙在他身后浮现。两种拳法融合在一起，威力惊人。

“轰！”

楚风一拳下去，将一面山壁直接击穿，而后山壁碎裂，烟尘漫天，巨石“扑通扑通”滚落下来。

“拳法的力量更胜往昔！”楚风感叹道。

“哧！”

楚风祭出赤色飞剑，竖劈横斩，直接将一座山头给削掉了，场面骇人！他确定自己的精神力比以前更强大了，自己全身上下没有一丝问题。

此时，他停了下来，呼吸平稳。他站在一座山峰上，道：“可以了，等养足精神，让血气旺盛到极致，我便尝试再一次突破！”

这片区域是天地剧变后才出现的折叠空间，其中，山高千丈，猛兽咆哮，凶禽横空。

楚风大步深入，他最近几天都在猎一些很凶猛的生物，滋补自己的血气，毕竟他曾经身负重伤，需要高能食物来调养身体。只要踏足这样的地带，他都不用去刻意寻找，就会有猛兽咆哮着，径直朝他冲来。

楚风没有遇上王级生物，除非踏入大山的迷雾深处，他才有可能遇到，但是他不愿轻易踏入迷雾深处。因为，黄牛曾经告诫他，有的折叠空间后方连着莫名的空间，最好不要轻易涉险。

夜晚火焰跳动，楚风饱餐一顿后，运转特别的呼吸法，调动自身的精血，滋养精气神。此时，他觉得自己的身体状态绝佳。

深夜到来后，大山中并不宁静，各种猛兽嘶吼，还有凶禽啼鸣。

在一片山林中，楚风浑身发光，身体如同在焚烧一般，照亮这片山林。

楚风开始冲关，想要挣断体内的第五道枷锁，让自身的体质变得更强，也进一步提升自己的实力，实现超级进化。

“心脏是身体的动力源泉，每时每刻都在推动血液流动，滋养全身。而这里有一道枷锁，我若是将其挣断，是否会实力大增？”楚风挑选着挣断的目标。

不久后，他体内血气滚滚，奔涌在四肢百骸间，心脏更是发出雷鸣般的声音。

此时，楚风觉得自己的血气足够旺盛，精神能量更是无比饱满，他做好了挣断心脏部位枷锁的准备。

“轰隆隆！”

这一刻，他的体内如同有雷电交加，雷声不绝，光芒闪耀，而且透过皮肤迸射而出。此时，如果他用精神力观察的话可以看到，他的五脏六腑间光芒炽烈，伴着滚滚血气，十分绚烂。

楚风皱眉，因为心脏部位的能量枷锁很粗，也很坚韧，挣断这里的枷锁难度非常大。此时，楚风的心脏散发着非常刺目的光芒，如同一轮璀璨的太阳。他的身体剧烈震动，赤色血气从毛孔中溢了出来，而后沸腾。

楚风竭尽全力，不断尝试，想凭借自身的力量挣断第五道枷锁。他坚信，只要再挣断一道枷锁，他就可以不惧当下的任何一个强者了。

第 129 章

挣断枷锁

天地间一片黑暗，山林中暗了下来，古木参差，影影绰绰，如同鬼影。到了后来，天地间越发黑暗，不要说林木，就连巨大的山体都快看不见了，黑得瘆人。

猛兽嘶吼，震动山林，凶禽长鸣，穿云裂石，这个夜晚显得有些恐怖。

突然，一声人类的咆哮从黑暗山林的最深处传出，压下所有猛兽与凶禽的声音，响彻这片山林。顷刻间，猛兽与凶禽全都逃掉，冲向远方。

在山林的最深处，黑暗被一片赤色照亮，如同岩浆喷涌的景象一般，在漆黑的山林中格外醒目。

那里有一道身影，他的心脏部位在发着赤色的光芒，十分璀璨，他颤抖着，浑身痉挛，仿佛承受着极大的痛苦。

“啊！”

他大叫一声，猛然抬头看向漆黑的天穹，脸上满是汗水，不仅如此，他的身体也是湿漉漉的，而后开始升腾起白雾。

这正是楚风，他正承受着剧痛，奋力挣断第五道枷锁。

这一次远比他想象的还要艰难，因为没有神圣花粉促进自身进化，想要挣断枷锁，打破桎梏，这种过程本就异常艰辛。

此时，楚风觉得心脏很痛，仿佛要再次裂开。他满身都是冷汗，身体不断颤抖着，但他竭尽全力，调动体内所有的能量保护自己的心脏，并不断冲击心脏附近的区域，看是否能够有所突破。

所谓的体内枷锁，用肉眼看不到，用仪器也难以捕捉，唯有以精神力观察时，方清晰可见。

他可以清楚地看到，自己通红的心脏上缠绕着如同金属链般的能量枷锁，那能量枷锁禁锢着心脏，使心脏不能释放出应有的潜在力量。

冲击那能量枷锁时发出的响声，楚风也可以用神觉捕捉到，那种响声如同金属链在摇动的声音，锵锵声略显冰冷。

以楚风的心脏为中心，赤光刺目，简直像要焚烧起来，此时，楚风的血肉被照得一片通透，骨头与脏腑部位清晰可见。

在猛烈的冲击下，心脏部位能量密集，迸射出道道炽烈无比的光芒。

“噗！”

楚风嘴里咯出一口血。在他的全力冲击下，他感觉胸腔中有一股热血在激荡，他实在忍不住，喉咙发腥，最后喷出一口血来。

不借助神圣花粉，想要实现超级进化，这个过程非常艰难，楚风已经竭尽全力，在这里冲击了很长时间。

刚开始时，山林中还有星辉和月光洒落，现在山林彻底黑了，一片寂静，所有猛兽与凶禽都被他那一声痛苦的大吼吓得逃跑了。

楚风浑身散发着极其危险的气息，王级能量剧烈波动，在山林中弥散开来，不要说一些虫蚁，就是一些大型猛兽，此刻都变得安静了。

“啊！”

楚风不断发出嘶吼声，他用尽全身力量，向前踏出一步，震得山地龟裂，林木摇动，树叶飘零。与此同时，猩红的血从他的嘴角处溢出。虽然身体快要承受不住了，但他不可能放弃，都走到这一步了，他一定要成功。只是这种方式太危险，没有神圣花粉相助，体内的枷锁如同由坚固不朽的神金铸成，一时难以挣断。

“心藏神，为生之本，又称五脏六腑之主，为阳中之阳，于人体来说宛若天日横空。”楚风想到中医与道家的一些理论，想从这方面入手，看能否从这些理论中领悟到一些东西，借此挣断这道至关重要的枷锁。

这一关对楚风来说太重要了，完全依靠自己的力量而不借助神圣花粉，想要实现超级进化，如果他成功了，意义将十分重大。

同时，他必须有所突破才行，外界强敌林立，嘉西境内为了他而赶去的王级强者数不胜数，连挣断了六道枷锁的绝世强者都有很多个。他如果再不进化，怎么去对抗那些强大的生物？

“心藏神？”楚风自言自语。他擦了一把汗，猛然间，将所有的精神能量都注入心脏中，而后运转特别的呼吸法。

“轰隆隆！”

这一刻，楚风将精神能量藏于心脏中，感受更深刻了。他的心脏在有力地跳动着，宛若一面巨大的鼓在剧烈地擂动，声音之大，让他的精神能量都随之震荡起来。同时，那赤色的血液中阳气蒸腾，滚滚涌出，洗涤着他的精神。

此时，他的心脏部位充满了生机，那是肉体力量的源泉所在！

血液翻涌，精神藏于其中，宛若在生命仙池中被滋养，这里是藏神之地，更是生机之根源。

阳气越来越盛，整个心脏被精神能量包裹着，如同悬于苍穹上的太阳。

“轰隆隆！”

楚风调动全身的能量，试图挣断心脏部位的枷锁。这里变得更加璀璨，一道又一道赤光射出。现在，他的精神能量凝聚在这里，自然也感受到了巨大的压力。

之后，只听“轰”的一声，楚风的精神能量承受不住这轮“太阳”的震动而瞬间爆开，随着如同岩浆般的血液冲向四肢百骸，到达每一寸血肉中。紧接着，随着心脏的跳动，精神能量从另外的路径回来，再次凝聚于心脏。

一刹那，楚风心惊，他觉得这样的迸发与回归，让他的力量越发强大了。

“心藏神，生之本，五脏六腑之主，阳中之阳，人体之太阳，竟然如此！”楚风醒悟。他觉得自己以后要多读一些道家典籍以及中医书册，这对他有大用。

此时，楚风将精神能量藏于心脏中，随着血液激荡，精神能量先从动脉涌向全身血肉，而后从静脉回归，循环往复，这样比直接将精神能量融于全身效果更佳。

“轰隆隆！”

随着这种过程，楚风觉得自己可动用的能量大增，通体呈赤色。

每一次，他都能清晰地感知到自身能量的运转情况，心脏如同一个永恒神炉，造出生机，并让生机不断循环，而后弥漫全身。

楚风再次开始全力以赴地冲击心脏部位的枷锁，现在他感觉自己更强大了，极有可能冲击成功。

“轰隆！”

血液激荡，心脏发光，赤光从他的体内透出，照亮这片漆黑的山林，让这片地带呈现一片赤色，光芒闪烁。

这里绚烂至极，根本不像是伸手不见五指的深夜。

随着楚风不断冲击心脏部位的枷锁，心脏的跳动声越来越大了，哪怕隔着十几米远，都能听到“咚咚咚”的声音。

到了后来，声音变得更大，如同擂鼓声一般。

楚风的心脏跳动极其有力，造出了生机，展现出了强大的力量，这实在是惊人。

楚风的身体呈赤色，毛孔中溢出旺盛的血气，还伴着赤光，同时，他的心脏剧烈地跳动着，生命之力随之运转。

“砰！”

突然，最后一声巨大的响声发出，像是一面大鼓被擂得破裂了一般，楚风的身体剧烈震动，脚步踉跄，嘴角还带着血迹。他的心脏部位先是光芒万丈，而后光芒收敛。

显然，他的体内发生了剧烈的变化。

楚风猛一抬头，双目中射出两道闪电般的光束，照亮漆黑的夜空。他擦去嘴角的血迹，脸上渐渐露出笑容。

只听“咔嚓”一声，他的体内传来碎裂的声音。在心脏最后一次超乎寻常的震动后，心脏部位的枷锁出现了一丝裂痕，而后开始瓦解！

楚风笑了，他终于成功了！不过，他此时没有放松，而是定下心神，开始用精神力观察体内的情况。

刚才真是惊险万分，他的心脏承受能力已经达到了极限。最后一次震动，如果他冲击不成功，心脏可能会再次裂开，他将再次受重伤，这也意味着他会彻底失败。

还好，在奋力一搏后，楚风挣断了心脏部位坚固的枷锁。

此时，他的心脏周围色彩斑斓，带着神圣光辉的枷锁不断裂开，慢慢瓦解，不能再禁锢“人体之太阳”原本的力量。

“轰隆！”

最后，像是山洪暴发，又如江河决堤，枷锁在一瞬间全面崩裂，化成炽烈的能量光束，疯狂地涌入心脏中。接着，这种能量光束又向全身各处蔓延开来。

直到这一刻，楚风才算彻底成功，挣断了第五道枷锁，实现了超级进化。

那色彩斑斓的锁链是由能量所化，虽然被称为枷锁，但也是进化的本质所在。正是挣断了它，使这种能量归于心脏中，而后向全身蔓延，才使体质得以提升，人体得以蜕变！

“哧！”

赤光万道，激射而出。

楚风的心脏顷刻间被最为惊人的一股能量占据，变得无比强韧。

现在，他的心脏跳动声跟常人的心脏跳动声一样，但心脏中蕴藏着的力量无法想象，远超过去！

整个心脏鲜红欲滴，如同珊瑚般晶莹剔透，耀眼至极。

“轰！”

一股能量从楚风体内迸发，而后向山林中扩散，就这么一瞬间，整片山林中所有的飞禽走兽都匍匐在地上，吓得发抖。

这是一股惊人的能量，能影响到所有生物，让它们战栗不已。

这一夜，楚风进化成功，依靠自己的力量挣断了第五道枷锁！

楚风面露笑容，有一种收获的喜悦感。

他真的成功了，在没有借助神圣花粉的情况下，只靠自身的力量就挣断了第五道枷锁，实力突飞猛进！他清晰地感受到自己实力大增，无论是肉体能量还是精神能量，都变得更强大了！

深夜，山林寂静，周围一片漆黑。

楚风抬起手臂时，像是可以撑起天穹；迈出脚步时，仿佛可以踏碎山川万物。当然，他知道这是自己实力大进后的错觉，但是他现在真的强大至极，战力大大增强，根本不惧嘉西的那些敌手！

此时，他的心脏跳动平稳，仿佛跟常人的心脏没有什么区别，只有他自己明白，他的心脏何等有力，正在为他输送强大的能量。

楚风用精神力观察时，发现心脏中有一道又一道赤光在迸放，密密麻麻地交织着。那是心脏的力量源泉，是浓郁得化不开的神圣能量。

心脏是“人体之太阳”，当中蕴含着无穷的生命力，能够造出生机，滋养己身。

“轰！”

下一刻，楚风动了，他一步迈出后，整片山林都在剧烈震动，只听“砰”的一声，他随即冲了出去，原地瞬间发生了大爆炸。

他的速度快到极致，眨眼间，他就从这里消失了。与此同时，远方的林木与山石炸开，没有什么能够阻挡他的脚步。

楚风横冲直撞，穿过数百里。他的速度太恐怖了，直到停下来，他才渐渐听到身后惊人的爆炸声，因为他的速度远超声速。

沿途一片狼藉，无论是参天古树还是数万斤的巨石，被他碰到时都是先崩裂开来，而后粉碎。

“达到了五倍半声速！”楚风测试后，自己都感觉十分惊异，据他了解，现在还没有强者能超过这个速度。

一些挣断了六道枷锁的绝世强者，比如席勒，拼命逃亡时的速度也才接近五倍声速。

以楚风目前这个速度，他真要盯上一只生物的话，可以追得对方上天无路，入地无门！

“南域海黑龙太子，你死定了，看你向哪里逃！”他自言自语。

黑膦速度极快，但是，楚风相信自己真要到嘉西去，再次遇上黑膦的话，黑膦一定逃不了。

“轰！”

楚风一跃而起时，地面随之炸开，哪怕再坚硬的岩石，也承受不住他脚下的力量。

只听“嗖”的一声，他轻松跃上千米高的山峰。这可不是飞行，而是从地面上猛然冲上来，直接达到这种高度。

这简直是惊世骇俗，人们看到的话一定会瞠目结舌。

显然，这还不是楚风的极限，但即便如此，也非常可怕，一个人类居然可以如此超凡，从地面跃到这么高的地方，宛若神话中的生物再现。

楚风站在山峰上，猛一跺脚，冲向一千多米外的另一座山峰，如同一支箭激射而去。

与此同时，他身后的那座山峰出现了恐怖的景象，先是龟裂，而后“轰”的一声炸开，巨石翻滚，土石飞射。

“哧！”

一道“赤光”从楚风的身上飞出，那是赤色飞剑。赤色飞剑如今发出的光芒十分耀眼，让人看不到它的原貌，它疾速射出。

“轰隆！”

赤色飞剑从对面的石山上划过，斩落下百余米高的一截山体，景象十分恐怖。楚风当真如神话传说中的生物一般，可以断山截海，威力无穷。

楚风确信，自己已然实力大进，比挣断了六道枷锁的绝世强者有过之而无不及，他有信心去与各路绝世强者大战！他觉得自己这一次的突破非常可观，肉体力量得到了极大的提升。

黄牛曾告诉他，现阶段任何强者一旦挣断了六道枷锁，就可以俯视这个世界上其他层次的生物。哪怕是挣断了五道枷锁的生物，跟挣断了六道枷锁的绝世强者只差一个层次，真要战斗起来，也会被轻易地压制。

然而，楚风眼下绝对不惧挣断了六道枷锁的绝世强者，因为他目前的实力远超其他挣断了五道枷锁的王级强者的实力。这跟他一直以来只借助神圣花粉进化有关，也跟他的特别的呼吸法有关，还跟他这次靠自身的力量挣断第五道枷锁有关。

楚风收起赤色飞剑，体悟自身的种种变化，猜想这一次自己究竟获得了怎样的能力。理论上来说，每挣断一道枷锁，都可以获得一种新的能力。

这次进化后，楚风觉得自己不仅体质得到了大幅度提升，速度也提升了一大截，力量的提升幅度更是骇人。此时，他觉得自己有用之不竭的力量。

在他的心脏那里，赤光流转，滋养全身，让他体内的力量既强大又霸道！

“难道是获得了金刚力，让我的肉体力量大大提升？”楚风自言自语。

事实上，他力量的增幅确实十分惊人，远胜速度的增幅。

“心脏本就是全身力量的源泉，可以造出生机，如今力量大大提升也是应该的。”

很快，楚风发现虽然他的肉体力量提升幅度骇人，有点不正常，但这竟不是他这次获得的新能力。

“再生术？”

最终，楚风发现自己挣断了第五道枷锁后，在心脏鲜红发光、力量大大提升的同时，获得了一种十分稀有的能力——再生术。

楚风用尽体内的能量冲击心脏部位的枷锁时，身负重伤，还曾咯血，然而，转眼间，他便已彻底痊愈，恢复的速度实在是太快了。

为了印证心里的想法，楚风用赤色飞剑划向皮肤，他的皮肤很坚韧，如果不用力，那锋利无比的赤色飞剑也难以划破他的皮肤。

当鲜血溢出时，楚风不去理会伤口，结果伤口快速闭合，而后发出赤光，很快就长好了。到了最后，他的皮肤上连一点伤痕都没有留下，伤口彻底消失。

“砰！”

楚风发狠，动用蛟魔拳猛力给了自己一拳，嘴角都溢血了。然而，被击中部位的疼痛感快速减轻，很快就消失了。

当楚风运转特别的呼吸法，配合这种能力时，效果就更惊人了。没过多长时间，他的身体就彻底无恙了，血气十分旺盛。

“好！”楚风大喜，挣断了第五道枷锁后，他的肉体力量大增，近乎不正常，更幸运的是，他还拥有了这种神奇的能力。

数次自我测试后，他得出了一个结论：如果他身上出现伤口，伤口可以迅速止血并且愈合，身上不会留下一点疤痕，哪怕伤口很深也能迅速修复。在这方面，他远胜其他王级强者。

这让楚风很是激动，这种恢复能力实在是太实用了。一旦与强者交手，他简直像是多了几条命。尤其是遇到同境界的敌人，他可以凭此耗死对方。如果遇到诸王围攻，他也无所畏惧，即便他难以躲开全部的攻击，他的身体也能在最短的时间内复原。

“心脏，生之本，果然有道理！”

楚风很满意，他不缺少攻击手段，无论是神足通、天师降妖术，还是他掌握的两种拳法以及驭剑术，都以攻击为主。现在，楚风的恢复能力得到了提升，其他强者难以比肩，这让他更加无所畏惧。

“咕噜噜！”

终于，楚风的肚子叫了，预料之中的饥饿还是来了。他这样检验自身的能力，不断耗费力量，更是将超级进化后的这种弊端放大了。

饥饿是每次进化后都会出现的现象。在进化过程中，楚风就有了强烈的饥饿感，之前他不去多想，还能抑制住，现在他稍微一放松，这种饥饿感就彻底抑制不住了。

楚风知道一般的食物没用，他吃得再多也不会饱，唯有高能食物才能缓解他现在这种可怕的饥饿感。

“我要去……嘉西！”楚风捂着肚子，雷鸣般的响声让他满嘴都是从胃里泛上来的酸水。

“轰！”

楚风一脚踏碎山峰，一个箭步跑入山林中，向嘉西狂奔而去。现在他一刻也等不了了，连夜赶向嘉西，恨不得立刻见到他的那些仇敌！

楚风的速度太惊人了，在挣断心脏部位的枷锁后，他飞速奔跑的持久力也远超从前，现在的他简直就是一架人形的超声速飞行器。

这一路上，楚风冲出很远的距离后，身后才发出爆炸声。还好，他只是在山林中赶路，如果是在城镇中赶路，被其他人发现的话，必定会是当日的头条新闻！

为了解决饥饿问题，楚风一路狂奔。他的速度太恐怖了，除非身体因为剧烈运动而变得滚烫，他才会放缓脚步。

最终，在太阳初升时，他赶到了嘉西境内。此时，嘉西风云变幻，各路强者都聚于此地，更有绝世强者在此争锋。

就在这短短的几天内，嘉西境内出现了大量的王级生物，很难说清究竟有多少。

所有这一切，都是因楚风而起！

其中，有一群强者对楚风最是忌惮，那就是那一夜围攻他的那群王级强者，那群王级强者怕他逃过这一劫，以后强大起来，会找自己复仇。

“接连数日，这么多强者找他都没有发现他的踪迹，他能躲到哪里去？”

“楚魔王该不会死了吧？毕竟那一夜我们出手极重，他受了那么重的伤，很难活下来！”

山林中，有王级生物出现，并在小声地谈论着。

说话的是一只山鸡与一只麋鹿，山鸡的羽毛十分鲜艳，还泛着光泽，麋鹿则十分健壮，浑身皮毛闪烁着光芒。

那一夜，它们曾经围攻楚风，很幸运的是，它们没有像黑猿王、山猫王和穿山甲王一样死在楚风手里。不过，今日它们显然运气有些差，它们巡游到嘉西与隆冈的边界处时，被连夜赶回来的楚风在第一时间发现了。此时，楚风正站在远处的密林中，目光炯炯，注视着这两只王级生物。

第130章

再临嘉西

清晨，雾霭弥漫了山林，红日跃出山头，将山林中的雾霭染得红彤彤的，连带着山林都煞是好看。

楚风全身沐浴着暖暖的朝晖，一边运转特别的呼吸法，进行“早课”，一边观察那两只王级生物。

他在山林中穿行，悄无声息地接近目标。

哪怕成为王级生物，族群的一些习性也难以改掉，山鸡走路时脖子与头一探一探的。它开口道：“难道楚风真的死了？”

麋鹿很不甘心，道：“楚魔王到底在哪？已经过去好些天了，我们却始终找不到他，真是邪门了！”

山鸡诅咒道：“他真是该死！我很想得到他的绝世呼吸法，他居然销声匿迹，像是人间蒸发了一样。”

它们内心对楚风十分忌惮，生怕他突然回来，对它们展开报复，但又希望能早点发现有关他的线索，好夺走他的绝世呼吸法。

楚风听到它们的话，没有一丝恼怒，相反，他盯着这两只猎物，心中甚是欢喜。

山鸡有一人多高，身上覆盖着鲜艳而光亮的五色羽毛，长喙黑亮，双爪金黄，身体散发着惊人的生机。

麋鹿更是膘肥体壮，皮毛闪亮，身体如同玉石般熠熠生辉，头上的双角带着丝丝缕缕的灵气。

此时，楚风已经接近山鸡与麋鹿，距离它们不足百米远！

山鸡带着怨气，骂骂咧咧："楚风，你晚死几天也好啊，留下你的绝世呼吸法，不然我们岂不是白忙活一场？这个该死的人类，真是死不足惜！"

麋鹿也叹道："的确很遗憾，我们就这样错过了绝世呼吸法。"

此时，楚风如同一个幽灵般从背后接近它们，并且开口说话，不再隐藏。

"我在这里。"

就这么一句话而已，山鸡与麋鹿顿时身体紧绷，霍地转过身来，一起看向十几米外。

它们一眼就看到了楚风，吓得差点跳起来。它们刚才还在谈论他，怎么他一眨眼就到眼前了？

山鸡与麋鹿全都目瞪口呆。

"你……怎么出现了？"山鸡惊恐不已。

"你们不是正在找我吗？"楚风微笑，同时擦了一把口水。

"你……想怎样？"麋鹿看到楚风那个样子，浑身不自在。

"给你们送绝世呼吸法来了。"楚风眼睛很亮，盯着它们上下打量。

这两只王级生物不禁头皮发麻，这么恐怖的楚魔王来了，它们居然没有提前发觉。它们知道，刚才说的话肯定被对方听到了，它们现在的处境很不妙。

"楚王，看到你安然无恙我们就放心了，其实我们并不愿意与你为敌。"山鸡说道。它想借此稳住楚风，然后逃走。

楚风笑了，迈步向前。

山鸡头痛不已，看到楚风逼近，它转身就跑，不敢与楚风开战。

麋鹿同样如此。

上一次它们曾参与围攻楚风的行动，楚风与它们早已结下了死仇，现在说什么都没用，楚风不可能放过它们。

"轰！"

这两只王级生物突破声障，速度快得惊人，朝不同的方向狂奔，分头逃命。但是，它们的速度怎么比得上楚风的速度？

"砰！"

山鸡展翅，想要飞走，结果才飞起百余米高，就被楚风追上。楚风一把抓住它的脖子，拎着它坠落在地，而后向麋鹿追去。

山鸡极其羞愤，再怎么说它也是王级生物，居然被一个人类一把抓住。这是什么情况？为何自己还没有反应过来，就被楚风生擒了？这实在极其恐怖。

山鸡奋力挣扎，通体发光，五色羽毛竖立，金黄色的大爪子扑腾着，想抓楚风。

“老实点！”楚风一巴掌扇在山鸡的头上，顿时令它头昏脑涨。

山鸡知道楚魔王只是随意给了它一巴掌，并未动用真正的力量。这一刻，它的心都凉了，因为它预感到楚魔王实力大进，不可力战。

麋鹿拼命奔逃，看到楚风先追击山鸡而去，心中无比喜悦，觉得自己或许可以逃出生天。

“轰！”

路上，地面炸开，巨石碎裂，麋鹿一路猛冲，想要寻找强援，除掉楚风。

“别慌，慢点。”

突然，一个声音在它的耳畔响起，它顿时毛骨悚然，侧身回头时，正好看到楚风临近，手中还提着山鸡。

“啊！”

麋鹿大叫一声，一下子蹦得很高。楚风在拎着一只大个头的山鸡的情况下，都能追上它？

“砰！”

麋鹿回头的刹那，撞上了一块数万斤重的岩石，虽然岩石被它的双角击得裂开，但因为太突然，它还是一个踉跄，险些摔倒。

“都告诉你别慌了，你偏不听。”楚风提着山鸡，跃到麋鹿前面，截断了麋鹿的去路。

“楚风，我跟你拼了！”麋鹿咆哮着。它既吃惊又害怕，双角发出刺目的光束，朝楚风击去。

楚风一抬手，就轻易震散了光束，而后他“嗖”的一声到了麋鹿近前，一巴掌拍去，道：“老实点！”

只听“砰”的一声，麋鹿顿时晕头转向，眼冒金星，而后栽倒在地，半天都没爬起来。

麋鹿的心中十分恐惧。楚风只是随意一巴掌就能把它撂倒，这让它从头凉到脚。楚风的实力之强已经远超它的想象，他似乎比上一次更加厉害了，即便是孔雀王，实力也不过如此。

“咕噜噜！”

这个时候，楚风的肚子又叫了。他捂着肚子，目光灼灼。

此时，这两只王级生物都想逃走，结果又挨了两巴掌，顿时昏厥过去。

不久后，森林中传出阵阵香味，楚风大快朵颐。

在此过程中，他全身毛孔张开，喷吐着精气，有一些黏液混合着莫名的物质，被一一排出体外，新陈代谢的速度有些恐怖。

这是在去除他体内的杂质，只留精华。

同时，这也是一种进化的方式，毕竟他这次没有依靠神圣花粉，而是全靠自己的力量奋力挣断枷锁，他的消耗实在太大。

因此，这一次他所需要的能量远超以往，王级食材快速转化成精气，被他的身体吸收。

途中，他两次去冲洗身体，因为他身上的汗液不断地流着。这简直像是一场战斗，他的身体新陈代谢的速度实在是太快了！

楚风全身上下的毛孔再次张开，精气喷涌而出，身体开始缓慢蜕变。

“好舒服！”楚风长叹一声。

他终于不再感到饥饿了，算是解决了一个大问题。他很满足，躺在那里一动也不想动。

休息了很长时间后，楚风的身体不再喷出光芒，他这才起身。

只听“扑通”一声，他跳到泉水里洗了一个澡，黏糊糊的汗液与杂质都被清除了。

很久后，楚风才从泉水中出来，此时，他通体闪烁着光辉。

休息好后，楚风继续赶路。现在的嘉西一定很热闹，他怎能缺席？

楚风在山林中穿行，望向远方，双目深邃，道：“孔雀王想对付我？海族也来凑热闹，想夺取我的呼吸法？还有几家大财团也敢背地里算计我？哼，我们一一算账吧！”

最近几天，嘉西境内很不平静，各路强者皆聚于此，局势日益紧张。

楚风一夜连斩十王，这件事造成的影响实在是太大了，很多强者都是为楚风而来，这当中不仅有人类中的绝世强者，更有海中挣断了六道枷锁的天之骄子。

在楚风休养的时候，孔雀王与玉虚宫之主大战过，普梦山的太极老宗师与海族的强者也大战过。

可以说，嘉西境内风云变幻！各路强者出没，且不时会有王级大战。

然而，楚风在哪里？这是人们都想知道的事，现在不知道有多少人在找他，但就是找不到。接连数日，人们都见不到楚风的踪影，因此有不少流言传出，说他可能已经死了。

那一夜，楚风战绩傲人，震动东方，令所有人都惊讶不已，他却就此消失，不见踪影。

一些人怀疑，楚风连斩十王，自身也遭受了无法想象的重创，最后虽然逃走了，但极有可能死在某一个不为人所知的山洞中。

更有人怀疑，那一夜楚风可能就被除掉了，只不过他的死讯没有传出，因为有些强者想掩盖得到他的绝世呼吸法的真相。

“楚神，你不会真的死了吧？”不少人在议论，尤其是在网上，这件事闹出了不小的风波，许多人在为此争执。

一些人坚信楚风还活着，只是受伤太重，短期内可能不会再出现；一些人则相当悲观，认为他真的死了。

“你们真当他是神啊，他也只是血肉之躯，不要因为他有过一些不错的战绩就吹捧他，这次他肯定死了！”一些心怀恶意的人说话相当难听。

一部分对楚风一直有敌意的异类现在也跳了出来，尽情奚落他。

楚风的那些旧敌最为活跃，比如金鹰、苍狼等族群，说到楚风更是没有什么好话，言语十分刻薄。

“楚魔王也有今日！真的应该感谢嘉西境内的各路王级强者，那一夜你们辛苦了！”

苍狼族甚至还曾为此庆祝，行为非常高调，闹得尽人皆知。

很多人看不过眼，愤怒不已，却无可奈何。苍狼王被楚风斩灭后，苍狼族就迁到孔雀族的地盘上了。

“可惜，我族的王南下，注定要扑空了。那个楚风真是太弱了，居然提前死了。”孔雀族的异类说道，像是对孔雀王兴师动众南下，却没有机会出手除掉楚风感到很遗憾。

“孔雀王是何等身份，一个楚风而已，也值得孔雀王出手？现在他毙命了，正是一件好事，免得有些人说孔雀王欺负他。”

说这些话的是曾在那一夜对楚风出手的异类王级强者，它们自然偏向孔雀王。而且，它们当日出手，虽说主要是为了楚风的绝世呼吸法，但也是为了卖孔雀王一个人情。

“太可恨了！你们怎么能这么说？哪怕楚风真的死了，你们也不至于这么说他吧？”许多人很气愤。

“这只是实话实说，你们没有看到当日楚风的样子，什么辉煌战绩，什么夜斩十王，这些都是吹出来的。当时他被攻击得狼狈不堪，披头散发，满身是伤，什么楚神！”一个人在网络上说话很不客气，尽情地奚落楚风，说那一夜他的战绩水分十足，其实他非常狼狈。

“你是谁，凭什么这样说？你这样奚落楚风，能得到什么好处？真是信口雌黄！”一些人被激怒了。

有人发现，居然可以通过网络信息查到那个人的所在地，不知道那个人是一贯嚣张高调，还是此次故意为之，对此没有丝毫掩饰。

那个人来自嘉西境内的洪岭！

“洪岭那家伙，你会不会说人话啊？在那里胡说八道，你会遭报应的。”有人愤愤说道。

“哪位大神去给那家伙一点颜色看看？嘉西洪岭那个地方是不是被异类占据了？说不定那家伙在那一夜就参与围攻楚神的行动了。”有人这样推测。

显然，那个人不是善茬儿，容不得别人如此挑衅。

“怎么，戳到你们的痛处了？我偏要那么说！遭报应？哈哈哈，那就让老天来劈我吧！那一夜我的确参战了，看见了所谓的楚魔王垂死的状态，还曾对他出手，他虽然侥幸逃脱，却必死无疑！”

这种回应顿时激怒了无数人。

“我相信，你说出这么恶毒的话，一定会遭报应的！”

“这绝对是一个异类，洪岭那地方就是被异类占据了。”

不少人在推测那个人是谁，认为那极有可能是洪岭的乌鸦王。

乌鸦王与金乌王是同族，金乌王以前也是乌鸦，只是后来进化了，神禽血脉得以复苏。

洪岭，乌鸦王出了一身冷汗。乌鸦王对人类的通信器不够了解，没有想到随便发言，就被人猜到了自己的身份。

不过，乌鸦王也没什么可怕的，自己跟金乌王算是同族，有那样的绝世强者庇护，谁能奈何得了自己？

那一夜，乌鸦王自然是听从金乌王的命令，帮孔雀王在嘉西境内对付楚风。当时，诸王联合围攻楚风，乌鸦王非常活跃，出了不少力。

“楚风，难道你真的发生意外了？真希望你没什么事，赶紧出现吧，给那些嚣张的异类一点颜色看看！”

“楚神，希望你能活着回来，重新整理美食排行榜。那些异类真是太可恶了！”

……

楚风横穿山林，一路前行，并且在路上用通信器观看最近的一些新闻，了解外界的最新情况。

关于网络上的一些议论与争吵，他随意看了一下，某一出名异人论坛中的骂战立刻吸引了他的注意力。

“洪岭？”楚风讶然，他正好在这片区域。

他随手回帖，道：“乌鸦，你肯定要遭天打雷轰。”

因为，其他人都这样诅咒乌鸦王。

楚风猜测，那个人多半真是乌鸦王。

那一夜乌鸦王的确参战了，但乌鸦王很狡猾，一直躲在远处攻击楚风，乌鸦王正是因为胆怯，不敢靠近，才逃过了一劫。

“我正找你们呢，你还敢这么高调地奚落我，我就拿你开刀好了！”楚风提速，直冲洪岭，如同一道闪电般疾速远去。

洪岭有“小户山”之称，山势嵯峨，层峦叠嶂，更有许多瀑布，风景怡人。

如今，这片山脉被乌鸦王占据了。

以前这里还有黑猿王、鹞子王，经过那一夜的大战后，黑猿王、鹞子王都战死了，这里便成为乌鸦王的地盘。

此时，乌鸦王正在收拾东西，准备暂时离开。乌鸦王很谨慎，担心真有人过来袭击自己。

不过，眼下乌鸦王还不着急，即便真有人想过来对付自己，也得花费一些时间，不可能立刻登门。

“真希望那个楚魔王死了，绝世呼吸法我不要了，这个祸胎还是赶紧下地狱去吧！”乌鸦王冷笑道。

“轰！”

突然，洪岭的主峰上一阵震动，楚风一跃就是一千多米远，直接从另一座山头上跃了过来。只听“砰”的一声，他落在了主峰上，震裂了山巅。

“什么人？”乌鸦王心头惊悚。

乌鸦王化出本体，冲天而起，想先逃到安全的地方再说。

乌鸦王冲起的刹那，眼睛顿时直了，来人竟然是楚风！乌鸦王毛骨悚然，拼命展翅，想要立刻逃离这里。

对乌鸦王来说，这实在太恐怖了，怎么自己才骂完楚风，楚风就活着出现在自己的面前？

“还真是你！”楚风面露笑意道。

楚风抬起左手，雷电符号交织，同时，他左手中还拿着一柄正在发光的紫色金属锤。

这是紫金雷电锤，是那一夜大战中，他消灭一个人类王级强者后夺过来的法兵，现在他要催动这件法兵了。

“楚风你……不要啊！”乌鸦王大叫，顿时化成一道乌黑的光束冲天而起，想要逃离洪岭。

可惜已经晚了，乌鸦王速度再快，还能快过雷电吗?

紫金雷电锤发出雷电，在楚风左手心雷电符号的配合下，紫金雷电锤发出的雷电威力格外恐怖。

“轰！”

一道雷电直接劈在乌鸦王的身上，顿时让乌鸦王浑身的羽毛纷纷扬扬，飘落在地上。

“砰！”

接着，在交织的电光中，乌鸦王惨叫着，身体焦黑一片，而后坠落在地，当场惨死。

说来也巧，此时，几朵云飘来，隐约间还有雷鸣声。

楚风转身离去，没有多作停留。

就在当日，网络上炸窝了，因为洪岭附近的人听到了雷鸣声，看到了一道雷电落在洪岭的主峰上，电光极其耀眼，骇人至极。

“那只乌鸦该不会真的遭天打雷轰了吧？”

到最后，有异人登山，发现乌鸦王果然出了意外，遭受雷击而亡。

“天啊，应验了，乌鸦王真的被雷劈死了！”

这引起了巨大的轰动，许多人都惊呆了。

两头牛第一时间联系楚风，问他是否到了嘉西境内，因为两头牛都知道他身体恢复了。

楚风自然不会隐瞒，告知两头牛自己已经到了。

大黑牛得知后，顿时来了精神，很兴奋地说道：“小子，那只乌鸦是被你劈死的吧？”

“没错，是我。”楚风笑道，并且告诉两头牛，他已不惧挣断了六道枷锁的强者，有把握对付那些大敌。

“真的假的？”大黑牛顿时狂喜，眼珠子直转，为楚风出馊主意，“我跟你说，这几天我与小黄摸透了嘉西诸王的底细，知道一些家伙在哪里，你可以继续装神弄鬼，先干掉一些敌人，吓死那些家伙。”

“有道理，我可以先干掉一些敌人，但我更想知道孔雀王和南域海黑龙太子在哪里，你们清楚吗？”楚风问道。

第131章

绝世白衣

“据闻，南域海黑龙太子可能在太京山养伤，曾有人在山中看到宛若山岭般的黑色蛟蛇。”大黑牛告知楚风。

“在太京山？”楚风皱眉。太京山可不是一般的地方，那是嘉西境内的名山之一，为道教的洞天福地。

算一算时间，黑螣也快养好伤了。

至于孔雀王在哪里，两头牛也不知，孔雀王很神秘，他人难以发现其踪迹。

别看黄牛年龄不大，但一向主意多。此时，黄牛为楚风出主意，道：“你先别急着找敌人算账，慢慢来，反正你在暗处，敌人在明处。你悄悄地找上门去，一个一个地对付那些家伙，这样更好。”

“有道理。”楚风笑道。他也是这么想的，现在他没有必要跳出去当靶子，就这样待在暗中，保持神秘，最好不过了。

大黑牛也让楚风先沉住气，不要轻举妄动。大黑牛道：“等我消息，最近西伯利亚虎王跟一些海族强者打得火热，我让西伯利亚虎王先去了解情况，看一看南域海黑龙太子是否还在太京山。”

此外，两头牛准备帮楚风将一些兽王和人类王级强者的消息查清楚，计划让其中一些强者遭天打雷轰。

楚风面带微笑，这正合他意。

“最近都在山野中，我都快成野人了。”此时，楚风在山林中穿行，自嘲道。

楚风原本生活在现代化城市中，面对的是车水马龙、高楼大厦，自从天地剧变后，一切都变了，他行走于大山之间，跟强大的王级生物战斗。

楚风决定到最近的城市稍作休息，等两头牛的消息。

印城是嘉西境内最大的城市，离洪岭非常近，以楚风现在的速度，他用不了多久就能赶到印城。

乌鸦王被雷劈当真是一则爆炸性的消息，人类的反应就不说了，因为乌鸦王太招人恨了，许多人听到这则消息时先是目瞪口呆，而后拍手称快。

不过，异类诸王都纷纷无语，这太邪门了，难道乌鸦王真的是被雷劈死的吗？异类诸王的第一反应是：其中一定有问题！

然而，洪岭那边传来消息，证明当时的确阴云密布，电闪雷鸣，但这种景象很快消失了。

“真遭雷劈了？乌鸦王或许真的是坏事做多了。”有异类叹道。

这件事有点离奇，不过也不是不能接受，毕竟平日里山中常有雷电出现。

“或许是天劫！”也有异类神色凝重地说道。

任何生物到了王级层次，就会了解到更多的事。按照神话传说，王级生物在古代的话算是大妖，而大妖每隔一段时间就可能被雷电轰击，算是历天劫。

但是，也有很多强者不这么看，人类和异类中的一些顶级强者觉得此事蹊跷，猜测乌鸦王并不是遭雷劈，而是遭人暗算。

太京山，古松伴着飞瀑，云蒸霞蔚，景色秀美，宛若仙家福地。

一片山林中，树木稀疏，但都十分苍劲。山林中的一片高地上，一条数百米长的黑色蛟蛇盘在那里晒着太阳，鳞片如同乌金般，头上长着独角，犹如一条黑龙。那正是南域海黑龙太子黑騰。

“楚风，你还活着吗？希望你完好如初地归来，我一定会击败你！”黑騰低语。

最近几日，黑騰一直在这里养伤，如今身体即将恢复。

堂堂南域海龙族成员，挣断了六道枷锁的绝世强者，上次只因身上有伤，发挥不出真正的实力，险些被楚风斩灭，所以黑騰恨透了楚风。

“乌鸦王惨死，别告诉我这跟你有关，等我出关，我必斩你！”黑騰发誓，等不及要找楚风复仇了。

印城城外，金海别墅区。

在一栋富丽堂皇的别墅内，白衣男子正坐在客厅的沙发上，脸上带着笑，俊朗而儒雅，有种出尘的气质。

他一边很悠闲地翻着手中的形意拳谱，一边道："乌鸦王死了，这必定不是意外。所谓的异类历天劫，虽然有这种说法，但过于虚无缥缈，我只相信进化。或许我们的目标出现了。"

"你是说，楚风回来了？"另一张沙发上坐着一个妖异而俊美的男子，那正是三眼男子。三眼男子一头紫色长发披散着，眉心处的竖眼在开合间有光芒射出。

"很有可能。"白衣男子点头。

"很好，我现在就去擒拿他，为黑馗出一口气！"三眼男子一头紫色长发迸发出道道光芒，整个人被神圣光辉笼罩着，浑身散发出很恐怖的气息。

此时，三眼男子眉心处的竖眼睁开，有一道金色光束从中飞出，锁定茶几上的一把蓝色匕首，将它带了过来，放在了三眼男子的手中。

"我要狠狠地收拾他，一个只挣断了四道枷锁的渺小人类，竟让我的飞碟坠落在虎泷山，可恨啊！他就是有一百条命赔给我，也比不上那一架飞碟！"三眼男子将蓝色匕首插入茶几中，力度非常大。

"砰！"

整张茶几炸开。

三眼男子每次想到那架被毁掉的飞碟，心都在滴血。即便大洋深处遗迹众多，也没有几个海族强者能够得到飞碟。

"少安毋躁。"白衣男子语气很平和，微笑道，"一切还只是猜测，也不见得他真的回来了。即便是他，又何须你我费心费力地寻找，让他主动来送死岂不是更好？"

"他会那么听话？"三眼男子诧异不已。三眼男子知道白衣男子一向稳重，手段高明，绝不会乱说话。

"会，由不得他不来送死。"白衣男子放下手中的形意拳谱，脸上露出淡淡的笑意，道，"是人就会有弱点。"

"说来听听。"三眼男子变得平静了。

"楚风一向很在意他的父母，他的成名之战就是因他的父母而起，当时他不计后果，只身一人闯到盆灵山，跟掌握驭剑术的老黄鼠狼浴血搏斗，最终平山灭寨，震动四方。”白衣男子娓娓道来，一点也不急。

三眼男子听他说了这么多，马上领悟了他的意思。三眼男子眼中露出光芒，面带微笑，道：“拿他的父母做文章？”

“对，让人在雷天城动手，也不是非要除掉他的父母，但要做出动作，真的出手，让楚风因此乱了分寸。”白衣男子微笑道。

“这样他就会乖乖来送死？”三眼男子问道。

“在雷天城出手的人一定要以失败告终，并且露出马脚，放出消息，称是嘉西这边的人指使的。”

“哦？”

白衣男子接着说：“这个过程一定要自然，不能让人察觉到是刻意为之，所谓水到渠成，毫无痕迹，这样才最致命。就让嘉西的一只兽王当‘主谋’吧，最好是上次围攻楚风的兽王之一，它必须很激进，而且想对付楚风的父母。”

三眼男子问道：“这样说来，戏要做足的话，我们岂不是得先控制一只兽王，让它看起来像这场策划的主谋？”

白衣男子点头，嘴角微翘，淡淡地笑道：“不错，在它的‘指使’下，楚风的父母受到惊吓，甚至受伤，楚风因此勃然大怒，大战四方！”

“他会吗？”三眼男子迟疑。

“会的，楚风很在意他的父母，依照他的性子，他一定会这么做，从而威慑其他人，使其他人不敢再对他的父母下手。而且，他以前发过誓，谁敢动他的父母，就算触了他的逆鳞，比直接针对他后果还要严重，必会遭受他的报复！”白衣男子大笑。

“有意思！”三眼男子也笑了。

“楚风为了震慑其他怀着敌意的人，确保他父母的安全，一定会强力出手，那时我们的机会便来了，我们只需要静候他上门送死！”白衣男子目光冷厉，面目狰狞。

“很好，我期待他主动上门送死。”三眼男子点头，而后又道，“我正要去太京山看望黑臆，我要不要告诉黑臆我们即将擒拿楚魔王？”

“自然要告诉黑騰，黑騰也要参与进来，到时候我们三大强者联手拿下楚风。”白衣男子说道。

“有必要吗？我一个人就可以轻而易举地拿下他。”三眼男子淡淡地说道。三眼男子看不上楚风，不曾将楚风视作同等的对手，脸上带着冷笑与轻蔑之色。

“为稳妥起见，叫上黑騰好了。我做事求稳，一定要拿下他，不给他一丝一毫的机会，不然，万一让他逃走，事情就会变得很麻烦。”白衣男子坚持，目光灼灼。

“好，依你！我去太京山一趟，顺便在路上选一只合适的兽王做那个‘主谋’！”三眼男子起身。原本他就要去一趟太京山，现在他更加迫不及待了。

天地剧变后，郊外的别墅缺乏安全保障，价格一落千丈，无人问津。现在城外出现了很多大山，猿啼虎啸声更是不绝于耳，一般人谁还敢住郊外的别墅？

此时，楚风正行走在印城城外，准备就近休息，先不进城，免得被认出来。然而，他刚才感受到了一股强大的能量，那股能量对于一般王级强者来说，绝对称得上恐怖！

“挣断了六道枷锁的绝世强者？”他心头一震，十分吃惊。

那股可怕的能量正是三眼男子发怒，将蓝色匕首刺入茶几时释放出来的，被楚风清晰地捕捉到了。

如今楚风实力大进，神觉异常敏锐，哪怕离那片别墅区还有五六里地，他也在第一时间感应到了那股能量。

他如同幽灵一般，向那片区域赶去。他纵身一跃，进入别墅区，躲在园林中，观察着周围的环境。

刚才他捕捉到的能量就源自那栋最气派的别墅。不久后，他看到一个白衣男子送一个紫发男子走出别墅。

“体内蕴藏着恐怖的气息，这两个人都不简单。其中一个人要走？”楚风目光灼灼。

随后，他神色一惊，因为他看到那个紫发男子的眉心处居然有一只竖眼，可以料想紫发男子绝非人类。

可惜，楚风并不知道紫发男子就是在虎泷山追击他的那架飞碟的主人。

“嗷！”

一声咆哮后，三眼男子宛若一道紫色闪电，离开别墅区，疾速远去。他速度非常快，果然是一个绝世强者。

楚风一直都没有动，而是潜伏在园林中。自从将精神能量与肉体能量融合后，他便拥有了一种奇异的能力，自身仿佛可以与环境融为一体，其他王级强者的神觉对他失效。

上一次，楚风夜斩十王，最后关头之所以能逃走，让那些王级强者找不到他，正是因为他在路上融精神能量于全身，没有留下丝毫气息。

“这个白衣男子笑容温和，还真是俊朗。”楚风讶异，这是一个难得一见的绝世美男子！

不过，楚风总觉得这个白衣男子不是良善之辈，这是一种直觉，对方跟如此强大的异类来到嘉西，或许就是为他而来。

两头牛曾告诉他，海族来了一些强者，有龙女、海神虎和三眼族强者等，难道那有三只眼睛的紫发男子是海族强者？

“海族！”楚风目光冷厉，他对海族没有一点好印象。

之前，雷天城的那条电鳗自称白龙，只因怀疑楚风掌握呼吸法，便霸道出手，结果连带着那只龙虾，反被楚风所斩。

不久前，楚风又遇到了黑膳，黑膳替朋友出头，要取他性命，结果爆发了一场惨烈的大战。也正是那一战，让楚风身受重伤，接着遭人围攻，险些死掉。

“管你什么身份，你既然跟海族走得这么近，多半不是什么好东西，我从背后袭击你，先把你打倒再说！”楚风在心中做出了这般决定。

白衣男子从别墅外回来，脸色始终很温和，显得儒雅而飘逸。他双目有神，浑身带着书卷气，同时散发出一种自信，像是一切都在自己的掌握中。想到不久后要伏击楚风，引楚风上门送死，他嘴角不禁露出淡淡的笑意。

楚风已提前来到那栋气派的别墅附近，准备袭击白衣男子。

他动作很轻捷，一闪身就进入了客厅，因为客厅的门根本没有关，倒是省去了他不少麻烦。

“希望可以瞒过白衣男子的神觉。”楚风自言自语。不过，真要瞒不过也无妨，大不了一战。

此时，楚风躲在门后屏住呼吸，身体紧绷，整个人彻底融入环境中。

到了这个层次，楚风对自己身体的掌控到了惊人的地步，同时，他的精神能量与肉体能量交融在一起，越发令人感知不到他的存在。

白衣男子走路时，每一步的距离都一致，而且精确到分毫，如果有人拿尺子去量，一定会非常吃惊。他像是踩着某种特殊的节奏，跟他的呼吸相配合。

唯有楚风这种层次的人才能感觉到这白衣男子非常不简单，甚至可以说有些可怕。

白衣男子举手投足间都有莫名的韵致，配合着呼吸。他看起来脸色温和，但是体内蕴藏着旺盛的血气与勃勃的生机，一旦爆发开来，必然如江河决堤，十分恐怖。

白衣男子走向客厅，无声无息，脚步有节奏，落地很轻盈。

他在思索着如何设局，要自然一些，从雷天城到嘉西，牵动两地，引楚风上门送死。

他面露笑意，很快就完善了自己的计划。

白衣男子集中精力思考如何设局，所以走进来时根本没有注意门后有人。

他如此强大，根本不惧任何强者，尤其是刚才他与三眼族强者在客厅见面，他们才离去片刻，他从未想过有人会胆大包天地闯进来。并且，凭他敏锐的神觉，任何风吹草动都瞒不过他，他可以在第一时间感知到，真有人靠近，哪怕是绝世强者，也逃不过他的感知。

所以，白衣男子没有在意，也不曾多想。

但是，今日显然有意外要发生，因为楚风如今的状态可以瞒过诸王的神觉！

楚风半眯着眼睛，怕自己的眼神太亮引起对方警觉，此时，他左手攥着一件兵器，高高扬起。

这件兵器正是紫金雷电锤，它并不长，算上柄也只有一尺长，非常精致。不催发时，它略显暗淡，但可以看出它饱经岁月的洗礼，带着时间的沉淀感。

猛然间，楚风手持紫金雷电锤，用力朝白衣男子的后脑打去。

楚风虽然很用力，但是并未催动这件法兵。不将能量注入其中，紫金雷电锤并不会发出雷电，只是一件冷兵器。

显然，楚风这样一击，顿时令白衣男子警觉起来。白衣男子身为顶级强者，将形意十二真形全部练成，绝对拥有惊人的天赋。

要知道，许多老拳师练了一辈子拳，才勉强练成一种真形，能够练成两三种真形的老拳师已经很罕见。

据闻，谁要是练成形意十二真形中的六种真形，就称得上罕有的奇才了。而这个白衣男子这么年轻，却已将形意十二真形全部练成，简直就是旷世奇才！

现在身后稍有异动，他便在第一时间生出感应，哪怕在走神，脑袋里想着其他事，他也在刹那间便身体紧绷，手捏拳印，找准机会回击。

白衣男子的反应速度太快了，他施展形意龙形，脊背弓起如大龙，腰腹发力。同时，他手捏虎印，随时准备出手。此外，他施展形意鸡形，一脚踩着地面，金鸡独立，向前弯腰，躲避敌人的袭击。紧接着，他施展出形意蛇形，另一条腿猛力地向后踢去，柔韧而霸道。

就这么一瞬间，他体内爆响，骨骼震动，景象非常惊人。就是楚风也不得不惊叹，白衣男子在反应速度上远超其他强者，刹那间，他居然就施展出了形意龙形、虎形、鸡形和蛇形四大真形！

这实在是令人震惊，一般的人别说刹那间施展出四大真形，哪怕准备充足，能完好地施展出其中一种真形，就很了不起了。可以料想，白衣男子的实力绝对很恐怖！

不过，楚风的速度更快，他潜伏于此，就是在等待机会。

一个是有准备地袭击，另一个完全没有防备，两相对比，优劣明显。

楚风早就准备好了绝招。他并非像常人那样偷袭，他出手时很诡异，如一条蛟龙扑击，先是一跃而起，而后俯冲下来，避开了白衣男子向后踢来的那条腿，躲开了凌厉的形意蛇形一击。

此时，楚风身体各个部位都可以进行攻击，他融合了大力牛魔拳与蛟魔拳，腰背如蛟龙身，在半空中猛力摆动，向前扑击时速度极快；脚如莽牛蹄，足以蹬裂山峰；双手更是如利剑，仿佛能劈开一切。

“砰！”

楚风身在半空中，腿、脚、肘、右手等都在攻向白衣男子，并且，他快速地伏在了白衣男子前倾的背上，左手更是持着紫金雷电锤用力砸了下去。

两人身体接触的同时，楚风的腿、脚、肘、右手等就落在了白衣男子的身上，并且紫金雷电锤成功地砸在了白衣男子的后脑部位。

楚风这一锤力度非常大，足以砸塌一座山头！

此时，白衣男子哪怕实力非常恐怖，一下子便施展出形意四大真形，还是注定遭受挫败。

因为，这个敌人不按常理出牌，不是贴着地面冲过来偷袭他，而是纵身跃起，落在了他的后背上，没有挨上他那一脚。

白衣男子立刻遭受重击，只听“咚”的一声，他的后脑部位发光，他动用了神秘能量硬扛这一击，但依旧扛不住这么近距离的攻击。同时，他后背剧痛，遭受了楚风肘部与膝盖的重击，当场咯血。

现在的楚风实力极其强大，敢于跟任何强者争锋，就是再遇上东伐军中的老狮王，他都敢去搏斗一番！

“轰！”

白衣男子遭到楚风这样猛烈的攻击，承受的力量何其可怕，身上的白衣都炸开了，变得破破烂烂的。

白衣男子身体摇晃，后脑剧痛不已，眼前发黑，几乎一头栽倒在地，但他还是强打着精神，想要保持头脑清醒，并找准机会反击。

然而，一步落后，失去先机，往往就会步步落后。现在他头脑昏昏沉沉，反应迟钝，太被动了。

“嗷！”

楚风一声大喝，发出可怕的如雷霆般的音波，其中蕴含着精神攻击。

这一声大喝震散了白衣男子强行凝聚起来的精神能量，音波在他的耳畔炸响，让他双耳轰鸣，眼前出现重影，头脑变得更加昏昏沉沉。

“咚！”

在这个过程中，楚风手持紫金雷电锤，第二次砸在白衣男子的后脑上。

白衣男子感觉头颅快要炸裂了，眼前什么都看不到了。

当楚风第三锤落下时，白衣男子双眼发黑，一头栽倒在地，彻底昏厥过去。

只听“嗖”的一声，在白衣男子倒地前，楚风从白衣男子的后背上轻盈地降落在地。

楚风低头看着白衣男子，确定他已昏厥，暗叹这个白衣男子果然厉害，估计挣断了六道枷锁。这让楚风心惊不已，人类中何时多了这样一个绝世强者？他以前根本不知！

楚风凝视着眼前的白衣男子，这个白衣男子最多二十七八岁，比他大不了几岁。

这是一个一直隐藏着的绝世强者！

“他精通形意拳，看其火候，他完全可以称得上宗师，一个这么年轻的宗师真是够惊人！”

很快，楚风双眼发光。这个白衣男子可是一个形意拳宗师，他一直眼馋这种拳法，委托陆通帮他寻找形意拳谱，可到现在为止，他只练成了几种真形而已，因为拳谱根本凑不齐。

“他身上有没有拳谱？”楚风面带希冀之色，不过，他又觉得自己的想法不靠谱，谁会随身携带拳谱啊？

楚风将白衣男子全身搜了一遍，果然没有发现拳谱。他叹了一口气，然后抓着白衣男子，走进宽敞的客厅中，在沙发上坐了下来。他发现茶几已经破碎。

“嗯？这是……”楚风大吃一惊，因为沙发上有一本发黄的拳谱，这本拳谱立刻吸引了他的目光，让他瞬间精神十足。

只听“砰”的一声，楚风一松手，白衣男子便坠落在地。

楚风拿起拳谱，快速地翻了一遍，发现这本拳谱记载的是形意拳古法，与现在流传的形意拳谱有些不同，更为复杂和玄奥。

“有一个夹层！”楚风发现拳谱封面那里有个夹层，惊讶不已。他从夹层里面取出一张很薄的兽皮，顿时激动万分。只见兽皮上刻着形意十二真形图，那些图案栩栩如生！

楚风震惊万分，而后大笑。这真是太意外了，他居然在这里发现了形意拳古法和形意十二真形图!

“年轻的形意拳宗师。”楚风低头看着白衣男子，这个白衣男子竟然带着拳谱，这出乎他的意料。

事实上，白衣男子练成形意十二真形没多久，也是近期才挣断第六道枷锁的，他还在巩固期，依旧在参悟形意十二真形的真意，所以拳谱不离手，而且他从未想过有人能从他的手上抢走这本拳谱，这是他的自信之处。

今天楚风发现他跟海族强者在一起，心中来气，直接将他打晕，才意外看到这本拳谱。

“老兄，对不住了。”此时，楚风心中多少有些愧疚，毕竟对方和他一样也是人类。虽然白衣男子跟海族强者关系不一般，不像是良善之辈，但他没有什么证据，也没有看到白衣男子作恶，就这样偷袭白衣男子，他心里还是很不自在的。

当然，如果让楚风知道，白衣男子想要以他的父母为筹码，逼他送死，估计他打死白衣男子的心都有了。

“形意拳古法和形意十二真形图到手，真是意外之喜！”楚风翻看形意拳谱，观看形意十二真形图，越发觉得形意拳非凡。

楚风心中非常激动，难以平静。对于一个走上进化之路的人来说，这种古拳法值得一练，毕竟这是人类的拳法。

“嗯？”楚风有些吃惊，他才稍有所悟，便发现形意十二真形连贯起来后，仿佛隐藏着一种神秘的呼吸法。

“好！”楚风双目发光，他知道这种神秘的呼吸法非同小可。

现在他拥有的呼吸法每日不需要运转太长时间，因为超时去练也无用，除非对敌与疗伤时才不限时间。真正修炼，想要借助呼吸法进化的话，每日只需早晚各运转一次，有效时间极短。

多一种呼吸法，就意味着多一种进化的手段，可以促进体质的提升，而且有效时间会变长。

楚风越是揣摩，越是发觉形意十二真形中隐藏着的呼吸法非同小可。

“我的进化之路变得更加宽阔了！”楚风心中充满了收获的喜悦感。

此时，他低头看了一眼白衣男子，暗道一声：“老兄，对不住了，海族多为我的敌手，谁叫你跟海族的关系不一般！”

说完，楚风将形意拳谱与形意十二真形图揣进自己的怀中，暂时不准备还了，等参悟透彻再说。

显然，这个地方不能久留。

楚风在这里一番寻找，发现破碎的茶几旁有很小一片残纸，上面写着一个名字，还画着红叉。

“这是一个杀戮名单？”楚风吃惊，因为这残纸带着浓浓的杀意。

上面写着的名字为吴起峰，他并不知道那是谁。

“跟海族强者在一起，还要对付人类强者，怎么看都有阴谋。”

只是楚风实在不知道谁叫吴起峰，他也没有其他证据，不好再对白衣男子下手。现在一切都只是猜测，他并没有确切的证据，而且，这一位可是年轻的形意拳宗师，日后必会成为人类绝世强者之一。

“算了，取走拳谱已经对不住他了。”楚风转身向外走。可是走到门口后，他又皱眉，总觉得这个白衣男子不对劲，哪怕看起来再儒雅与俊朗，也不像是善类。

楚风不知道，也无法预料到，这白衣男子其实是他的一个大敌，正在暗中算计他。他只是有种本能的直觉，觉得此人不善。

楚风转身回到别墅中，将白衣男子抓起来向外走，看到一个巨大的垃圾桶后，便将他扔了进去，“哐当”一声盖上了盖子。

“不管了，真是对手又如何，大不了正面一战，给你一次机会！”楚风不确定白衣男子的善恶，因为他没有确切的证据。他毫不在乎，自信不惧任何敌手，大步走出别墅区。

很快，楚风联系到陆通：“老头子，我到嘉西了，最近做了一些事，心有感触，总觉得背后的黑手防不胜防。我在想，如今我远在嘉西，雷天城不会出事吧？你给我注意点，保护好我的父母。”

陆通一听直咂嘴，觉得楚风在嘉西肯定没干好事，不然，他怎么会说出这样一番话来？

“你是不是良心不安了？说吧，干什么缺德事了？”陆通问道。

“胡说八道，我一向光明正大，从不干缺德事！”楚风脸不红心不跳，摸了摸怀中的形意拳谱与形意十二真形图，又回头看了一眼别墅区中那个大垃圾桶。

只听“嗖”的一声，楚风跑没影了。

“放心！现在嘉西那么乱，我就知道你肯定是个惹祸精，保不准就会捅破天。我早已将你父母转移到了更加安全的地方，碧游宫之主也在那里。另外，一对异人夫妇暂时住在你们家。”

“多谢！”楚风挂断了通信器，彻底安心了。同时，他再次回头看了一眼，心里好像……不怎么愧疚了。

第132章

形意

正午时分，太阳火辣辣地炙烤着大地，树上的叶子无精打采，全都蔫了。

徐清头昏脑涨，感觉胸腔憋闷，几乎要窒息，鼻中还传来刺鼻的腥味，他实在受不了了，几乎要呕吐。他稍微一动，便感觉后脑疼痛钻心，双耳嗡嗡作响，险些又昏过去。

徐清艰难地睁开眼睛，先是感到不解，而后汗毛竖立。他简直不敢相信自己所处的环境，险些咆哮出声。他的周围肮脏不堪，腥臭扑鼻，有各种腐烂物质，还有猪骨、鱼头、白色塑料袋等。对于一个有洁癖的人来说，这简直是一场噩梦。他头皮发麻，眼神吓人。

此时，徐清待在一个大垃圾桶内，而且是头朝下脚朝上，半张脸贴着肮脏的腐烂物质，呼吸着最污浊的空气，险些窒息。

身为最年轻的形意拳宗师，在天地剧变后，他高高在上，俯瞰四方，哪里经历过这些？

“啊！”

徐清大叫，他实在受不了了，哪怕平日里再沉稳再儒雅，现在也要疯了。

“轰！”

大垃圾桶炸开，四分五裂，徐清跃起，舒展四肢，在半空中猛力地抖动身体，恨不得甩掉一身皮肉。

他双眉倒竖，眼睛中的寒光极其可怕，这种经历对他来说，跟天塌地陷没什么区别。

“砰！”

徐清坠落在地，后脑又是一阵剧痛。他低头一看，只见白衣上花花绿绿的，脏得让他自己都想吐。

“这是谁做的？”徐清极其愤怒，简直要发狂。

不过，徐清终究不是常人，他没有失去理智，而是强迫自己冷静下来。同时，他仔细检查自身状态，发现自己除了后脑与背部负伤，并无大碍。

运转形意呼吸法后，他的头部发光，伤口得到了治疗。不久后，他确定自身没有大问题，这才散开神觉寻觅起来，方圆数里内生物的呼吸都在他的感知范围内。

只听“嗖”的一声，他冲进那栋气派的别墅内，回到客厅后，他如遭雷击，双拳紧握，身体忍不住颤抖，手指都捏得发白，牙齿间传出“咯咯”的声响。

徐清怒气冲天，目光如同刀子般锋利。他从来没有吃过这么大的亏，一向都是他算计别人，而且他很少亲自出手，那些王级生物不是死掉，就是低头臣服。今天他居然被人袭击后脑，抢走绝世拳谱，最后扔进垃圾桶内。这是何等荒谬的经历，连他自己都难以相信。

徐清一言不发，冲出别墅，而后跃上这片区域最高的一座建筑，眺望四方，眼睛发出的光芒像是两道闪电，与神觉一同寻觅敌人的踪迹。之后，他选了一个方向追去，不久后又回来，换一个方向疾速奔行而去。

徐清将最强的神觉散开，接连换了几个方向追赶，结果都是一无所获。

“啊！”

最终，他回到了别墅区，一声大吼。这一声大吼代表了他的愤怒，令这一地带不少建筑都晃动着，快要崩塌了。

“是谁？”徐清简直要疯了，那个人专为形意拳谱而来吗？居然没有对他下死手，只是将他扔进了垃圾桶。

但是，这种羞辱让他更加恨那个人！

徐清知道出手的那个人实力一定非常可怕，他可是挣断了六道枷锁的形意拳宗师，那个人居然可以靠近他，且不被他提前察觉，这未免有些恐怖。

此时，楚风十分投入地看着那张兽皮上的形意十二真形图。他并没有走远，而是在另一片废弃的别墅区内。听到那怒吼声后，他不禁抬头，望向窗外，脸上露出一丝笑容。

楚风曾经精心研究过形意拳，现在观看古代珍本，自然领悟非常快。他站在客厅中，不断演练形意十二真形，很快就有了感觉。到了后来，他甚至摸索出了其中隐藏的部分形意呼吸法。

楚风为之着迷，一边观看兽皮上的形意十二真形图，一边一遍又一遍地练习，口鼻间喷吐白雾，体内热气腾腾。

他废寝忘食，简直就是一个武痴，全身心地投入，揣摩形意十二真形图。

他弓着身子，如同一条真龙，飞跃而去。只听“噗”的一声，他穿透墙壁，凌空飞出八百米远，始终保持这一姿势，随时可爆发出至强的力量。这一刻，他感觉体内的神秘能量在涌动，穿过脊椎骨，宛若一条大龙复苏。这是形意龙形。

落地后，他一声大吼，先是俯下身子，而后跃起，宛若绝世神虎出世，身上带着极强的煞气。这是形意虎形。

接着，他翩然而起，如同飞燕凌空，姿势优美而灵动。这是形意燕形。

……

楚风不断练习，口鼻间的白雾越发浓重。这是带着灵气的生命气息。此时，他对形意呼吸法了解得越发透彻。

之前打的底子起了至关重要的作用。楚风在玉虚宫练过形意拳，有几种真形早已琢磨明白，现在拿到正宗古法，自然水到渠成。

红日偏西，楚风的通信器响了，打断了他的练习，是陆通找他。

“小子，你打听的那个人终于查出来了，普梦山的太极老宗师以前叫吴起峰，那是他的俗家名字，很多年前他就不用这个名字了。”

楚风夺走形意拳谱后，曾跟陆通联系，顺便让他去查查王级强者中是否有一个叫吴起峰的人，没想到此人竟是普梦山的太极老宗师！

楚风放下形意拳谱，神色严肃，目光冷厉。那个白衣男子要对付普梦山的太极老宗师？他可没忘记太极老宗师的恩情，异类针对他时，这位太极老宗师先后两次站出来，隔空跟孔雀王等对立，这次，太极老宗师更是为了他来到嘉西，还跟海族强者大战过。

“老头子，你必须想办法联系上这位太极老宗师，你告诉他，有一个白衣男子是形意拳宗师，想要对付他。此外，你查一查这个年轻的形意拳宗师的根底！”楚风神色非常严肃。

之后，他收起形意拳谱，冲出别墅，准备去找白衣男子。

现在，楚风有些后悔了，那个白衣男子果然不是善类，不仅跟海族勾结，还要对付普梦山的太极老宗师。

楚风疾速奔行，纵身一跃就是一千多米远，速度达到了五倍半声速，身后空气发生大爆炸，十几里地对他来说，弹指即到。

“轰！”

楚风落在金海别墅区内，双脚踏裂地面，土石翻滚。他不再掩盖自己的气息，因为他就是为解决白衣男子而来！

隔着很远的距离，他一拳砸出，右手光焰绚烂至极，这是他挣断第一道枷锁时获得的能力，拳头爆发出强大的力量，将那栋别墅击穿，使其化成灰烬。

可惜，白衣男子早已不在，这里静悄悄的。以楚风的神觉，方圆数里内有生物活动的话，都逃不过他的感知，他确定那个白衣男子不在此处了。

“可惜啊。”楚风眼中寒光闪烁。不过，他也不是太担心，得到陆通的提醒后，普梦山的太极老宗师应该不会遭到那个白衣男子的袭击。

太极老宗师如果不知其底细，觉得与白衣男子同为人类，跟白衣男子亲近，真有可能惨遭毒手。现在他有了防备之心，而且他是挣断了六道枷锁的绝世强者，想要除掉他真的太难了。

“没想到你还真是一个祸胎，早知道的话，我应该直接斩了你！”楚风自言自语。说完这句话，他又笑了，自己将那么一个旷世人物扔进垃圾桶，必定会令其抓狂，一辈子都忘不了。

“我们早晚会见面，到时候我就用形意拳对付你！”楚风说道，而后他转身离去，消失在余晖中。

楚风猜测，白衣男子对付普梦山的太极老宗师是为了得到太极拳谱。

傍晚，楚风进入嘉西最大的城市印城。看着街道上闪烁的霓虹灯，一栋又一栋摩天大楼，他摇了摇头，脱离都市生活太久，他感觉自己快成野人了。

楚风填饱肚子，喝了几杯酒，便离开了印城。现在还不是回归都市的时候，他还有事要做。

“楚风，我已经确定黑騰还在太京山。西伯利亚虎王从海族那里打探到消息，南域海有强者给黑騰送武器来了，你要小心点！”大黑牛告知楚风。

“好，明天一早我就去找黑騰！”楚风点头，心想，该解决一个大敌了。

他知道自己回归的事瞒不了多长时间，自己哪怕躲在暗中，也会渐渐被人察觉，尤其是在自己出手之后。到那个时候，嘉西必然会掀起大波澜，一场绝世大战将会爆发！

晚上，楚风重回郊外别墅区，全身心地研究形意十二真形，越发觉得其精妙无比，脸上露出喜悦的神情。

到最后，他施展出一种又一种真形，呼吸时渐渐进入一种奇妙的状态，通体缭绕着光辉。此时，随着他的呼吸，他的口鼻间仿佛有龙吟声、虎啸声、鹰鸣声和燕子呢喃声，身体如由神金铸成，极其坚韧！

楚风知道自己摸索的方法对了，自己已经迈进了形意的殿堂中，逐渐掌握了形意十二真形中暗藏的形意呼吸法！这对他而言，好处实在是太大了，因为多一种呼吸法，便等于多出一段进化的时间，能够更快地提升体质，促进自身进化。

对着星辉，迎着月光，楚风周身有缥缈的薄雾缭绕，体内血气旺盛如海，他知道自己变得越发强大了！

在这个夜晚，黑騰在太京山上的一座道观中招待三眼男子，他们一边饮酒一边交谈，脸上都带着满足的笑容。他们在合谋对付楚风，黑騰认为徐清那个主意不错，与其费心费力寻找楚风，不如等他主动登门送死！

“听闻南域海来了几个强者，要帮你一起收拾楚风？”三眼男子问道。

黑騰点头道：“嗯，是我二哥手下的四名海将军。四名海将军带来了锁龙桩，可以布下场域。楚风如果来了，一定插翅难逃！”

三眼男子笑道：“那我就放心了，明早我就离开这里，去找一只合适的兽王当‘主谋’。”

同样在这个夜晚，年轻的形意拳宗师徐清走在山地中，目光冷厉。他暂时没有联系三眼男子，因为他心中有各种想法，甚至怀疑到了海族头上。

早上，天还没有亮，楚风就起程赶往太京山！

清晨，太阳初升，太京山上云雾缭绕，朝晖洒落，山顶云蒸霞蔚，那座道观散发着金色光彩，显得神圣起来。

三眼男子从道观中走出，迎着朝霞，站在山顶深吸了一口气，道："好地方！不愧是道教的洞天福地。"

山上，一棵又一棵古松苍翠挺拔，宛若蛰伏的虬龙。崖壁上，飞瀑垂落，如银龙倒挂。山下，碧潭幽邃，仿佛藏着青龙。

"既然你喜欢，我便将此地送你了。"黑騰面带笑意，说道。为了行动方便，黑騰早已化成人身。

自从来到太京山，解决了这里的两个王级生物后，黑騰就占据了这里。

"你我的目标是虎泷山，这里暂作歇脚之地倒还可以。"三眼男子笑道。

三眼男子身姿挺拔，紫发飘舞，俊美的面孔上满是自信。此时，他跟黑騰告别，道："你虽然已经养好伤了，但还是要谨慎一些，毕竟占据这洞天福地，必定会惹人眼红。"

"哪个敢来，我打他个鬼哭狼嚎！"黑騰傲然，指着沐浴着金色朝晖的山地，道，"等我能随意布下锁龙桩时，管他是玉虚宫之主还是普梦山的太极老宗师，来了就别想走！"

三眼男子摇头道："锁龙桩毕竟是死物，人家不踏进去的话，你能有什么办法？而且，陆地不是海洋，想要布置锁龙桩，还得研究地脉走势。"

"无妨，四名海将军正在摸索，陆地上跟海底没多大区别！"黑騰说道。

三眼男子面带微笑，眉心处的竖眼发光，道："黑騰，你太好面子了，真要吃亏或是有什么变故的话，你要立刻告诉我，别一个人躲起来舔伤口。"

三眼男子下山，就此离去。

天地剧变后，许多地域出现了折叠空间，大山林立，某些区域间的距离增加了十倍不止。

如今，印城郊外距离太京山有三千多公里，比以前不知道远了多少。但对于如今的楚风来说，这点距离根本不算什么，他当下的极限速度是五倍半声速。

如今，楚风挣断了心脏部位的枷锁，血气滚滚，体力大增，哪怕以五倍声速的速度赶路，也可以持续半个小时以上。这也意味着，他半个多小时就能奔行三千多公里，从印城郊外赶到太京山！这种速度绝对惊人，比飞机速度快太多了。

一个仅拥有血肉之躯的人类，只是在地上奔跑，半个多小时就能跑三千多公里，这实在有些恐怖。古代人所说的陆地神仙也不过如此。

朝游东海，暮宿昆林，古代大能就是这么做的。在楚风看来，这完全有可能，等他的速度再快一些，他就能做到。

“楚风，你要小心一些！”黄牛紧急跟楚风通话，告诉他，西伯利亚虎王已经从海族那里打探到消息，黑螣得到了南域海族类送来的无上武器，这种无上武器很可怕。

清晨，这则消息在小范围内传开了。海族很张狂，说人类的绝世强者如果不知趣，必遭海族压制！

“什么情况，海族如此自信，竟然扬言可压制人类的绝世强者？”

“听闻海底有很多遗迹，甚至有真龙巢穴，如果某些海族强者得到神话传说中的武器，的确有可能压制挣断了六道枷锁的人类绝世强者。”

“或许这则消息是真的，毕竟海中连飞碟都出现过。”

这则消息一出，各方都紧急磋商，研究应对之策。

海族稍微透露一点口风，便引发陆地上的各路王级强者忌惮，接下来海族行事就会方便很多。

楚风倒是没有什么惧意，一路赶向太京山。他身上又不是没有无上武器，那柄紫金雷电锤就不错，而且他还有金刚琢。现在，他将注入了能量的金刚琢打出去的话，威力肯定又增加了！

清晨，阳光灿烂，洒落在山林中，山林中的雾霭消散。

此时，楚风只用了半个多小时，便已临近太京山。确切地说，楚风距离太京山还有数十里。他放慢脚步，慢慢地走在山林中，呼吸新鲜空气，沐浴朝晖，运转特别的呼吸法。

楚风长途奔行后，身体变得滚烫，这样的休息十分必要。他全身都放松了，在这种状态下，他的神觉格外敏锐，先是覆盖整片山林，而后向远方扩散。此时，他感受到十里外有王级能量在波动。

“有王级强者！”楚风迈开脚步，一边运转特别的呼吸法，调整自身状态，一边寻觅王级强者。

他站在一座山峰上，看到远处的山中，有四个人绕着一片林地丈量、测试着什么。

“海族？”楚风眼中光芒大盛。

那四个人身上的饰品很有特色，既有贝壳也有珊瑚，带着一股海腥味。楚风的嗅觉太敏锐了，他隔着很远也能闻到那股海腥味。

楚风知道黑牖还在太京山养伤，现在他在太京山附近发现海族强者，不用问也知道，那四个海族强者肯定跟黑牖是一路的。

四个海族强者高大魁梧，阔口獠牙，一看就不好惹。

楚风看到那四个海族强者各自抱着一根黄铜柱子，每根黄铜柱子都有一人多高，上面刻着许多纹路，看起来相当神秘。四个海族强者分别迈向四个不同的方位，将那片林地圈在当中。

“这是在做什么？”楚风狐疑。

“嗯，暂时可以了。可惜啊，那个楚风可能死了，他真敢来的话，我们一定要斩了他，为黑龙太子报仇。”

“黑龙太子真是憋屈，身受重伤时遇上那样一个人类，最后两败俱伤。若是黑龙太子身体无恙，仅凭一个挣断四道枷锁的人类，早被黑龙太子一巴掌给拍死了。”

四个海族强者在议论黑牖和楚风对战一事，并为黑牖抱不平。

楚风盯着那片林地，心中满是疑惑：“难道那四根黄铜柱子就是对付人类绝世强者的无上武器？”

他观察良久，也没有看出什么奇特之处。他确定，自己只要不踏进那片林地，就没什么问题。

楚风不再耽搁，径直向前走去，横穿山林，靠近那四个海族强者。

他用神觉仔细感应后，十分惊讶，那四个海族强者都挣断了五道枷锁，加在一起绝对是一股可怕的力量，足以称霸一方！事实上，四个海族强者正是黑牖二哥手下的四名海将军，都极其凶猛。

四名海将军正在谈论楚风，认为他这么长时间没有出来，多半已经死了。

“真是可惜，多希望他还活着！”

“是啊，老天保佑他吧，希望他活着出现，我好一巴掌拍死他！”

四名海将军希望楚风没死，是想当着诸王的面除掉他，以震慑人类强者。

“真是该死！”楚风诅咒。他如一个幽灵般从山林中走出来，迎着朝霞，伴着残存的丝丝缕缕的雾霭。

“咦，怎么多了一个人？”一名海将军发现了他，面露惊容。

“怎么看着很眼熟啊？”另一名海将军也吃惊不已，指着楚风道，“你是……楚风，你还活着！”

“嗖嗖嗖嗖！”

四名海将军都立刻动了，但并没有冲上来。这四位虽然刚才霸气十足，说要一巴掌拍死楚风，但是发现楚风来了后，全都第一时间选择遁走。

楚风看出，四名海将军故意避开那片埋着黄铜柱子的林地，没有进去，这是想要引他闯入其中。他现在虽然实力很强，不惧任何敌手，但也不想轻易涉险，便没有贸然踏入那片林地，而是绕着弯路去追四名海将军。

四名海将军马上变了脸色，意识到楚风可能发现那片林地埋有黄铜柱子了。

“跟他拼了，我们一起斩了这个楚魔王！”一名海将军大喝，其他三名海将军点头，一并向前冲来。

“凭你们也敢与我交手？”楚风脸上露出淡淡的笑。这四名海将军虽然与他同为挣断了五道枷锁的生物，但是怎么能跟他比？

“你算什么东西！陆地上的一切生物，包括所谓的绝世强者，我们海族都可以压制！”

“轰！”

四名海将军一起出手，转眼就逼到楚风近前。

楚风有心检验自己的实力，他施展形意十二真形中的虎形，顿时如一只绝世神虎般，周身散发出极强的煞气。

他一跃而起，以无敌之势扑向一名海将军。只听“砰”的一声，他施展出形意虎形的拳头跟那名海将军的手臂碰撞在一起。

“啊！”

一瞬间，那名海将军手臂断落，惨叫一声。

紧接着，楚风施展出以力量见长的形意熊形，猛然拍出一掌，发出土黄色光芒，“轰”的一声，便令那断臂的海将军立即毙命。

“怎么可能？！”另外三名海将军都很震惊。看楚风的表现，他宛若挣断了六道枷锁的绝世强者。可是海族得到过消息，楚风才挣断四道枷锁。按照眼下所见，黑龙太子就算没有负伤，也不见得是楚风的对手，看来之前的消息有误！

“撤！”剩下的三名海将军头皮发麻，转身就逃。

“想逃？”楚风脸上带着淡淡的笑，一路追击剩下的三名海将军。在五倍半声速的速度下，谁能逃脱得了？

太京山上。

黑膪送走三眼男子后，一直在晒太阳。蛟蛇本就喜欢被暖洋洋的阳光照着，所以黑膪此刻感觉浑身都很舒服。

此时，黑膪显现出本体，半截身子横在山顶，半截身子垂落到峭壁下，通体乌黑，在阳光的照耀下泛着光泽，如同由乌金铸成。这种景象有些骇人，这么大的一条黑色蛟蛇横在山上，普通人如果看到，会被吓死。

黑膪还不知道敌人已靠近这里，不过哪怕知道有强者来了，黑膪也不惧，黑膪是挣断了六道枷锁的海族绝世强者，根本不怕陆地上的任何生物。现在黑膪养好了伤，更加不将那些人类强者放在眼里了。

“嗯？不对！”黑膪的神觉很敏锐，虽然相隔数十里，黑膪还是听到了吼声，感受到了王级强者的气息在远处的山林中激荡。

“轰！”

黑膪从山顶跃起，如同一条黑色的天龙腾空而去，飞向远处的山林。黑膪从一座山峰跃到另一座山峰上，简直像是在腾云驾雾般，速度达到了四倍声速。

这种速度虽然比不上楚风的速度，但也非常恐怖。

很快，黑膪就赶到了数十里外，临近出事的地点。

“嗯？”一瞬间，黑膪惊怒交加，身上的鳞片全部张开。

黑膪看到四名海将军全部被人消灭了，血溅山林，此时已化出本体，正是巨大的鲨鱼。

更让黑縢震怒的是它还看到了一个人，这个人竟然是楚风！他不但活着出现，而且除掉了四名海将军。

“楚风！”黑縢大怒，数百米长的乌黑躯体顿时盘成一座蛇山。黑縢俯视着楚风，目光冷厉。

黑縢的心中原本就憋着一股怨气，上一次它与楚风大战，最后落荒而逃，不是因为它不敌楚风，而是因为它身上有伤。如今，黑縢养好伤了，恨不得立刻找到楚风，而后慢慢折磨他。现在楚风就在它的面前。

“你给我去死！”黑縢大喊，向楚风扑击而去。

第133章

勇猛无敌

太阳发出金色的光芒，照射在山林中，驱散雾气，山林中一片金灿灿的，碧绿的叶子也在闪闪发光。

“嗷！”

黑膳咆哮，张开的血盆大口足以吞掉大象，露出的牙齿雪白如利剑，发出道道寒光。

黑膳的速度实在是太快了，当黑膳俯冲下来时，空气“轰”的一声炸开，宛若惊雷落下。地面颤抖，林木更是疯狂地摇动，无数的叶片簌簌坠落，漫天飞舞。

面对这如同史前凶兽般的黑色蛟蛇，楚风面不改色，主动迎击，施展出形意拳。

此时，他的身体发出刺目的光，两只手近乎透明，散发着可怕的气息。这是形意十二真形中的鹰形！

“砰！”

楚风的身体跟黑膳的身体相比较显得太小，但是释放出的能量丝毫不弱，两者碰撞时，他竟然直接震开了黑膳那巨大的头颅。

“狗胆包天的东西，竟然一再与我为敌，你算什么东西！”黑膳庞大的身躯摆动，如凶龙横空，随时准备发起致命的攻击。

黑膳喝道：“上一次我在虎泷山负伤，去擒拿你时，所剩战力不足一成，今日我一定要解决你！”

新仇旧恨加在一起，让黑膳戾气激增，言辞激烈，周身光芒闪烁。

只听“轰”的一声，虚空都仿佛要炸开！

黑螣昂着头颅，俯视楚风，后半截身子摆动起来，如同上古战神数百米长的黑色神鞭抽击，有横扫千军之势，迅猛无比。

只听“呼”的一声，那条泛着寒光的粗大的尾巴扫过山林，沿途的参天古树全部碎裂，岩石等也随之炸开。

楚风一跃而起，腾空数十米高，避过这一击，而后俯冲下去，毛孔中激射出淡金色的光束。

他现在如同一只展翅凌空的神鹰，双手对准黑色蛟蛇的庞大躯体，发出比太阳光还要刺目的光芒，煞气越发浓烈，仿佛要撕裂一切。

形意鹰形被楚风发挥到极致，他用形意鹰形来对付黑螣，族群天生相克的气息弥散开来。

黑螣十分强悍，没有躲避，庞大的蛟蛇躯体摆动，化成黑色的钢铁长城，硬抗楚风的形意鹰形！

“咚！”

两者猛力碰撞在一起，迸发出惊人的光芒，淡金色光芒与黑色光芒同时炸开，散发出恐怖的气息！

一瞬间，方圆数十里内所有飞禽走兽都感应到了这股恐怖的气息，纷纷被这股至强的气息压制，全部匍匐在地，瑟瑟发抖。

“轰隆！”

这片山地被两大强者猛烈碰撞爆发出的可怕能量震裂，土石翻滚，巨树折断。山地先是四分五裂，而后宛若波浪般起伏，裹挟着土石和大树，形成冲起数十米高的“大浪”。

这就是如今的顶级王级生物的可怕之处。

半空中，楚风浑身毛孔激射出淡金色的光束，每一次跟黑螣碰撞，他都能借力向上，始终没有落地，宛若飞行般。

此时，他看起来越发像一只神鹰，双臂展开，翱翔于山林上方，与黑螣激烈地搏斗着。

神鹰对蛟蛇！两个族群天生对立，楚风施展形意鹰形跟黑螣对决，两者不断撞击，响声震耳，如同金属相互撞击，黑螣的黑色鳞片上火星四溅。

“黑长虫，你可以啊，没想到你还有这样的本领，能挡住我的形意鹰形而不死！”楚风开口。

楚风的双手不断拍击在黑牖的躯体上，竟让一些黑色鳞片间渗出血来。

黑牖惊怒交加。黑牖以为养好伤后，自己可以轻易击败楚风，因为两者根本不在一个层次上，不料再次相见，楚风实力提升了一大截，同挣断了六道枷锁的生物没有什么区别。

“今日我必斩你！”黑牖目光冷厉，庞大的躯体舞动，令整片山林都跟着颤动不已。黑牖的躯体触碰到山石、草木等，它们必然会炸开。此时，黑牖如一条上古凶蛟复苏，威力无穷。

“凭你也敢跟我争锋？”黑牖不忿，总觉得一切都太不真实。

不久前，楚风在实力上还远远不及黑牖，一旦黑牖发挥出真正的实力，两者根本不在一个级别。

所以，黑牖现在愤懑不已，不能接受楚风可与自己真正一战的事实。

“轰！”

黑牖身上黑色光芒迸发，冲天而起，仿佛无尽的黑色烈焰要焚烧苍穹，席卷天地。黑牖释放出最强的能量，想要击败楚风。

“砰砰砰！”

黑牖巨大的躯体猛力摆动，好几次险些将楚风缠住，空气发生爆炸，隆隆作响，这种超声速的攻击的确非常惊人。

楚风腾空而起，疾速躲避，稍微跟黑牖接触就借力腾起，但依旧有几次差点被黑牖的躯体卷住，情况很危险。

这么大的一条黑色蛟蛇，绞杀之力极其恐怖！

“黑长虫，你有什么可高傲的？上一次我就打败了你，这一次你别想逃，我必然斩了你！”楚风喝道。

下一刻，楚风全身都迸发出耀眼的金光，发丝根根晶莹，通体充满了让人惊悚的神秘能量。

鹰击长空！此时，楚风化成一只神鹰，于高空借力盘旋，凌空激战。

“当当当——”

神鹰扑击，不断撞在黑色蛟蛇身上，火星四溅。这是形意鹰形的至强攻击，带着极其恐怖的气息，像是可以击落天上的星辰。

此刻，黑螣身躯剧烈晃动，身上那蒲扇般的黑色鳞片竟然有不少已经碎裂。此外，有一些黑色鳞片被楚风生生扯断，从黑螣的身上脱落。

楚风身在半空中，不断朝黑螣出手，宛若一只太古凶禽，展翅击天，勇猛无比。

“你……”黑螣跃起，摆脱楚风的攻击，而后落在远处的一座山峰上，俯视着身处破败山林中的楚风。

处于巅峰状态的自己居然被楚风接连下重手，扯断鳞片，这让黑螣又惊又怒，感觉有些不真实。

“哪里走！”楚风施展神足通追击黑螣，与形意鹰形相配合，脚底竟然发出绚丽的光束，宛若飞天。

他速度太快，横穿山林，追到黑螣近前，扑向黑螣。

“找死！”黑螣昂首，嘴里将近十米长的鲜红的蛇芯子呲呲作响，身躯发出刺目的光芒，不断摆动，想将楚风卷住。

“轰隆！”

楚风避开黑螣的猛烈攻击，那座山峰则被黑螣庞大的躯体绞断，景象有些可怕。

这就是黑螣真正的实力！黑螣已经发狂，躯体不断摆动，在群山间与楚风激烈搏斗，在此过程中又绞断了三四座山峰。

这是一场惊世大战，这种景象惊世骇俗！

黑螣想倚仗至强的身体压制楚风，没想到反被楚风打伤，不禁恼羞成怒。

“你给我去死！”

只听“刺啦”一声，黑螣头顶上那只独角发光，劈出一道又一道犀利的乌黑剑芒。同时，黑螣身上腾起一团又一团黑色的能量，在空中化成一条又一条蛟龙，向着楚风飞去，气息极其恐怖。

黑螣发疯般地施展出自己特有的能力，想借此除掉楚风。

楚风目光冷厉，只听“锵”的一声轻响，他左手中出现了一柄紫金雷电锤，在掌心雷电符号的催动下，一道又一道雷电落下，而后全面爆发。

虚空中雷电交加，电光无比炽烈，阻挡黑螣独角劈出的乌黑剑芒及其身上腾起的黑色能量化成的数十条蛟龙。

“砰砰砰——”

半空中发生了剧烈的爆炸，雷电将乌黑剑芒与蛟龙全部拦住。

楚风施展形意鹰形，俯冲过去，对黑螣发起攻击。他的双手光芒刺目，仿佛要撕裂虚空。他有意锤炼形意鹰形，通过不断施展，形意鹰形已被他理解透彻，彻底掌握。

“砰！”

黑螣试图躲避楚风的攻击，但还是被楚风的双手击中。

“你只会这一招？如果是这样，你可以去死了！”黑螣大怒道。只听“轰隆”一声，黑螣身体骤然缩小，而后化成人形。

族群的天赋让黑螣非常自负，想要以本体压制楚风，但现在看来，其本体过于庞大，使其在战斗中吃了大亏。

同时，黑螣始终对楚风的金刚琢心存忌惮，一直盯着楚风的双手，戒备着这件威力巨大的武器，所以分散了注意力，给了楚风攻击的机会。现在黑螣身体缩小，已彻底不惧楚风！

楚风大笑道：“我已经成功借你之手锤炼我的形意鹰形，接下来有你受的！”

说完，他腾空而起，转而施展形意马形。此时，他通体发出白光，双足迸放出灿烂至极的光芒，朝着黑螣踏去，宛若天马踏月。

黑螣化成人形后，满头黑色长发披散，眼睛深邃，肌肤呈古铜色，身体拥有巨大的力量。此时，黑螣主动迎击。

“轰！”

楚风使出神足通，跟形意马形相结合，力大无穷，简直可以踏碎山川！

“砰砰砰——”

楚风身在半空中，连续出脚向下踏去，每一脚都对准黑螣的头颅与胸膛，这是真正的“天马行空”！

黑螣目光森冷，集中精神，迎战楚风。黑螣施展的是一种古拳法，此时的黑螣宛若人形蛟龙，拳拳迸放光芒。

此时，黑騰是令人恐怖的，一拳击出，山体都在颤动；猛力一踏，脚下的山巅直接炸开！

不过，在楚风的神足通与形意马形的攻击下，黑騰还是身体剧烈震动，踉跄着倒退，因为楚风的攻击威力实在是太大了。

“嗷！”

楚风身在半空中，由形意马形迅速转化为形意虎形，口中发出低沉的咆哮声，身体开始发出黑色光芒，连气息都变了。他俯冲而来，通体缭绕着黑色光芒，如同太古凶虎再现，比刚才更加恐怖。

“轰隆隆！”

楚风扑击时，狂风大作。这可不是一般的风，而是黑色的罡风。这种黑色的罡风伴着形意虎形，景象极其可怕。

在楚风从半空扑击下来的过程中，这座山头四分五裂，巨石翻滚。

“砰砰砰——”

楚风与化成人形的黑騰交手，激烈搏斗。

黑騰身体剧烈震动，嘴里咯血，被楚风的力量震得踉跄倒退。在威力巨大的形意虎形下，黑騰感受到了一丝危机。

“嗷！”

楚风口中发出一声咆哮，宛若一只太古凶虎，身体落地的刹那，他向前伸手，一把抓住了黑騰的右小臂，令黑騰的右小臂生生断落。

这一刻，楚风宛若与太古凶虎合为一体，浑身爆发出无敌的力量！

黑騰一声闷哼，披头散发，疾速倒退，剧痛从右小臂传来，猩红的血洒落下来，染红一片草地。

黑騰没有大叫出声，而是双目森冷无比，直直地盯着楚风，流露出深深的恨意和强烈的杀意。

今日自己竟遭受这种挫败，被自己曾经看不上眼的一个人类重创，这实在让黑騰难以接受。

面对黑騰森冷无比的目光，楚风十分镇定，依旧施展着形意虎形。他向前一跃，喝道："哪里走！"

太古凶虎主杀伐，楚风周身散发出浓烈的杀伐之气，现在的他就是一只人形凶虎，向黑騰扑去，所向披靡。

哪怕蛟蛇是稀有而强大的族群又如何？楚风照样不惧！现在的他极度危险，身体比蛟蛇躯体还要坚韧，他探出双手，如凶虎横空，凶焰漫天。

"嗷！"

一声龙吟激荡整片山林，万木齐摇，无数叶片凋落，而后在半空中炸开，化作齑粉。

以黑騰为中心，此地泛起一层又一层黑色涟漪，至强的力量扩散开来。黑騰满头黑色长发倒竖，眼中光芒大盛，目光冷厉至极。

"死！"黑騰低沉咆哮着，周身每一寸肌肤都在发出乌黑的光芒，释放出让人心悸的能量。

黑騰变得无比可怕，散发着让人毛骨悚然的气息，一股震惊世间的能量从其体内冲出。这一刻，黑騰被乌黑的光芒笼罩着，以独臂阻挡楚风。

"轰！"

那股震惊世间的能量爆发，黑色的蛟龙虚影浮现，硬抗太古凶虎的能量体，刺目的光芒迸放。

龙虎争霸，两大强者之间有惊人的景象发生。

出人意料的是，这一刻的黑騰格外强大，比手臂完好时还要厉害，战力进一步增强，以独臂成功地抵住了楚风形意虎形的一击。

"嗷！"

龙吟声越发惊人，震耳欲聋，如同金石撞击声般，到后面更是无比浑厚，如同海啸声般，在天地间震荡！

黑騰体内能量激增，通体光芒大盛，蛟龙气息弥散开来。黑騰震退楚风，体内血气旺盛如海，已经从毛孔中溢了出来。黑騰的周围一片殷红，血气混着惊人的能量，散发出道道光芒，宛若火焰在焚烧。

"去死！"黑騰大喝，主动向楚风冲来，快如闪电。

"这点力量还不够！"楚风神情淡定，动起手来却极其霸道。他使出形意虎形，向前跃起，带着强烈至极的煞气。

“砰砰砰——”

两大强者交手，黑騰以独臂对抗楚风。在此过程中，黑騰的身体猛烈地摇动，所有毛孔都在发光，像是要燃烧起来。从黑騰体内溢出的血气越来越多，其周围化作一片赤色。

当黑騰被楚风震得再次踉跄倒退、嘴角出血时，惊人的事情发生了，黑騰的身体有些部位正在龟裂，并且，伴着一声龙吟，黑騰的身体再次发生变化，龟裂的地方长出鳞片，身体重新化为蛇躯，紧接着，四只爪子从体内探出，不仅带着血，还带着碎了的鳞片。

黑騰在强行化蛟龙！这是黑騰挣断某一道枷锁时所获得的可怕能力，名字叫天蛇化蛟术！

当然，这并不是真正蜕变为蛟龙，而是以秘术提升体质，并用能量促进变化，使外表看起来如同蛟龙一般。

此时，黑騰处在一种很奇异的状态中，看起来就像是一条蛟龙，不仅形体与蛟龙很像，还带着蛟龙的气息。

“楚风，我要斩你首级，你竟将我逼到这一步！”黑騰咆哮着，疾速向楚风扑去，如同一道黑色的闪电。

在这种状态下，黑騰实力大增，简直像是换了一个人。然而，黑騰因此需要消耗自身的真血精华，付出极大的代价。

此刻，黑騰有一人多高，为蛟龙身，浑身带着刺目的光芒，行动异常敏捷，攻击力更是无比可怕。

“轰！”

黑騰跟楚风硬拼，以一对蛟龙爪对抗楚风的拳头，一时间，龙吟虎啸，激荡山林，让人几乎要耳鸣。

两大强者激烈对战，从山林中冲到高峰上，震裂山体。而后两大强者又腾空而起，在半空中激战，如同凌空飞行，血气澎湃，能量更是疯狂涌动。

“砰！”

一座矮山在两大强者落下时，直接断裂。

“黑螣，你这副模样不错，有些圣兽的霸道味道。”楚风赞叹道，但是黑螣一点也高兴不起来，因为楚风后面还有一句话，“你给我当坐骑吧！”

“你找死！”黑螣目光森冷，瞳孔中射出的光束如刀子般锋利，自己可是堂堂南域海黑龙太子，居然被一个人类这样轻慢。

“轰！”

黑螣浑身发光，释放出极其强大的能量。一声龙吟后，黑螣双爪齐出，使出最强的一击。

楚风的身体也发着光，他弓起身子，施展出形意龙形，双手探出，径直朝黑螣攻去。

“砰！”

两大强者对撞，令山地崩裂，出现了密密麻麻的裂缝，许多裂缝有数尺宽，有的足足蔓延出去两里地。至于草木，不管是低矮的荆棘，还是参天的古树，全都被其震出的能量击得破碎，而后化成齑粉。

两大强者激烈地搏斗着。

楚风始终很镇定，越战越勇，他不断施展形意十二真形，每一种都施展一段时间，而且交替展现，越发精熟。

在他看来，这是最好的磨砺，一个挣断了六道枷锁的绝世强者跟他争锋，他全力催动形意拳，自然感悟极深，比自己一个人琢磨效率高多了。

在实战中探求拳法奥义，锤炼形意十二真形，这种做法颇为大胆！因为，在这种战斗中，稍有不慎就有可能殒命。他在锤炼拳意，对方却是在拼命，抱着除掉他的心态在战斗，两者的目的完全不同。

“黑螣，你的时间已不多，等我锤炼完拳意，你对我练形意十二真形毫无用处时，我便会送你上路。现在，你要考虑清楚到底做不做我的坐骑！”楚风冷冷地说道。

黑螣愤怒至极，眼神越发阴鸷，这个昔日在自己看来微不足道，与自己根本不在一个层次的人类，居然想收自己为坐骑，简直无法忍受！而且，楚风在与自己的战斗中锤炼拳意，这让黑螣更加难以接受。

“楚风，你真是找死啊，胆敢侮辱南域海龙族，我要斩了你！”黑螣发狂，龙吟阵阵，周身释放出黑色的能量，横扫山林，震裂山峰。

楚风冷冷地道："黑长虫，你高傲什么，凭你现在的样子，你也敢妄称龙族？如果不是你上次无缘无故就要擒拿我，还摆出一副高高在上的姿态，根本不会有今天的事。我们之间没什么可说的，今天你若不臣服，就只有死路一条！"

"谁生谁死还不一定！"黑騰冷冷地道。黑騰身躯上的鳞片翕张，丝丝鲜血从中渗出，赤色光芒迸发，气息变得更加恐怖。

"那你没机会了，形意十二真形我练得差不多了！"楚风神色冷峻。这一刻，他不再以锤炼拳意为主，而是全力以赴，想要除掉黑騰。

"嗷！"

黑騰一声大吼，径直扑过来，爪子发出光芒，头上的那只独角更是迸射出光束，突然袭击楚风。

楚风迅疾如闪电，施展出形意猴形，动作极其敏捷，从原地跳开，躲过黑騰的利爪与那只独角迸射出的光束。

黑騰则在搏命，动用十二成的力量，超常发挥，誓要斩灭楚风。黑騰的身体突然扫过来，宛若一道黑色的闪电，使空中发生大爆炸，继而发出阵阵雷霆声。现在黑騰的身体虽然不长，但可以轻易抽断钢铁城墙，震裂山体，力大无穷。

然而，这一击依旧扑了空，楚风翩然如一只飞燕，凌空而起，轻盈而灵敏，整个人都带着一种空灵的气息。这正是形意十二真形中的燕形。

现在他可以尽情发挥，在最合适的时候施展出最恰当的真形。

"砰！"

楚风向下落去时，双脚猛力踏下，施展出形意马形，想要一脚踩中黑騰的身体，这一招惊得黑騰身体蜷曲，而后倒退出去。

"轰隆！"

下一刻，楚风的右腿摆动起来，身子依旧在半空中，但保持着倾斜的姿势。他的右腿如同鞭子般，猛力抽向黑騰。这是形意蛇形，他施展自如。

"砰！"

这一次，楚风的右腿抽在了黑騰的身上，让黑騰惨叫不已，横飞出去，大口咯血。

就这么片刻间，楚风便施展出形意猴形、燕形、马形、蛇形，自如随意，全都恰到好处。动用这些真形渐渐成为他的一种本能，这说明他锤炼形意拳有成。

“嗷！”

黑縢感到情况不妙，施展各种能力，张嘴间喷出带着强烈腐蚀性的黑色烈焰，并且身体发光，射出一道又一道剑芒。此外，黑縢头上的独角不断激射出道道光束。

黑縢全身上下都化作武器，对楚风发起猛攻。黑縢意识到自身危矣，如果现在改变不了什么，自己早晚都要死于楚风之手。

“已经晚了！”楚风冷冷地说道。

对敌人他不会手下留情，自从黑縢替飞碟的主人出头，要霸道地擒拿他的那一刻起，他与黑縢就已是敌手。

“轰！”

楚风一跃而起，施展出形意龙形，如真龙横空，与黑縢搏斗，打得黑縢踉跄倒退。紧接着，他一记龙拳打中了黑縢的躯体。

接着，楚风犹如太古凶虎，通体乌黑光芒大盛，跟黑縢硬拼，重伤了黑縢的一只蛟爪。

很快他又通体呈淡金色，以形意鹰形扑向黑縢，似鹰击长空。神鹰与蛟蛇两个族群天生相克，黑縢的躯体被他抓中，顿时鳞片纷飞，血液四溅。

“砰！”

落地的刹那，楚风浑身力量大增，施展出形意熊形，将黑縢打得横飞而出，满身是伤。

下一刻，楚风双臂一展，猛力抖动，宛若仙鹤亮翅，再次重伤了黑縢的一只蛟爪。

“啊！”

黑縢惨叫。就这么片刻间而已，楚风便接连施展出形意龙形、虎形、鹰形、熊形和鹤形，消磨了黑縢的斗志。

之后，楚风凌空跃起，灵敏而矫健。这是形意燕形。

接着，他猛力摆腿，既像形意蛇形，又像形意龙形，右腿发出炽烈无比的光芒，径直劈落下去。

此时，楚风的右腿集中了他所有的能量，比神兵利器还要锋利，“轰”的一声踢在了黑膡的身上！

“啊！”

黑膡没有躲过楚风右腿的攻击，惨叫一声，倒在地上，彻底失去了战斗力。

毫无疑问，这一战，黑膡以惨败告终，其所有的骄傲与自负都被无情践踏。

楚风则收获巨大，他利用挣断了六道枷锁的黑膡锤炼自身拳意，将形意十二真形融会贯通，运用自如。现在，他的实力更加强大了！

“听闻四只鲨鱼为你从南域海带来了无上武器，你帮我试试？”楚风俯视着黑膡，准备将黑膡扔进那片特殊地带，仔细观察。

第134章

宝贝

“你竟然知道？”黑縢的心都凉了，四名海将军被楚风斩了，难道锁龙桩也落到了楚风的手里？

此时，黑縢倒在山林中，身体剧痛难忍，面孔扭曲，双目狠狠地盯着楚风。

“自然知道！”楚风点头。

大战过后，楚风身上的能量还未散尽，光焰还在闪烁着，发丝根根晶莹，双目内的光芒如同闪电般。他宛如一尊魔神，俯视着黑縢。

“啊！”

黑縢大叫。黑縢恨极了楚风，满腔都是怒火与憋屈，眼睛都红了。

身为南域海黑龙太子，一个挣断了六道枷锁的绝世强者，黑縢一直以来睥睨群雄，罕有对手，不料却在今日遭受惨败。

更让黑縢无法接受的是，楚风竟然借助自己锤炼拳意，并最后胜出，还夺走了锁龙桩。

黑縢发狂了，恨不得一口咬死楚风。

大战落幕，山林破败，满目疮痍，不要说那些参天古树，就是山峰都被撞断了多座。

此时，黑縢重新化为人形。黑縢披头散发，脸色苍白，眼中喷火，真的是太不甘心了！

山林中有大片鲜红而晶莹的蛟蛇血，散发着蓬勃的生命气息。

“楚风，你今日要是除掉我，他日必会遭到南域海龙族的报复，你将会惨死，为我陪葬！”黑縢并不求饶，因为黑縢知道自己根本活不了了。

楚风强悍而霸道，道："我等着南域海龙族来找我，不过我这个人一向比较主动，你惹怒了我，说不定我会先一步去南域海，捣毁南域海的龙穴！"

"你……"黑騰心一沉，想到楚风才挣断五道枷锁，就能以一人之力击败自己，照这样进化下去，楚风将来真的可能会成为南域海龙族的心腹大患。

"当！"

就在这时，楚风将金刚琢打出，砸在黑騰的独角上，虽然他没有用全力，但效果非常好。

只听"咔嚓"一声，那只黑色的独角从根部断裂，坠落在地。

哪怕俘虏了黑騰，楚风也没有大意，因为黑騰是一条世所罕见的黑色蛟蛇，那只黑色的独角拥有十分可怕的力量，现已断落，他的心放下了一大半。

黑騰见自己象征蛟蛇的那只独角居然断掉了，感觉蒙受了莫大的耻辱，不断嘶吼，眼神极其可怕。

失去独角后，黑騰一身的精气神仿佛被抽干，因身体剧痛而在地上翻滚着。安静下来后，黑騰整个人都病恹恹的。

黑騰脸色苍白，双目空洞无神，躺在地上一动不动，万念俱灰，心中有一种难以言喻的挫败感。

楚风站在原地，动用精神能量将黑騰搬运起来。黑騰没有丝毫抵抗，被精神能量牵引着，到了楚风近前。

楚风伸出手臂，就要抓住黑騰，然而，一件让他震惊的事情发生了。

"我的手臂呢，怎么凭空消失了？"楚风猛然大叫，同时浑身发光，释放出能量，应付黑騰的暗招。

"你给我进去吧！"这一刻，黑騰神色冷峻，一扫之前的病态，眸子中迸射出光芒，焚烧着最后的能量。

黑騰扬起头，披散的发丝向后飞舞，可以看到，黑騰胸口那里有一个雪白的玉瓶。

瓶底贴在黑騰的胸口，自心脏释放出的能量让雪白的瓶嘴发光，将楚风伸来的整条手臂收了进去，接着是上半截身子，最后是腿脚。

"砰！"

黑臆快速地盖上瓶塞，将玉瓶用力地攥在手里，而后瘫倒在地，喘着粗气，满身都是汗水。

黑臆重伤垂死，最后关头用这个神秘古器翻盘，当真是惊险万分。

“楚风，就凭你一个人类，也敢跟我南域海龙族争锋，我南域海龙族的底蕴岂是你一个人类能相比的？海底有多少遗迹，你怎能知晓！”黑臆面目狰狞，眼中带着恨意和快意，想到楚风被擒，不由得哈哈大笑。

黑臆左手中有一个玉瓶，那玉瓶很小，高三寸，洁白无瑕，非常精致，有点像传说中的羊脂玉净瓶。

但黑臆知道这个玉瓶根本不如传说中的羊脂玉净瓶那般，否则自己现在不会这么凄惨，应该早已压制住楚风。

这个玉瓶是在海底一座墓中发现的，它没有什么威力，无法用于战斗。不过，玉瓶内部空间很大，因为里面藏着折叠空间。而想要用它来纳人或物，必须有肢体接触才行，不能隔空拿取，条件较为严苛。

黑臆早在不敌楚风时就想用这个玉瓶了，但那时楚风双目如电，保持着昂扬的斗志，精神高度集中，黑臆任何一个小动作都瞒不过楚风的眼睛。

黑臆一直不敢用玉瓶，隐忍到现在，就是想寻找一个最佳时机。直到楚风身上的光焰消失，能量散尽，彻底放松后，黑臆才意识到最佳时机到了，或许可以冒险一试。

楚风先是击败黑臆，而后更是砸断了黑臆的独角，的确一下子放松了。他根本没有料到黑臆身上会有这种东西，他一直觉得那四根黄铜柱子就是黑臆所倚仗的法宝，根本不知道四名海将军还给黑臆带来了这个玉瓶。

这个玉瓶原本不是为了战斗，而是留给黑臆洗劫天下名山时装战利品用的。

最后关头，黑臆成功地用这个玉瓶将楚风收了进去，十分满意，一边咯血一边笑。

“跟南域海龙族斗？简直找死！”黑臆的声音十分冰冷。黑臆绝地反击，已成功扭转了战局。

只是怎样才能除掉楚风？黑臆略有些头痛。这个玉瓶虽能纳人或物，却不能让人死去，看来只能慢慢耗死楚风了。

“虽然不能够用于战斗，也不能够让人死去，但这玉瓶也算是神物。”黑膦感叹道。

海底遗迹那么多，南域海龙族也的确发现了许多拥有奇异能力的器物，却只有这一件内蕴乾坤，相当神秘。

一个玉瓶里面藏着折叠空间，绝对非凡。因此，南域海龙族中有强者怀疑这会不会真的是传说中的羊脂玉净瓶，但最后认为不是，因为这个玉瓶没有一点攻击力。

南域海龙族从海底出土的一些玉册上了解到许多古代的秘密，曾仔细研究，认为古代的那些大能也都是进化者。然而，玉册中并没有提及拥有羊脂玉净瓶的那位大能。

“咚！”

突然，黑膦手中的玉瓶震动不已，瓶塞那里更是剧烈地颤动着，像是正遭受重击。

“不好！难道楚风还能破瓶而出？”黑膦心惊不已。

在南域海时，龙族强者曾试验过玉瓶的牢固程度，黑膦曾被收进玉瓶里，结果根本无法脱困。

“坏了！”黑膦想到楚风手中有金刚琢，楚风多半正在用那东西砸瓶塞，想从玉瓶中挣脱出来。

黑膦用尽全身力量按住瓶塞，想要阻止楚风从玉瓶中逃脱，但是无济于事，瓶身震动得越来越剧烈，瓶塞居然开始松动，仿佛要脱落下来。

楚风被收入玉瓶内部时，恨不得给自己一个嘴巴，居然阴沟里翻船，最后时刻中了暗招，自己实在是太大意了。

起初，楚风真担心这个玉瓶跟那些传说中的器物般，没准会将自己化成一摊脓血。但过了片刻，他发现自己多想了，看来古代传说不能尽信，玉瓶就是一方奇异空间而已。

楚风先是捏拳砸向瓶塞，而后动用金刚琢，悍然出击。

他没有尝试打碎瓶身，在他看来，这个玉瓶实在是一件稀珍器物，居然能纳人或物，打碎的话太可惜了。

“不好！”黑螣吃惊，猛然发力将玉瓶掷向远方，而后化成本体，忍痛跃起，直接遁走。

“砰！”

终于，楚风冲开瓶塞，从玉瓶内逃出，他舒展四肢，捏着拳头，手持金刚琢，全神戒备。

然而，他发现自己此时身在半空中，神觉散开后，发现黑螣已在七八里地之外，看来刚才黑螣将自己连人带瓶抛弃了。

“嗖！”

楚风一把捞住玉瓶和瓶塞，朝地面坠落下去。只听“砰”的一声，楚风将地面砸得裂开，土石冲天。

这么强大的冲击力非常惊人，但是对他来说，这根本不算什么，现在的他哪怕从更高的地方坠落，身体也很难受伤。

“轰隆！”

空气发生爆炸，楚风突破声障，越过山林，踩裂大地，朝黑螣追去。

黑螣怎么可能逃过楚风的追击？黑螣已身负重伤，行动不便，速度都达不到声速，根本逃不了太远。

“砰！”

楚风凌空一脚，将黑螣踢得横飞而起，接着坠落在地，压断了很多巨树。

“你真能忍，最后时刻才出手，险些困住我。”楚风的神色冷峻无比，这一次他双目如电，对方任何一个小动作都逃不过他的神觉。

黑螣已经没有任何翻盘的底牌，万念俱灰。什么能忍？实在是因为玉瓶无法用于战斗，黑螣不得已才最后出手。

“给我收！”楚风喊道。

他将能量注入玉瓶中，想把黑螣收进去，结果没有动静，很快他就明白这是怎么一回事了，顿时一阵无语。

不过，他还是很高兴，因为玉瓶内部另有乾坤，隐藏着折叠空间，无论怎么看，这个玉瓶都像是神话传说中的器物。以后他身边的物品都可以收进玉瓶中，不用担心物品会在战斗中毁掉，或者物品太多而带不走了。

“走吧！”楚风抓着黑螣，纵身一跃就是一千五百米远，他跃过数千米，来到那片特殊地带。

他绕着这里走了一圈，确定四根黄铜柱子埋在何处后，便将黑螣扔了进去。

黑螣悔恨不已。黑螣此前只知道四名海将军在这片山岭中埋了锁龙桩，但并不知道具体埋在哪里，如果提前了解的话，刚才直接将玉瓶扔进来就好了，到头来反倒是黑螣自己陷在这里。

楚风非常满意，仔细观察玉瓶。

玉瓶通体洁白，外观与传说中的羊脂玉净瓶相仿，高三寸，像一件精美的艺术品。瓶塞乌黑，看起来像是木质的，却比金属块还要沉重。只有催动体内的能量才能将物品放进玉瓶中，这个精致的玉瓶被考古者发现的话，只能被视为一件文物，普通人根本用不了它。

“很好，四根黄铜柱子有地方放了。”楚风微笑，不然，那四根黄铜柱子挖出来也太显眼了，谁会扛着四根粗大的柱子乱跑？

很快，楚风发现黑螣一点也不配合，只是躺在那片林地中，一动也不动。

他觉得里面有蹊跷，便离开这里，捉来一些猛兽和飞禽，将它们也放进那片特殊地带。

“难道这就是四根黄铜柱子的能力？”楚风观察放进去的那些猛兽和飞禽，脸上露出惊异的神色。

四根黄铜柱子圈着的地带，方圆有三四里。

那几只猛兽在里面狂奔，大声嘶吼，跑来跑去都在转圈，而且不知疲惫，根本停不下来，眼中写满了惊恐。

空中的几只飞禽也很古怪，没有展翅远去，而是始终在这片特殊地带绕圈飞行，到了后来越发用力，双翅振动频率增加。它们很慌乱，绕着低空也不知道飞了多少圈，但飞来飞去都没有脱离这片特殊地带。

楚风瞪大眼睛，面露惊容。这可是大白天啊，居然发生这么诡异的事情！

“真是邪门，真是古怪！”楚风一边自言自语，一边观察，“那四根黄铜柱子不就是四根金属体吗，怎能让那些猛兽和飞禽迷失在圈着的地带内？”

楚风抬头看了一眼，只见碧空如洗，阳光明媚，这可不是大雾弥漫的天气，也不是夜晚，那些猛兽和飞禽怎么会看不到路？他心中一阵狐疑，觉得那四根黄铜柱子异常诡异。

以前这里绝对不是这样，一切都是四名海将军埋下了四根黄铜柱子导致的。

依照科学家的研究，诸多生物本能的运动轨迹都呈圆周形。有一些科学家做过实验，鹰、麻雀和鸽子等飞禽被蒙上眼睛后放飞到空中，会在原地打转飞行。而人类也是如此，失去方向感时，人们以为自己是沿着直线而行，其实是在转圈。

楚风虽然知道这种现象的原理，却不明白那四根黄铜柱子为何能造成这一现象。

而且，他发现这种现象在这片特殊地带非常严重，那些猛兽和飞禽发疯一般绕圈，眼中不仅有恐惧，还有疯狂，它们根本就停不下来。

这就是南域海龙族为黑驣送来的无上武器，楚风有些无语，也有些吃惊。这也算不上什么高级的器物，他还以为会布下很惊悚的场域呢！

他原以为四根黄铜柱子埋在这里后，这里会暴雨倾盆，雷电交加，剑气纵横，令困在里面的生物当场惨死，可到头来，完全不是这么一回事。

“黑驣，这就是你的无上武器？你给我起来，转圈去！”楚风叫道，而后捡起一块石头，朝黑驣砸去。

只听“砰”的一声，石头砸在了黑驣的身上，令黑驣发出一声闷哼。

“快去转圈！”楚风说完这句话，先是一愣，而后醒悟。

四根黄铜柱子的能力虽然听起来不够霸气，却很不一般，它们能够将敌人困在圈起来的地带中，在外面可以随意攻击。

楚风扔进去的石头并没有改变方位，而是直接砸在了黑驣身上。

接着，他将一块石子弹出，只听“砰”的一声，低空中一只鹞子的一撮尾羽被击断，掉落下来。

那只鹞子尖叫一声，越发惊恐，拼命拍动双翅，不停地绕圈飞行。

楚风很无奈，他不想伤它性命，才会只击断它的一撮尾羽，却让它陷入了更深的恐惧中，逃命般飞行。

楚风意识到，这片特殊地带多半还有其他因素导致那些生物敏感、焦躁、恐惧不安。

“它们精神错乱，被压制，判断失误，迷失方向。”楚风仔细观察，了解得越来越多。他觉得那四根黄铜柱子还真是不一般，埋在这里后竟能造成如此诡异的现象。

“勉强算是无上武器！”楚风觉得，真将敌人引进四根黄铜柱子圈着的地带，让敌人迷失在里面，他在外面催动赤色飞剑，那真是轻而易举就能消灭敌人。

“不错，我喜欢那四根黄铜柱子。黑臃，谢谢你送给我的大礼，我姑且收下了！”楚风哈哈大笑。

“嗯？”楚风惊讶不已，因为黑臃没有一点反应，正常来说，黑臃应该暴跳如雷才对。

“难道那四根黄铜柱子还会影响听觉？该不会让人感官失灵吧！那真是太恐怖了！”楚风心惊。

他尝试对着一只花斑豹咆哮，声音如雷，结果那只花斑豹根本没有反应，依旧保持原先的状态，绕圈奔行。

“果然如此。”楚风暗自点头，越发觉得那四根黄铜柱子不简单。

随后，他又去抓了一些猛兽和飞禽，将它们放进这片特殊地带，继续观察。他想看一看，在里面待的时间长短不同，这些生物是否会有不同的表现。因此，每隔一段时间，他就会放进去一些猛兽和飞禽。

此时，楚风很悠闲，一边在这里观察，一边演练形意十二真形。

这一次跟黑臃一战，他收获巨大，不仅得到了玉瓶和四根黄铜柱子，他的形意拳也取得了突破性的进展，已经登堂入室。

观察一天一夜后，楚风渐渐了解了四根黄铜柱子的作用，原来四根黄铜柱子可以布下小型场域，使生物的一些感官失灵。总的来说，就是让待在里面的生物判断失误，精神失常。

“难道四根黄铜柱子能够让这里的磁场异常，从而影响到这些生物？”楚风猜测。

有些猛兽和飞禽早已累得趴在地上，不然，它们根本停不下来。楚风觉得，不管怎样，还是等以后对敌时再进一步观察与检验吧。

此时，黑螣盯着楚风，眼中满是怨毒之色，因为黑螣知道自己逃不出楚风的手掌心。

楚风没有迟疑，祭出赤色飞剑，没有给黑螣一丝机会，让黑螣直接毙命。

“收获的时刻到了。”楚风将四根黄铜柱子都拔了出来，用水洗净，收进玉瓶内。而后，他把蛟蛇肉也处理干净，装进了玉瓶中。他试验过，玉瓶可以保鲜，蛟蛇肉在玉瓶中难以变质。

堂堂南域海黑龙太子，一个挣断了六道枷锁的绝世强者，就这样死在了楚风的手上。

黑螣的锁龙桩称得上非凡古器，那玉瓶更是神秘，都直接易主，连黑螣自己都成为楚风的盘中餐，真是可悲可叹。

楚风知道，这么大的一条黑色蛟蛇被斩，横亘在山林中，必定会被发觉，他已经做好了与敌人大战的准备。

楚风没有离开，而是来到太京山练形意拳，提高自身的战斗力。他发现形意拳非常适合自己，毕竟这是人类的拳法，形意十二真形就像是融入他骨子里的东西，他越是参悟，越是得心应手。

更重要的是，他已经彻底掌握了形意十二真形中藏着的形意呼吸法，等于每日多了一段有效的进化时间。

楚风觉得，自己继续这样修炼下去，哪怕没有神圣花粉，只是依照黄牛教给他的特别的呼吸法，加上大雷音呼吸残法以及形意呼吸法，也能不断促进体质进化，直至完全蜕变。

楚风在太京山练拳，不急着离开，他巩固形意十二真形，交替运转三种呼吸法，觉得自身血气越发旺盛。

“轰隆隆！”

楚风迎着烈日，在瀑布前舒展四肢，挥动拳头，声如雷鸣，在他的周围，龙形、虎形、鹤形、熊形和鹰形等真形一起浮现，它们都是由能量化成的，带着恐怖的气息，一起向外飞去。

“轰！”

周围很多巨大的山石悬浮起来，围绕着楚风转动，随着他的拳法节奏而轰鸣，然后炸开。

此时，外界很多人都已知道南域海龙族为黑縢送来了一件无上武器，看似是为了对付楚风，其实是为了震慑陆地上的强者。

一时间，人们都在议论这件事，人心惶惶，难道海族真的要大举进攻陆地了？

显然，这则消息公开后，人们对海族越发忌惮，导致海族在陆地上行事越来越张狂霸道。

只有两头牛在冷笑，两头牛已经知道楚风斩了黑縢，既震惊又激动。现在，外界都以为黑縢要崛起，震慑四方，却不知这个南域海黑龙太子已被楚风斩灭。所以，两头牛十分开心，期待太京山附近的事曝光，到时候肯定会吓到一群海族强者。

此时，楚风还在练拳，积蓄力量。与黑縢的一战让他收获巨大，对形意十二真形的理解感悟更加深刻。以他目前的实力，他随时可以去对付诸王！

“楚风到底在哪里，难道他真的死了？”

“黑縢已经养好了伤，并让南域海龙族强者带来了一件无上武器，其实力定会更加恐怖，楚风即便还活着，恐怕也不敌黑縢啊！”

“黑縢挣断了六道枷锁，楚风才挣断四道枷锁，两者原本就不是一个层次的。上次两者大战前，黑縢就已身负重伤，所以大战才以平局收场。这一次楚风再跟黑縢交手的话，恐怕很难取胜。”

……

外界，无论是人类还是异类，都在谈论楚风。

哪怕对他有好感，或者从心底偏向他的人，也不得不承认，如果他和黑縢再交手，他的处境将会非常危险。

对楚风有敌意的异类就更不用说了，都幸灾乐祸，觉得楚风哪怕没有死，一旦归来，也会被各路强者除掉。

陆通也坐不住了，立刻用通信器联系楚风。

“小子，不行的话就赶紧退回来吧，挣断了六道枷锁的绝世强者并没有你想象中的那么容易对付。”

“放心，黑螣让我给斩了，再也不成威胁。”楚风告知陆通。

“你说什么？再说一遍！”陆通一脸震惊之色，他真的被楚风惊到了，在雷天城的玉虚宫中直接跳了起来。

他一遍又一遍地询问楚风，这到底是怎么一回事，这件事是什么时候发生的。

“我本来昨天就可以解决黑螣，但困了黑螣一天，今天早晨才除掉。”楚风说道。

陆通瞠目结舌，黑螣可是南域海黑龙太子，外界都在传黑螣取来了一件无上武器，要震慑诸王，黑螣就这么被楚风除掉了？

这则消息要是传出去，肯定会引发一场风暴，震撼各方人马。

“对了，黑螣的无上武器是什么，在哪里？”陆通问道。

“哪有什么无上武器，谣传！”楚风真怕陆通追问他无上武器的下落，要他带回去观看，所以他一口否认无上武器的存在。

陆通虽然不相信，但也拿楚风没办法。最后，陆通告诉楚风另一则消息，有人夜闯玉虚宫家属区，要针对他的父母。

楚风听到这则消息，倒是没有太担心，因为他知道陆通早就有防范，他的父母已经被提前转移走了。

“据查，可能是嘉西境内某只曾经围攻你的兽王指使的。”陆通告知楚风。

“那只兽王真是活腻了！”楚风冷冷地道。

“你该不会要去对付那只兽王吧？”陆通问道。

楚风相当淡定，道：“这种小角色还用我出手吗？老头子，不是我说你，堂堂玉虚宫怎容得了那只兽王放肆，赶紧调动你的各种资源，用热武器瞄准那只兽王所在的山头！你得立威，一定要让那些敢闯玉虚宫的兽王胆寒！”

陆通被噎到了，道：“我还以为你会气得直跳脚，第一时间去对付那只兽王呢。”

“什么，你还惦记着让我去？我只对付挣断了六道枷锁的绝世强者，那种小角色别找我！”楚风故意嘚瑟。

陆通气得牙疼，很想教训楚风一顿。

“嗯，你没跳脚就好，我怕你被刺激后，会失去平常心，被人趁机害了。”陆通这般说道。

“老头子，你尽管调动各种资源，去扫平那只兽王所在的山头，真要有漏网之鱼的话，我帮你清理干净！”楚风气势汹汹地说道。

第135章

群王会集

陆通闻言，难得没有反对，反而有些认同楚风的话。他皱着眉头，眼中泛出凶光，道：“的确应该立威，不然，真当第一异人组织是软柿子吗？随便一只兽王都敢指使手下乱闯玉虚宫，真是放肆！”

陆通越想越气，先有盆灵山一脉的黄鼠狼擅闯玉虚宫，现在嘉西又跳出一只兽王，暗中指挥手下行事。这些异类真不将第一异人组织放在眼里吗？想闯就闯，太不像话了！

盆灵山一脉被楚风平山灭寨，成就了“楚魔王”的威名，现在该玉虚宫立威了，杀一儆百，雷霆出击，树立威势。

“这就对了，老头子霸气点，别畏首畏尾。”楚风撺掇陆通，唯恐天下不乱。

楚风其实也在生气，因为又有异类拿他的父母做文章，虽然陆通早就有防备，那些异类根本伤不到他的父母，但这还是触了他的逆鳞。这次干脆点，请玉虚宫出手，扫平那只兽王所在的山头，声势越大越好，这样才能震慑各方。

“行了，别火上浇油了。”陆通挂断通信器。他知道楚风是在故意刺激他，想借玉虚宫之势闹出大动静，警告各方。

陆通快速联系相关的人马，紧锣密鼓地运作此事。楚风则安然练拳，等待陆通的消息。

太京山果真不凡，山上古松苍翠欲滴，紫气袅袅升腾而起，加上银瀑垂挂，宛若仙家洞府。午时阳光最炽烈，照在山顶的道观上，连瓦片都泛着淡金色光泽，有种神圣的韵味。

楚风饮了一口山泉后，在太京山舒展筋骨，一遍又一遍地演练形意十二真形。

“呼！”

楚风呼出了一口气，这口气化成白色气柱，飞出去数十米，如同利剑般，轻易斩下了峭壁上一块突出的岩石。

他很镇定，在这里练拳养神。

云落山距离太京山两千多公里，算不得天下名山，但在当地小有名气。

这里也有道观，道观在烈日下显得庄严而气派。不过，自从天地剧变后，云落山上就没有道士了，空留一座道观，被一只老獾所占据。

在嘉西境内，老獾也算是一方强者。上一次，诸王围攻楚风，老獾也在其中，最后楚风逃走，原本十拿九稳的事到头来以失败告终，这让老獾连日来都心有不安。

之前，没有人知道老獾身在云落山，因为这里并不出名，不料祸从天降，一个三眼男子来了，不但霸占此地，还让老獾去背黑锅。

老獾欲哭无泪，不得不指使手下潜入玉虚宫去对付楚风的父母。这件事可不小，最重要的是，这件事的主谋真不是老獾，所以老獾觉得很冤。最后老獾一咬牙，反正自己都参与围攻楚风的行动了，与楚风早已势不两立，还有什么可怕的，那就投奔海族与孔雀王吧。

三眼男子乾越长着一头紫色长发，面孔俊美，面带微笑，眉心处的竖眼开合间光芒闪烁。此时，乾越身在云落山的道观中，等着楚风上门送死。

乾越虽然看着年轻，却已挣断了六道枷锁，实力非凡。老獾知晓这一点，满脸是笑，极尽恭维，陪着乾越喝酒，并让一些化了形的手下负责倒酒。

如今云落山的道观俨然一座妖府，里面全是异类。

乾越淡淡地说道：“放心，还会有强者要来，一个小小的楚风，解决他易如反掌，不会让你出什么意外。”

乾越根本不担心什么，他认为，只要楚风出现，他就能以实力压制楚风。不过，他结识的人类强者、最年轻的形意拳宗师徐清却非常谨慎，非要围攻楚风，怕有什么意外。

最让乾越不满的是，徐清竟然请动了孔雀王！乾越认为根本没有必要这样兴师动众，一个小小的楚风，直接斩了就是。

徐清却告诉他，要防范玉虚宫之主、普梦山的太极老宗师等人出现，毕竟这些人都跟楚风有些关系。哪怕现在这些人都在远方，谁又能保证他们不会突然到来?

“嘀，楚风，你只挣断四道枷锁而已，为了你，我们却兴师动众，这次你插翅难逃，死定了！”乾越神色冷峻道，“因为你，我的飞碟在虎泷山被毁，这一次我要狠狠地收拾你！”

乾越觉得，先是故意留下一点线索，然后等待目标自己送上门来，这个主意的确不错。

事实上，楚风确实不知当中的险恶，就是陆通也没有查出什么，只是以为老獾过于阴毒，想暗中对楚风的父母下死手。

可徐清与乾越都没有料到的是，楚风已经挣断了第五道枷锁，可以对抗任何一个绝世强者。而且，他这一次斩灭黑膧后，十分强悍，想要把事情闹大，说服了陆通直接扫平云落山。而陆通也觉得憋屈，准备借此立威。

不久后，一则消息在异类中流传开来，当然仅限于小范围流传。

“孔雀王动身，要去对付楚风！”

这则消息如果大范围传播开来，绝对是一则爆炸性的消息。

“想不到楚风还活着，他真是命大，不过这次他被孔雀王察觉到在何方，一定在劫难逃。”

“楚魔王终于要死了，一旦被孔雀王寻到，他还有什么活路?他必死无疑！就算十个他加在一起，也不够孔雀王对付啊！”

嘉西，一部分异类在谈论着。它们不是孔雀族的嫡系成员，就是跟孔雀族有关的异类。它们很兴奋也很激动，知道要出大事了。在这些异类看来，孔雀王亲自赶去对付楚风这个仅仅挣断四道枷锁的人类，楚风就算有十条命也不够孔雀王对付，这次必死无疑!

“我们一同去吧，孔雀王一定可以轻易除掉楚风，我们去看看楚风会如何惨死！”

曾经围攻楚风的王级强者面带笑意，相约上路，要去“观礼”。

这则消息目前只在小范围内流传，处于较保密的状态，但惊动的都是王级强者，没有一个弱者，且彼此间信得过。暗流悄无声息，却十分可怕。等到这件事发生，肯定会震惊天下！

在这些王级强者看来，如今海族以强劲的势头登陆，绝对值得交好，它们正好借此机会与海族拉上关系。

这些王级强者面带笑意，仿佛看到了楚风殒命的场景。它们认为，孔雀王与海族强者联手，楚风必死无疑！

云落山，乾越披着一头亮晶晶的紫发，眉心处的竖眼中光芒隐现。

此时，他在联系黑螣，想告诉黑螣可以过来了，结果联系不上，他略微皱眉，感觉到一丝不安。

不过，他很快就释然了，因为南域海龙族给黑螣送来了锁龙桩，黑螣必会好好利用这件无上武器，压制陆地上那些不服海族的绝世强者。想来黑螣可能正在研究锁龙桩，在锁龙桩布下的场域中，通信器的信号会被屏蔽。

乾越想了想，给黑螣留下文字消息，告诉黑螣速来云落山，一切准备就绪，就等楚风主动上门送死了！

太京山，楚风盯着黑螣的通信器，眼中光芒大盛，瞬间猜到很多。

他斩灭黑螣后，曾从黑螣的鳞片缝隙中找出一些零零散散的器物，既有海族的电子仪器，也有人类的通信器。当乾越拨打黑螣的通信器时，楚风没敢接通，最后乾越发来了文字消息，顿时让他恍然大悟。

“老头子，事情有变！”楚风第一时间联系陆通，告诉陆通云落山那边是人为布下的局。

陆通一阵头痛，冷汗直流，越想越觉得此事惊险万分。他道：“坏了，玉虚宫之主正跟金乌王交手，一路战到其他地域去了，如今不在嘉西境内。普梦山的太极老宗师跟海族强者交战，又跟九命猫王对决，如今也不在嘉西境内。”

陆通原以为这次就是对付一只普通兽王而已，怎能料到有绝世强者参与其中？

“不用怕，我就是绝世强者，我亲自过去就是了！这次非要气炸那些强者不可。我会上门送死？我看是那些强者嫌自己命长吧！”楚风说道。他根本不怕云落山上的绝世强者。

“小子，你别乱来，等我请一些绝世强者，再一起动手。”陆通告诫道。

“来不及了！那些强者可不是善类，其故意泄露消息给我，就是为了引我去云落山。如果我不尽快出现，那些强者会立刻意识到出了问题。你现在准备‘炮仗’吧，尽量多，要威力最大的那种。如果有漏网之鱼，我去一一追击！”楚风冷冷地道。

哪怕知道有绝世强者等着对付他，他也不惧，而今他实力大进，有足够的底气。

以他目前的实力，就算他不敌对方，谁还能拦得住他？他的速度已经达到了五倍半声速，可以说是独步天下。

“王级强者神觉敏锐，万一提前觉察到危机，那该怎么办？”陆通有点担心。

“不是有我吗？我会立刻赶过去，保证帮你解决这个问题！”楚风说道。如果只有几个王级强者，楚风的神觉足以压制其神觉，使其无法提前觉察到危机。如果王级强者太多，或许会出问题。

楚风准备埋下那四根黄铜柱子，它们可以干扰山川地磁，影响生物的感知，足以完满解决陆通担心的问题。不过，云落山可不算小，四根黄铜柱子必须分开很远才行，这意味着它们的威力多半有限。但他管不了那么多了，只要那些王级强者不能提前觉察到危机就可以。

“那好，我去安排放‘炮仗’，扫平云落山！”陆通发狠。

“呼！”

楚风呼出了一口气，这口气宛若一杆白色标枪，“嗖”的一声冲上近百米高，扎进山崖中，让那里出现了一个黑窟窿。

楚风觉得自己练拳有成，血气滚滚，体内蕴藏着汪洋般的气息，精神能量越发强大了。

他一运转呼吸法，强大的能量就会涌起，在他的周围形成异象，形意十二真形中的几种真形就会浮现出来，并随着他的身体运动围绕着他旋转。那几种真形可不仅是看着气势迫人，而是有真正的战斗力！

“该上路了！”

楚风身体发光，毛孔中溢出丝丝缕缕的生命精气，这是能量充沛的体现。

云落山距离太京山两千多公里，这点距离对楚风来说根本不算什么，如果全力以赴地奔跑，不足半个小时，他就可以赶到云落山。但是这没有必要，他要养精蓄锐，慢慢赶路就可以。

说是慢慢赶路，其实楚风的速度依旧超越声速，只不过远远没有达到五倍半声速而已，即便这样，他也只用了一个多小时就赶到了目的地附近。

楚风神色自若，并没有消耗多少体能，对他来说，只要不是在四五倍声速的速度下狂奔，这点距离根本不算什么。即使如此，一个多小时赶了两千多公里的路，这如果传出去，依旧有些吓人。

云落山上松青柏翠，还有摩崖石刻，气象不凡。山不高，谈不上巍峨，但也有种磅礴之气，草木精气浓郁，伴着流泉飞瀑，景色极佳。

楚风站在十里外凝视云落山。临近云落山后，他谨慎起来，因为山上可能有挣断了六道枷锁的绝世强者，他必须认真对待。

不过，楚风有着独特的优势，将精神能量与肉体能量融合后，哪怕靠近其他王级生物，他也很难被发现。他挣断了五道枷锁后，实力越发强大，其他王级生物更加难以感知到他的存在。

楚风来了，一个人亲临云落山！他无声无息，避开所有生物，绕着云落山转了一大圈，而后在山林中穿行。他在探察云落山的地势，准备埋下四根黄铜柱子，困住诸王！

他不知道山上有多少王级强者，但料想一定不会少，其中可能有挣断了六道枷锁的绝世强者！

仔细探察完地势后，楚风从三寸高的雪白玉瓶中取出一根黄铜柱子。黄铜柱子很粗，有一人多高，上面刻着许多神秘的纹路。

楚风对玉瓶很满意，有这个玉瓶在，他携带这沉重而粗大的黄铜柱子就非常方便。

他将第一根黄铜柱子埋在正西方向。此时，他就在云落山山脚下，他不想离得太远，担心那样黄铜柱子布下的场域效果不理想。

最终，他在东南西北四个方向各埋下了一根黄铜柱子。这一刻，这片地带仿佛变得不一样了，气势都略有不同。

当然，除非像楚风这般亲身参与其中，始终留心观察云落山的变化，不然，其他生物根本感应不到什么。

楚风确信，这片山林的地磁已经改变，会影响整座云落山！

“能困住那些王级强者吗？”楚风不能确定，但只要诸王无法提前觉察到危机，那就足够了。

楚风如一个幽灵，从这片山林悄然退走，然后联系陆通，问他准备得怎么样了。

“快了，时间暂定今天傍晚。从此以后，世上应该不会有云落山了。”陆通告知楚风，语气平和，却有腾腾杀气冒出。

“很好！”楚风说道。

接下来，两人商量从哪些方位向云落山发起猛攻，以及楚风应该守在哪里，这些都得事先谈清楚，以免误伤。

楚风特地指出四个位置不能攻击，那是埋有黄铜柱子的四个位置。他虽然觉得黄铜柱子很结实，应该承受得住热武器的攻击，但还是担心黄铜柱子被毁掉，不想冒这个险。

“老头子，万事俱备，只欠东风，我等着清理漏网之鱼！”楚风说罢，结束了通话。

山林中，草木清新，生机勃勃。

楚风选了一块青石，盘坐其上，养精蓄锐。他知道肯定会有一些强者能闯出来，到时候自然需要他出手，这将是他熬过劫难回归后公开的第一战，他要威震天下。

陆通效率非常高，一切都在他的掌控之中。

下午阳光灿烂，云落山山巅上散发着淡淡光辉。古朴的道观沐浴着阳光，仿佛跟着发光了。

乾越略有不快，他没有想到的是，云落山居然来了超过二十个王级强者。对付一个楚风而已，有必要这样吗？他觉得这是小题大做，根本无须这般。在他看来，楚风只是挣断四道枷锁的王级强者，他一出手就能让楚风殒命！

乾越对徐清有些不满，他觉得徐清让这些王级强者来掺和，过于谨慎，尤其是，徐清到现在还没来。

不过，看到孔雀王亲临云落山后，乾越终于改变了想法，哪怕强大如他也不得不承认，这个风采过人的绝世强者值得结交。

“孔雀王大人！”老獾上前见礼，很是激动。

孔雀王因为在途中耽搁了一段时间，反倒没有其他王级强者那么快赶到云落山。

孔雀王脸上带着温和的笑，整个人看起来英俊无比，堪称绝世美男子。孔雀王跟乾越一样披散着一头紫发，双目炯炯有神，肌肤如同玉石般光滑。

按年龄来说，孔雀王真不算小了，但只从外表上看的话，他显得非常年轻，就像只有二十几岁的样子。

一些王级强者看到孔雀王如今的样子，顿时吃惊不已，因为孔雀王比以前显得更年轻，血气比以前还要旺盛几分，道行明显有所增进。

天地剧变后，孔雀一族变得十分强大，而且一旦化成人形，长相都很俊美。孔雀一族自然以孔雀王为最，孔雀王很自信，目光温和，面孔精致，比许多女人都要漂亮。

此时，孔雀王缓步登上云落山。乾越脸上露出了笑容，亲自迎了上去，他觉得孔雀王太出众，体内蕴藏的血气如汪洋般，比他还要厉害。

乾越来自海族，一向自负，少有看得上眼的强者，徐清算一个，而眼前的孔雀王更让他刮目相看。

他非常热情，主动拉拢孔雀王。其他王级强者就更不用说了，面对敢争夺“封禅之地”的绝世霸主孔雀王时，没有王级强者敢放肆，大家都是小心翼翼的。

“对付一个小小的楚风而已，还劳各位大驾光临，真是太抬举他了！”乾越说道，眉心处的竖眼发光。

其他王级强者神色有些异样，因为孔雀王来之前，乾越远没有现在这样热情。

孔雀王很客气，脸上始终带着笑，一点也不像敢跟人类几大绝世强者争锋的一代禽王。

“有两位绝世强者在此，我们来这里只是凑凑热闹，等待楚魔王殒命的那一刻。”

“呵呵，有孔雀王和乾越亲临云落山，楚风的确不值一提，他真要出现的话，两位随意出手一击，就可以让他毙命！”

在场的王级强者纷纷开口。那些围攻过楚风的王级强者此时更是激动不已，都认为楚风只要一出现，定会被孔雀王和乾越斩灭，自己也可以长出一口气。

见识过楚风连斩十王后，但凡在那一夜出过手的王级强者都心生忌惮，怕楚风有一天会上门寻仇。

现在好了，诸王又一次聚首，这一次的整体实力可比上次强太多了，楚风一定插翅难逃。有王级强者甚至开始盘算，等孔雀王与乾越拿下楚风后，自己要怎样才能分一杯羹，从楚风身上获得绝世呼吸法。

傍晚，残阳如血。

楚风睁开眼睛，从青石上起身，一身精气充沛至极。他望向云落山，自言自语道：“该开始了。”

就在这时，他的通信器响了。

“‘炮仗’点燃，准备观看！”陆通告知楚风。

“好！”楚风只说了一个字，便挂断了通信器。

此时，天空中一道道绚丽的光束交织，一起向云落山汇聚！

楚风站在一片高地上，脸上挂着一丝冷笑。在夕阳下，在绚丽的光束下，他如同一尊魔神，准备大战一场。诸王如果不死，便得过他这一关，这一刻他已等待很久了。

“轰隆隆！”

山崩地裂，云落山先是炸开，而后熔化，瞬间成为一片火海，岩浆喷涌，景象骇人，足以震惊世间！

毫无疑问，四根黄铜柱子起到了极大的作用，不然，诸王早就跃下山峰，避过“炮仗”的攻击了。

楚风知道，王级生物生命力顽强，肯定有从火海中活着逃出来的强者。

只听“轰”的一声，楚风的心脏部位发出刺目至极的光芒，赤红如骄阳，晶莹如水晶，为他提供源源不断的能量。

楚风迈开脚步，因为他看到了第一个脱困的王级强者，那个王级强者浑身焦黑，大声嘶吼，眼睛赤红，正逃向山林中。

“轰！”

空气瞬间发生大爆炸。楚风只是迈出一步，便有一千五百米远，他的速度实在是太快了！他立刻截断了那个王级强者的去路，道：“死！”

“你是……楚风？”那个王级强者既震惊又恼怒，怎么也没想到这一切都是楚风谋划的。

楚风没有说话，浑身发光，一掌拍出，他的掌心顿时迸发出炽烈的光芒，笼罩一切。

那个王级强者耗尽全身能量，想要与楚风拼死一搏，然而，在楚风的一掌之下，那个王级强者根本没有还手之力，当即丧命。

第136章

战神斩诸王

楚风这一掌威力太大，发出的光笼罩整片山林，直接将那个王级强者打死！

临死时，那个王级强者都难以置信，这会是那个只挣断了四道枷锁的楚风？楚风怎么会有这般恐怖的实力？

那个王级强者无法接受这样的事实，哪怕被热武器炸伤，自己也不应该这么脆弱啊，才受了楚风一掌而已，就要死于此地。

可惜，那个王级强者没有时间多想，刹那间便彻底殒命。一个王级强者就这样在楚风一掌之下葬送了性命。

此时，楚风宛若一尊神明，通体发光，全身耀眼至极，简直让人无法直视，身影都快看不见了。

他完全释放出自己的肉体能量，横穿山林，一步迈出就到了三里之外。

“嗷！”

只听一声大吼，又有王级强者从火海之中逃出，径直跃下。

那是一只二十五米长的山豹，它身手矫健，动作敏捷，哪怕身负重伤，速度依旧不减。

这只山豹原本化为人形，在逃命过程中，为了拥有更快的速度，从火海向外扑时，瞬间化为本体。

山豹胸部有一道被激光所致的伤口，胸部传来的剧痛令它咆哮不已，愤怒至极。

山豹自然知道热武器为人类所有，人类居然敢对它们这样的王级强者下手，就不怕遭到报复吗？

同时，山豹心中略有惶恐，它本可以凭借神觉察觉到人类的热武器，它不明白自己这次为何神觉失效，没能提前觉察到危险。

“人类，你们敢对我等出手，我一定要报仇！”山豹大吼，声音响彻天地间。

然而，下一刻山豹就惊悚万分，因为它看到一片山林中光芒漫天，十分耀眼，一道身影在光芒中若隐若现，正疾速冲来。

山豹浑身汗毛竖立，转身就逃，现在容不得它发狠话为自己找台阶下，因为它预感到大难即将临头。

此时，山豹的神觉在它逃离云落山后渐渐恢复正常，它感知到那道身影散发出的气息太骇人，连它这样的王级生物都战栗不已。

“还想报仇？去死吧！”只见一团刺目的光掠过长空，截断了山豹的去路。

山豹惊恐不已，它本以速度极快闻名于世，那道身影却在瞬间追上了它。

“你是……”山豹大叫，睁大眼睛，脸上露出震惊之色。

山豹认出了楚风，因为那一夜它曾参与围攻楚风的行动，让楚风重伤垂死。今时不同往日，它怎能料到险些被诸王合力除掉的楚风，竟然变得这般恐怖了？要知道，这才过去没多久，楚风就宛若换了一个人，真正地脱胎换骨，成为一名绝世强者！

山豹咆哮着，张口吐出一道光，那道光如同利剑般向楚风斩去。与此同时，山豹挥动自己的一双大爪子，爆发出无穷的能量，欲与楚风拼命。

可惜的是，这一切都是徒劳的，浑身散发出耀眼光芒的楚风简直比魔神还要可怕，此时抬起手掌，向前拍来。

“轰！”

刺目的光芒瞬间迸放，笼罩山林，楚风依旧只是一掌，便将山豹打得横飞而出。

楚风实在是太强大了，那一击发出的光芒如烈日当空，威力无与匹敌。

“怎会如此？”山豹在失去意识前的刹那，心中大为惊恐。它分明感受到现在的楚风在实力上多半不弱于号称无敌的孔雀王，可是楚风才挣断四道枷锁，怎会有如此恐怖的实力？

楚风迈步，出现在云落山前。

其他方位毁灭性的攻击还未停下，相对来说，只有他所在的这个方位还算平静。王级生物如果没死，多半会往这里逃。

果然，不止一个王级强者逃了过来，伴着凄厉的惨叫声，四道身影接二连三地冲向山外。

“啊——人类，你们好大胆，竟敢这样谋害我等，我等誓死复仇！”

“卑微的人类，你们都该死啊，伤我筋骨，损我精血，我要让你们付出千万倍的代价！”

“我看你们怎么抵挡诸王的怒火！从今天开始，人类等着覆灭吧！”

……

片刻间，四个王级强者从云落山中冲出，其中有三只兽王，面目狰狞，露出锋利的牙齿，咆哮震天，还有一只禽王，正要展翅飞起。

“你们想要报复？”楚风的声音虽然不大，却清晰地传到它们的耳中，把它们的精神都快震散了。

“那你们都去死吧！”楚风大喝一声。

他抬起左手，掌心发光，雷电符号闪烁，只听“锵”的一声，一杆泛着寒光的闪电长矛出现在他的手中。而后，他将闪电长矛对准那只正要冲天而起的禽王，避免它逃走。

“你该死，胆敢算计我等！”那只禽王咆哮着。它虽然还没有看清那璀璨光团中的人是谁，却已经感知到那定是一个恐怖的强者。

那只禽王赶紧提速，全力向天空中冲去，并且释放出体内所有的能量，全神戒备。

“轰！”

然而为时已晚，楚风猛力掷出闪电长矛，一瞬间，雷霆炸开，虚空震荡。

那只禽王速度再快又怎能快过闪电？

“啊！”

它大叫着，双爪发光，向下拍去，想要抵挡闪电长矛。

“噗！”

然而，它根本抵挡不了，闪电长矛直接刺中了它。

在那只禽王凄厉的大叫声中，闪电长矛闪闪发光，而后在天空中轰然炸开。无数羽毛飘落，那只禽王毙命，第三个王级生物被楚风瞬间斩灭！

“啊，原来是你！楚魔王！”一只兽王怪叫着，无比震惊。诸王原本等在这里伏击楚风，没有想到，楚风来是来了，却是要解决诸王！

另外两只兽王也都惊悚不已，起了一身鸡皮疙瘩。

“我们一起上，斩了他！”三只兽王彼此对视一眼，一起向前冲去。它们看到那只禽王惨死，意识到谁都没有办法避开那闪电长矛，只要试图远遁，就会被闪电长矛击中！

三只兽王朝楚风冲来，其中一只土黄色的狗王最为凶狂。它身长有二十几米，皮毛散发着金光，铜铃大眼中满是仇恨，血盆大口张开，牙齿如利剑般寒光闪闪。

楚风大步向前走去，身上的光芒更加炽烈，心脏如同一轮骄阳，为他提供源源不断的能量。

他沐浴着金色的光辉，所有的毛孔都张开着，跟天地间游离的能量彼此交融，此时，金色的光辉变得越发璀璨。

“嗷！”

狗王大声咆哮，扑击而来。

另外两只兽王也咆哮着，一同扑向楚风，各自施展近乎神通的本领，掀起土石大浪，喷吐岩浆。

“轰！”

楚风动用形意拳，周身顿时光华迸放，而后龙形、虎形、鹤形和鹰形等真形浮现，并一起围着他旋转，景象极其恐怖。

一只兽王速度很快，转眼就到了楚风近前，然而，它喷吐出的岩浆根本无用，被那旋转着的几种真形挡住，而且就在这一刻，鹰形展翅，虎形扑击，将它按住。

“啊！不！”它大叫出声。因为它发现那浮现出的几个能量体并不是虚影，都可以参与搏斗！

它被鹰形与虎形缠住，又被其他几种真形绞住，那旋转着的形意真形将它生生绞死了。

“砰！”

同一时间，楚风挥拳，形意鹤形飘逸而出，但该凌厉时也非常凌厉，他若仙鹤腾空，一拳击向另一只扑来的兽王，将它震得横飞而起，而后殒命。

狗王见到两大兽王几乎在瞬间毙命，所有的凶恶气焰瞬间消散，恨不得立刻夹起尾巴逃走。

它简直不敢相信自己的眼睛，这个曾被诸王围攻的人类怎么会一下子变得如此恐怖?

楚风从空中落下的刹那，猛力摆动右腿，如一条金蛇与雷电共舞，只听“啪”的一声，他的右腿抽在了狗王身上。

狗王被抽得飞起，瞬间毙命，连惨叫声都没有来得及发出。

就这么片刻间，楚风便连除三只兽王，他身上的光芒越发绚烂，如同一尊战神，所向披靡!

尽管如此，楚风还是没有一丝懈怠。他紧紧地盯着前方，并不认为其他王级强者都丢了性命。

此时，林地中有恐怖的气息弥散开来，原来，真正厉害的王级强者从山上逃出来后，并没有急着遁走，而是躲在那片林地中。

“楚风！”伴着一声大吼，一个紫发男子从林地里走出来。他的眉心处有一只竖眼，身上带着血，他虽然只负了轻伤，却也怒极。

这个紫发男子正是乾越，他的身后还有几个王级强者，一个个脸色铁青。

乾越最为恼怒，他是来自海族的绝世强者，原本坐镇于此，等待楚风上门送死，到头来却是他这一方的王级强者死的死，伤的伤。

“楚风，你该死！”乾越大怒。

在他身后，又有一人走出，这个人俊美至极，但半边身子都是血，那赫然是孔雀王。孔雀王目光冷厉，上下打量着楚风。

这出乎楚风的预料，号称无敌的孔雀王竟也在此地。

“该死的是你们，哪个不服我便斩哪个！”楚风冷冷地回应道。他一个人面对诸王，无所畏惧!

“哈哈哈！”乾越大笑起来。这个不被他看在眼中的人类，现在却要对付包括他在内的诸王，这让他目光森冷。尤其想到一番安排付诸东流，到头来被人以热武器攻击，损失惨重，他更是恼怒不已。

“楚风，你死一百次都不足惜，当日因为你，我的飞碟在虎泷山坠毁，今日你还敢谋害我等，你活不了！”乾越大喝，浑身释放出可怕的能量。

这片地带顿时飞沙走石，许多古木被连根拔起，这都是乾越释放的能量导致的。他的周围仿佛形成了一片场域，岩石和古木都悬浮着，随着他粗重的呼吸声而起起伏伏。

“是你！”楚风当即就怒了，他曾看到乾越跟徐清在一起，却不知道乾越就是那架飞碟的主人。上一次，他发现乾越跟徐清在一起时，若知晓乾越的身份，他早就动手了，岂能容忍乾越活到现在？

楚风自问跟乾越没有任何恩怨，却在虎泷山被乾越的飞碟追击，险些死在那里，两头牛也在山上身受重伤。这样一个心狠手辣之人，曾经用飞碟袭击他，今日又在这里设局想要伏击他，他真是不能忍受！

楚风目光冷厉，怒火中烧，分明是乾越对他怀有敌意，先要对付他，到头来乾越反倒觉得自己是一个受害者，现在还如此张狂。

“三眼贼，过来受死！”楚风喝道。

乾越听闻此言，眉心处的竖眼瞬间发出惊人的光束，开合间释放出恐怖的能量，让人心悸不已。他虽然身上染着血，手臂与腿上都有伤口，但是问题不大，没有被重创。

“孔雀王，我们一起斩了他！”乾越回头，看向孔雀王。乾越虽然恨极了楚风，却感应到楚风实力的强大，跟他之前想象的不太一样，他现在难以一出手就击败楚风，所以想要联合孔雀王一起对付楚风。

其他王级强者闻言，激动不已。乾越与孔雀王如果联手，应该可以很快将楚风斩灭。

此时，孔雀王半边身子都是血。孔雀王刚才被一道激光击中，要是换作其他王级生物，估计早就承受不住了。

这一次陆通动用的激光武器威力大得骇人，根本不是血肉之躯所能承受得了的，就算是绝世强者也无法抵挡。

因为云落山的山脚下布有锁龙桩，所有强者的神觉都失效了，没有谁能提前觉察到危险。而漫天光束交织时，根本不是谁实力强大谁就能躲过，能否无恙，运气占了很大比重。

孔雀王虽然身负重伤，但依旧沉稳，他的紫色长发染着血，面孔精致，双目深邃。

孔雀王并没有发怒，只是冷冷地看着楚风。他的确想出手除掉楚风，但他知道自己如今不在巅峰状态，而且这里实在古怪，自己的神觉竟然失效，所以他没有轻举妄动。

“楚风，我一路南下，就是想要斩了你，没想到你成长到了这一步，速度真的很快！”孔雀王开口，直接道出心意。

“孔雀王！”楚风也盯着孔雀王，这个号称无敌的孔雀王，在过去的确会让他感受到巨大的压力，但今日他根本不惧。

“过来一战，斩你！”楚风喝道。他在嘉西境内的几场大战跟孔雀王有莫大的关系，正是孔雀王号令南方各路禽王追击他，才引起一系列大战。

“请孔雀王出手，与乾越一起斩了楚风！”在那片林地中，有一个身穿盔甲的人类王级强者站了出来。

这一刻，楚风的目光冷厉无比。他早就看到了此人，没想到此人居然是一个人类王级强者，还跟异类相勾结，想要借助孔雀王的力量对付他。而且，楚风已经认出这个人类王级强者正是那一夜围攻自己的王级强者之一，想不到他今日也来了！

“还有一个！”最后面还有一个人类王级强者，这让楚风的目光越发冷厉，脸上的怒意越发强烈了。

异类跟他对立也就罢了，那两个人类王级强者居然跑来跟异类相勾结，要与异类一起谋害他。他们究竟来自哪两家大财团？楚风顿时杀气腾腾！

“我今日身体有恙，不与你争锋。”谁都没有想到，孔雀王会说出这样的话，此时，孔雀王眸子幽邃，语气十分平和。

“你都来这里准备伏击我了，还想全身而退？”楚风冷幽幽地说道。

楚风在调动全身的能量，准备随时发起攻击，哪怕对面有两个挣断了六道枷锁的绝世强者，他也丝毫不惧。

“这是一次千载难逢的好机会啊，孔雀王你不应该退走，而应该出手斩了他！”依旧是那个身穿盔甲的人类王级强者开口，劝说孔雀王。

躲在最后面的那个人类王级强者也点头附和道：“没错，他成长得太快了，现在就可匹敌挣断了六道枷锁的绝世强者，以后谁能压制他？他一定掌握有绝世呼吸法，请孔雀王三思，趁此机会拿下他！”

这些话让楚风瞳孔中射出冷幽幽的光束，通体散发出更加炽烈的金光。

那两个人类王级强者都穿着金属盔甲，面部都被头盔盖住了，只露出一双眼睛，楚风难以看到他们的真容。

“藏头露尾，你们一个也走不了！”楚风盯着他们，厉声说道。

“楚风，在我面前，容不得你放肆！”乾越开口，目光冷厉，脸色冷冰冰的。他看出孔雀王身受重创后，的确不想参战，而他身为海族的绝世强者，自信能击败楚风，犯不着非要请孔雀王出手。

“对，趁此机会斩了他！”躲在最后面的那个人类王级强者说道。

“动手吧！”斑鸠王开口。

此时，除了孔雀王、乾越和两个人类王级强者，还有四个异类王级强者，一共有八大王级强者。

“死！”就在这时，楚风终于出手了。他一直在运转特别的呼吸法，调动体内最强的能量，此时他已达到巅峰状态，实力恐怖无比。他左手持着紫金雷电锤，全力以赴地出击。

“哧！”

赤色飞剑也被祭出，悬在他的头顶上方。

楚风独自面对包括孔雀王这样的绝世强者在内的八大王级强者，主动发起攻击，这若是传出去，必定会震惊世人。还有谁能这么强悍？

“轰！”

一道炽烈无比的雷电从紫金雷电锤中飞出，朝着乾越劈去。

“你……”乾越目光冷厉，楚风动用雷电来攻击他，居然只是为了将他逼退。

此时，楚风一步迈出，突破声障，刹那而至，举拳攻击，目标正是孔雀王。

“轰隆！”

山摇地动，虚空发生爆炸。

“大家一起上，斩了楚风！”依旧是那两个人类王级强者最积极。

四个异类王级强者闻言，果断出手。乾越这个时候却没有动，他要看一看孔雀王到底会不会出手。

“轰隆！”

孔雀王很果断，在地面猛力一跺脚，冲上高空，一刹那就跃起数百米高，并且还在继续向上。

楚风几乎跟孔雀王同一时间跃起，扑向高空。

“哧！”

地面上，两个人类王级强者和四个异类王级强者一起出手，催发出可怕的能量光束，径直射向空中的楚风。

但是为时已晚，楚风已腾上八百米的高空，跟孔雀王硬拼。他毫不保留，抡起紫金雷电锤就向孔雀王砸去，催发出的雷电极其恐怖。

“当！”

孔雀王手中突然出现了一面铜镜，翻手间便抵住了紫金雷电锤。这面铜镜只有巴掌长，样式古朴。

“哧！”

一部分雷电居然被铜镜挡住，还有一部分雷电被铜镜吸收，道道光芒迸放开来。

一面铜镜怎能化解雷电？这种景象很诡异。

楚风猜测，这面铜镜是一件法兵，可以对抗紫金雷电锤。这种东西异常稀少，孔雀王居然有一件！

“咚！”

两大强者拳头相交，实力毫无保留，在空中快速碰撞着。

“轰隆！”

最终，孔雀王化出本体，在楚风向下坠落时，展翅而去。

天空中有羽毛飘下，还有血水洒落，那是孔雀王的！孔雀王此前被激光武器重创，胸口有一道伤口，在刚才跟楚风的碰撞中，那道伤口崩裂开来。

孔雀王展翅而去，直接遁走，这出乎所有强者的预料，此时，地面上的王级强者心中都非常不安。

“哧！”

激光交织，朝远处的孔雀王射去，但是孔雀王避开了，因为孔雀王脱离锁龙桩圈着的范围后，神觉恢复正常了。

“孔雀王走了就走了，没什么大不了的。楚风，我一个人也能斩了你！”乾越冷冷地道。

“咚！”

这个时候，楚风降落在地上，地面全面崩裂开来。

楚风落地的一刹那，没有去对付乾越，而是盯上那两个人类王级强者，朝他们冲了过去。

“在我面前岂容你撒野？”乾越断喝，向前冲来，试图阻挡楚风。

“你算什么东西！我想对付谁就对付谁，你拦得住吗？”楚风大喝，周身光芒大盛，举拳出击。

“砰！”

光芒耀眼，与乾越碰撞了一下，楚风便一冲而过，径直逼向那两个人类王级强者。

乾越脸色铁青，喝道：“你敢！”

那两个人类王级强者转身就逃，而且逃的方位不同。

“轰隆！”

楚风挥动手中的紫金雷电锤，一道可怕的雷电发出，打中其中一个人类王级强者，令他浑身都是电光，横飞而起。

“砰！”

下一刻，楚风冲了过去，一拳砸向那个人类王级强者的下半截身体。

同时，悬在楚风头顶的赤色飞剑劈下来，斩中那个人类王级强者的双臂。

楚风没有取他性命，而是留下活口，同时保证他无法逃走，准备等大战结束后再来问他来自哪家大财团。

“轰！”

楚风冲向另一个方位，追上另外那个逃走的人类王级强者，给予他重重的一击，使他无法再逃走了。

在此过程中，两个人类王级强者都曾反抗，但根本没用，他们远远不敌楚风，接连倒在血泊之中。

“你敢！”乾越大喝。他愤怒至极，片刻间而已，楚风便接连出手，重创了他想保住的两个人类王级强者。

“有什么不敢？现在轮到你了！”楚风转身，举拳击向乾越，道，“泥菩萨过河——自身难保，你还敢妄言，今日我必斩你！”

孔雀王逃走本就让楚风心中恼怒，他决定留下其他所有王级强者，其中也包括乾越。

第137章
谁能阻

“你敢动我要保住的人，简直是找死！”乾越目光冷厉，眉心处的竖眼在开合间散发出无比恐怖的气息。

“两个人类的败类而已，我已经将他们废掉，你能奈我何？再说了，你算什么东西！”楚风朝乾越逼来，拳头迸放出金色光芒，令虚空颤抖，山林爆炸，这种能量太恐怖了。同时，他的身体也在发光，全身的毛孔都在喷吐着金光，十分耀眼。

乾越则浑身发出冲天的紫色光芒，与楚风正面对抗。

“本来一巴掌就能拍死的虫子，一不小心让你成长起来，竟可以威胁到挣断了六道枷锁的绝世强者，我今日便是费尽心力也要斩了你！”乾越声音低沉。他猛然抬头，一头紫色长发飘舞起来，目光冷厉无比，异常英俊的面孔上带着森森杀气，眉心处的竖眼则光芒闪耀，有一种妖异的气息。

乾越一步迈出，宛若缩地成寸般，眨眼间就到了楚风近前，迎战他之前极为看不上眼的楚风。但是，现在他不得不重视。

“轰！”

两大强者都没有躲避，直接碰撞在一起，有心硬碰硬，看一看究竟孰强孰弱。

此时，山崩地裂，刺目的光束激射而出，无比恐怖的能量光芒笼罩着这片山林，杂草、古树和巨石等全部化为灰烬。

“砰砰砰——”

就在一瞬间，两大强者展开了激烈的搏斗，相互碰撞了上百次，算是当下至强力量的对决。

楚风施展形意鹤形，身法飘逸而凌厉，周身光芒绚烂，如一只仙鹤傲世而行，双臂舒展时，攻击力骇人。

“哧！”

楚风双臂发出炽烈的光芒，宛若仙鹤亮翅，手臂如刀，伴着寒光，险些击中乾越。

这一击虽没有击中乾越的身体，却斩断了乾越的一绺紫发，那一绺紫发伴着罡风纷纷扬扬，从空中飘落，但在落地前又被能量绞碎，如飞灰般飘散而去。

乾越不禁一惊，心想楚风真是一个大敌，拳法非常可怕，竟练到了炉火纯青的地步。

更让乾越震惊的是，他可以感受到楚风体内有五处能量之源在发光，这证明楚风只挣断了五道枷锁，理应比他差一个层次才对，可事实上，楚风却能与他对抗。

此时，楚风变得凶猛无比，如一只太古凶虎再现。他身体发出的光芒越发刺目，他手捏虎印，出手如电，没有嘶吼，身体却伴着虎啸声，朝乾越疾速扑去。

这正是形意虎形。随着楚风舒展四肢，太古凶虎的气息弥散开来，可以看到，他的身后有异象浮现，一只黑色的太古凶虎在星空中跳跃着，像是想要扑灭星光。

“轰！”

楚风扑击的同时，发出至刚至强的力量，震得乾越阵阵心悸，不由得踉跄着倒退。在楚风的猛攻之下，他选择避其锋芒。

“真让你成了气候！早知如此，上一次我就不请重伤的黑膴去擒拿你，而是自己动手取你性命！”乾越冷冷地道。他越想越后悔，当时真该亲自动手，拿下楚风。

楚风听到乾越的话后，顿时脸一沉。他先是无缘无故被对方的飞碟追击，后又遭到黑膴的袭击，那两次经历让他险些死掉。此时，乾越还敢旧事重提，而且一副很怨愤的样子，这让楚风勃然大怒。

“三眼贼，你这是在提醒我是你屡次冒犯我吗？真是找死！”楚风断喝。

噼啪声不绝于耳，楚风的脊柱释放出巨大的能量，那里宛若沉睡着一条真龙。他使出形意龙形，身体舒展间，脊柱是发力的关键点，仿佛沉睡的真龙复苏，这让他的肉体能量剧增。

楚风脊柱如龙，双手捏虎印，变得越发凶猛，这一刻他浑身散发着极其危险的气息。

“轰隆！”

随着楚风脊柱处光芒的迸发，他体内的能量一路蔓延至左手，化作龙头，散发出非常恐怖的气息，而他身体的其他部位依旧施展形意虎形。

龙形、虎形一起出现，和谐无比。

楚风口中没有发声，身体却自鸣，一时间龙吟虎啸，震动整片山林。

这是形意拳的绝招之一——龙虎竞逐！

“砰砰砰——”

楚风左手捏龙印，右手捏虎印，接连拍出，刹那间光芒炽烈，景象相当可怕，可以清晰地看到，他的左手冲出一条真龙，右手跃出一只太古凶虎，两者彼此竞逐，向前攻击。

一瞬间，天地都被恐怖的能量震得发出轰鸣声，周围一些巨石都旋转着飞向高空，而后炸裂开来。

乾越以双掌迎击，却十分被动，一路踉跄着后退。他被炽烈的光芒淹没，被显现出的一龙一虎不断扑击，在龙虎竞逐这种绝招下被彻底压制住。

“砰！”

到了后来，乾越倒飞而出，横穿山林。

楚风双脚在地上一踏，腾空而起，一下跃出去五百米远，追上了倒飞而出的乾越，再次举拳攻击。

“我忍你多时了，今天该死的是你！”乾越冷冷地说道。

“嗖！”

乾越眉心处的竖眼突然睁开，飞射出让日月都为之暗淡的光束，那光束是红色的，还带着紫气，蕴含着无限的杀意，飞向楚风。

因为距离太近，楚风猝不及防，那光束擦到了他的肩头，只听“噗”的一声，他的肩头出现了一道可怕的伤口。

只听一声冷哼，楚风通体缭绕着金光，爆发出能量旋涡，阻挡乾越竖眼中飞射出的光束。

“去死吧！”乾越大喝，眉心处的竖眼开合间，一道又一道光束接二连三地射出，简直无坚不摧，攻击力有些骇人。

“砰！”

两大强者战到附近的矮山处，在楚风躲避的过程中，他身后的矮山被那光束击中，先是被洞穿，而后直接炸开，这种力量未免有些可怕。

“噗！”

终于，楚风没有避开，一道光束从对方的竖眼中飞来，射中了他的手臂，顿时鲜血四溅。

“你的死期到了！”乾越大喝。

“你废话真多！”楚风回道。他轻轻抖动手臂，只见手臂上的伤口没有冒出多少血，便快速闭合，而后完全不留痕迹。

“这是……”乾越瞳孔收缩，楚风恢复得太快了，这让他心惊肉跳。

楚风挣断了禁锢心脏的那道枷锁后，除了力量大增，还获得了一种极其恐怖的能力——再生术。

“噗噗噗！”

乾越发狂，眉心处不断发光，光束一道接着一道飞出，十分迅疾，楚风的身体再次被击中两处。同样，这些伤口迅速闭合，快速长好，速度相当惊人。

要知道，此前乾越竖眼中飞射出的光束让一座矮山都炸开了，楚风以血肉之躯居然能硬扛下来。

即便如此，楚风也不得不暗自感叹乾越的确十分强大，比黑臟还要厉害！

“我不会给你机会，今日我便斩了你！”乾越咆哮着，一头紫色长发飘舞，气势越发迫人。

“你真以为自己无敌了吗？”楚风冷笑道，“我只是想借你之手锤炼我的拳法而已！”

“轰！”

下一刻，楚风抬起左手，没有动用紫金雷电锤，只是依靠掌心发光，释放出一道道雷电，向着乾越劈去。这些雷电跟乾越竖眼中飞射出的光束一样，速度都非常快，难以避开。

“咔嚓！”

雷电交加，乾越遭到了雷击，身体一个踉跄，肩头焦黑一片。

他紫发飘舞，冷冷地道：“虫子，真是让你成了气候，我绝不会再放任你成长！”

楚风不怒，反而奚落道：“你这个三眼贼，也好意思说别人是虫子？你进化没多久吧？谁知道你以前是什么东西！”

在此过程中，楚风接连劈出几道雷电，这正是虎泷山的天师降妖术，跟他挣断第四道枷锁时获得的特殊能力相融合，一时间，雷电交加。

“你懂什么！我们是神族，万古长存，你等卑微的人类自然不知。”乾越的竖眼发光，飞射出一道道光束阻挡雷电，半空中顿时散发出极其恐怖的气息。

“轰！”

楚风施展形意拳，他想借敌人之手锤炼自己的拳法，将自己的拳法造诣推向一个新的高度。

此时，楚风不再催发雷电，他的周围浮现出栩栩如生的龙形、虎形、鹰形、鹤形和熊形，它们都是能量体。

五种真形围绕楚风旋转，速度越来越快，之后竟化成能量光幕，如同一口大钟般，将他扣在下面。

在他体外，龙吟虎啸，鹰啼鹤鸣，巨熊咆哮，这些声音都是他施展形意拳时自动发出的。

“哧哧哧——”

乾越一边挥拳，一边从眉心处的竖眼中射出光束，想要射死楚风，光束比刚才还要来势迅猛。

这一刻，出乎乾越的意料，他竖眼中飞射出的所有光束都被阻挡，在楚风的体外，五种真形化成的能量大钟护着楚风，竟让楚风万法不侵。

楚风自己都很吃惊，他一路摸索，独自参悟，直到刚才才体会到这种拳意，形意拳竟可以形成金钟罩般的能量。

现在只有五种真形浮现而已，如果有能力让形意十二真形一起浮现出来，并让它们共鸣，那将会何等可怕？或许真正的金刚不坏之身就能成真吧！

“当当当——”

乾越接连挥拳，眉心处的竖眼中飞射出一道道光束，却射不穿那能量大钟。他无比震惊，道："你怎么会这种法门？难道你也得到了形意真传？"

起初，乾越以为楚风只是掌握了形意十二真形的几种真形，并未多想，但现在他震惊万分，这绝对是真传的古法啊。

形意传人不是徐清吗，楚风怎么也得到了形意真传？乾越百思不得其解。

"有意思，形意拳隐藏的秘密还真多！"楚风大笑，他没有想到，形意拳练到一定层次后，能形成能量大钟，保护身体！

"轰！"

随着楚风挥拳，能量大钟变形，五种真形随着他的拳头一起爆发，隐约间钟声悠悠，让人警醒。

"噗！"

乾越被楚风这一拳打到口中喷血，整个人横飞而出。

此时，在楚风周围，龙形、虎形、鹰形、鹤形和熊形五种真形一起旋转，形成刻着五种真形的能量大钟。他向前迈步，攻击海族强者乾越，越发有种万法不侵的气势。

"当！"

钟声悠悠，楚风被能量大钟扣着，一跃就是两里远，景象惊人。

乾越横飞而出，眼看就要被楚风追上了。

楚风一声大喝，一记可怕的拳头再次向前击去。

"轰！"

光芒漫天，如同金色的汪洋般起伏，伴着楚风这一拳，能量大钟上刻着的五种真形一起飞出，向乾越俯冲而去。

龙形、虎形、鹰形、鹤形和熊形一起浮现，有金色的，有黑色的，还有白色的，一时间，龙吟虎啸，鹰啼鹤鸣，巨熊咆哮，景象极其恐怖。

乾越再次被打得横飞而出。这一次他倒飞出去千米远，"砰"的一声撞在一座山峰上，山峰顿时四分五裂，烟尘漫天。

"虫子，你激怒我了，你真以为我不是你的对手吗？"乾越嘶吼着，一头紫发舞动，周身紫气蒸腾。

“你算什么东西，三只眼睛的怪物而已！”楚风大笑，这般奚落乾越。

楚风越看乾越越觉得不顺眼，他居然一口一个“虫子”地叫自己，真以为所谓的神族血脉有多高贵吗?

“轰！”

乾越的身体发出道道冲天而上的紫光，同时“噼里啪啦”响个不停，背后长出一条状若蛟龙尾的尾巴。并且，乾越一下子长高到一丈，俊美的面孔不见了，浑身上下布满了鳞片，紫光闪耀。

乾越依旧保持人形，只不过全身覆盖着鳞片，脸部也是如此，而且背后多了一条尾巴。

“我是大洲神族的后裔，称你为虫子没什么不对，当年我族辉煌昌盛时，你们人类就是虫子般的存在，任由我们压制！”乾越嘶吼着。

作为大洲神族的后裔，乾越有一种天生的优越感，现在虽然吃了大亏，但还是很自负。

“失落的大洲，传说中的亚兰特斯，难道都是你这个样子的人?我不信！我觉得你现在倒像虫子！”楚风奚落道。

“你找死！”乾越一声大吼，眉心处竖眼中的光芒愈加炽烈，而后化成紫光，朝楚风激射而来。

“当！”

这样的紫光飞来，险些击穿扣住楚风身体的能量大钟。

楚风向前迈步，像一尊神祇，血气弥散开来。此时，他比太阳还绚烂，光辉四射，向前逼去。

“轰！”

下一刻，乾越的气息又变强了一些，其后背鼓胀起来，之后一对翅膀从中伸出，翅膀上面也密布着鳞片。

“你去死吧！”楚风化成一道刺目的光，腾空而起，向前扑击，拳意恐怖无比！

能量大钟长鸣，震动这片山林。

“楚风，我要斩了你！”乾越化成一道耀眼的紫光，扇动一对翅膀，疾速朝楚风冲去。

“轰！”

这一次，楚风和乾越都拼尽全力，撞在一起，周围迸发出刺目的光芒。

只听“当”的一声，形意拳化出的能量大钟居然出现裂痕，第一次破碎。随后，楚风的身体被对方眉心处竖眼中飞射出的一道光束射中，顿时鲜血淋漓。还好，他拥有惊人的愈合能力。

“砰！”

同一时间，楚风的拳头砸在乾越的身上，震得乾越再次倒飞而出。

“想逃走？”这时，楚风看到远处那只斑鸠王居然悄然展翅，想要凌空而去。

他一直在关注那几个异类王级强者，谁敢动他就斩谁。

事实上，那几个异类王级强者恨不得楚风立刻死掉。它们虽然想上前对付楚风，但发现自己与楚风之间的差距太大，自然不想白白送死。

也有异类王级强者想要逃走，比如那只斑鸠王，但一直不敢动，因为对楚风非常忌惮，怕他猛然掷出闪电长矛，将自己击中。此前，一只禽王就是那样惨死的！

不过，见楚风跟乾越激战到了一千多米之外，斑鸠王终于敢动了，想逃到安全区域。

可是，斑鸠王低估了楚风的神觉，他自始至终都在用神觉锁定那几个异类王级强者，它们真要轻举妄动，他就会立刻对它们出手。

“轰！”

空气瞬间发生大爆炸，楚风直接将速度提升到五倍半声速，这种速度实在是太恐怖了，一千多米的距离根本不算什么。这里还有许多座山峰，可以让楚风借力。

楚风狂奔而去，沿着绝壁冲上一座山峰，而后猛然一跃，追上在高空中飞翔的斑鸠王。

“死！”楚风一声大喝，震得斑鸠王头昏脑涨，险些从空中一头栽落下去。

“你敢！”后方，乾越大喝，紧追不舍，拼命拍动双翅，试图阻止楚风。然而，乾越用尽全身力气，其速度也比不上楚风的速度，哪怕有翅膀，乾越也追不上楚风。

斑鸠王吓得魂飞魄散，楚风居然没有动用闪电长矛，就这么直接冲上高空，眨眼间就追上了自己，这实在是骇人。

“砰！”

楚风的拳头迸发出道道金光，打向斑鸠王，方圆百米内皆是炽烈的光束，无比可怕。

斑鸠王被打中，羽毛飘落，当即惨死。

地上那三个异类王级强者全都惊悚不已，心都沉了下去。连斑鸠王这种能飞行的禽王都逃脱不了楚风的追击，它们怎么逃得了？

楚魔王实在是太强悍了！那三个异类王级强者如今只有寄希望于乾越，希望乾越能战胜楚风，不然，它们根本没有活路可言。

乾越无法阻止楚风又一次在自己的眼皮底下除掉自己这一方的王级强者，顿时怒极。

只听“轰”的一声，楚风坠落在一座山峰上，双脚踩裂了这座山峰！

他浑身是光，俯视追来的乾越，道：“我想对付谁就对付谁，你拦得住吗？”

“你一次又一次挑战我的底线，我必斩你！”乾越咆哮着。

“挑战你的底线？你真认为自己无敌吗？我还要对付其他几个异类王级强者，看你能奈我何！”楚风一声断喝。

只听“轰”的一声，他从山峰上扑击下去，冲向那三个异类王级强者。

“我要斩了你！”乾越感觉自己受到了羞辱，不顾一切地振动双翅，想要阻止楚风。

山林中那三个异类王级强者莫名心颤，感觉乾越的处境很不妙。

“我们一起上，助乾越一臂之力，斩了楚风！”绵羊王说道。此时绵羊王已化为人形，但头上一对弯曲的羊角还在。

“斩了楚风！”另外两个异类王级强者也叫道。

“砰！”

半空中，楚风跟乾越硬拼，将其震开，然后坠落在地，扑向那三个异类王级强者。

此时，绵羊王咆哮着，正朝楚风冲过来。只是，绵羊王愕然发现，另外两个异类王级强者全都在倒退，亡命般飞奔。

楚风一步迈出，周身绚烂，让人难以直视，宛若一尊魔神般，神勇无敌！

只听“轰”的一声，楚风朝绵羊王拍出一掌，能量如汪洋般不可阻挡。

“海族强者，请救救我！”绵羊王惊恐大叫，拼命对抗这股可怕的能量。

“滚开！”乾越对楚风怒吼，从高空向楚风俯冲而去。

可是乾越根本阻止不了楚风，楚风如同魔神般，周身光芒闪耀，只听“噗”的一声，他只是击出一掌而已，就令绵羊王殒命。

现在的楚风，除了挣断了六道枷锁的绝世强者，谁能撄其锋？

与此同时，楚风震开乾越，并冷笑道：“接下来，我要去对付第三个异类王级强者，你来阻止我啊！”

只听“轰”的一声，楚风突破声障，朝逃跑的异类王级强者追了过去。

乾越脸色铁青，眉心处的竖眼中飞射出光束，在楚风身后进行攻击，但都被楚风躲了过去。

“轰！”

那片山林中再次迸放光芒，方圆百米内都刺目至极，所有草木与巨石都轰然炸开，化为齑粉。同时，爆炸声中伴着一声惨叫，第三个异类王级强者被斩！

“还有最后一个异类王级强者，我要去斩了它，你阻止得了吗？”楚风回头，面带轻蔑之色。

乾越咆哮着，自己几次出手，却连一个自己人都没有保下来，反而被对方奚落，这让乾越震怒不已。

“你阻止不了！”楚风冷冷地说道。

乾越嘶吼着，朝楚风疯狂扑来。

然而，这一次楚风没有去追击最后一个异类王级强者，而是突然掉转身来，对乾越发起攻击。

这注定是一场激烈的搏斗，楚风全力以赴，连赤色飞剑都动用了。

“噗！”

多次碰撞后，他用赤色飞剑砍掉了乾越的一只翅膀。

“这样我就不担心你会飞走了，我先去对付最后一个异类王级强者！”楚风哈哈大笑。

难道自己真的不敌楚风吗？一只翅膀都被楚风砍掉了，这让乾越大怒。

这一次，楚风狂奔而去，最后那个异类王级强者跑得有些远，但这对楚风来说根本算不得什么，不久后他就追上了那个异类王级强者。

没有什么悬念，最后一个异类王级强者被楚风斩灭！

“你没有逃走，真是出乎我的预料。”楚风回来后，看着仍在原地的乾越，道。

事实上，乾越曾心生退意，但想到自己的一只翅膀已被楚风砍掉，便知道自己已经错过了遁走的最好机会。

“逃？神族从来没有怯战的人，你以为自己赢定了吗？虫子，拿命来吧！”乾越长啸，一头紫发居然发出淡金色的光彩，身体上的鳞片消失，肌体变得近乎透明。

在乾越的心口那里，几滴金色血液迸放出光芒，从心脏部位溢出，快速冲向全身，开始焚烧起来。一刹那，乾越的身体像是被染上了淡金色。

“神之血液，复苏！”乾越大吼，而后朝楚风冲去。

“轰！”

这是一场惊天动地的大战，山林被毁，山头炸开，两大强者的破坏力极其可怕。

乾越被激怒了，破釜沉舟，不惜损耗大洲族群传承的有限的几滴金色血液，与楚风力拼。

“感谢你让我的拳法再次精进，你已完成使命，可以上路了！”楚风说道。

这个时候，他气息变强，体外多了一种真形，一匹天马神骏无比，凌空而来。

一刹那，龙形、虎形、鹰形、鹤形、熊形和马形一同围绕他旋转，形成金色光幕，化作能量大钟。六种真形刻在能量大钟上，钟声悠悠，恐怖无比！

乾越惊怒交加，发现自己再也打不穿那能量大钟，多了一种真形后，楚风仿佛练成了金刚不坏之身，自己无法伤到楚风分毫。

“上路吧！”楚风喝道。

只听“轰”的一声，随着楚风一拳击出，六种真形齐齐飞出，向前旋转而去。

光芒炽烈无比，乾越一声惨叫，倒地而亡！

此时此刻，外界一部分人震惊不已，因为云落山的动静实在是太大了，大战的画面被卫星捕捉到了，掀起了不小的波澜！

第138章
风波未平

山林破败，像是被一个有神之血脉的巨人蹍过，地上到处都是数米宽的黑色裂缝，枯枝败叶被血染红，巨石等都裂开了，简直是满目疮痍。

楚风独自站在山林中。这一战，楚风连诛十几个王级强者，除了逃走的孔雀王和楚风特意留下其性命的两个人类王级强者，云落山众王级强者全被楚风消灭！

这是一件惊天动地的大事！

楚风这一次势不可当，跟上次夜斩十王的状态完全不一样，他没有逃走，也没有受伤，只身强力压制诸王。

更为关键的是，此役他还与挣断了六道枷锁的海族绝世强者乾越搏斗，最终除掉了乾越，这种辉煌的战绩足以吓死人。

此时，普通人还不知晓这一场大战，但是相关国家的高层已经知晓。

今日的云落山动静太大了，那些画面被卫星捕捉到，令相关国家的高层震惊不已。

“谁能告诉我东方到底发生了什么？那边跟异类开战了吗？难道动用热武器可以消灭王级生物？”西方一些高层还不了解具体情况。

“王级生物不是可以预知危险吗？那些人想做什么，怎么敢这样跟王级生物对抗？”部分高层无比震惊，同时心中很不解。

如果热武器可以锁定王级生物并将之消灭，那人类再也不用担惊受怕了。

“各位，请看后面的画面，还有更加恐怖的场景，足以令你们惊讶万分！”西方一位高层道。

这位高层了解云落山的情况比较早，已经看过卫星发回来的所有画面，当时整个人都惊呆了。

“一个浑身发光的人在大战王级生物，一个人而已，竟然敢大战诸王？”

“天啊，我看到了什么？只身一人而已，他竟然敢迎战十几个王级生物！这个人到底有多强？”

“你说错了，不是迎战，而是压制，那个人几乎斩了所有王级生物！”

“这简直是一尊战神，横扫对手，所向披靡，太恐怖了！”

西方的高层一个个十分震惊，简直不敢相信今日所发生的事，因为这实在太离谱了。在那么多热武器的轰炸之下还能活下来的王级生物绝对很恐怖，可最后还是被一个人消灭了。

从卫星传回的画面可以分析出，大战时所爆发的能量极为恐怖。

被斩的生物中竟然有挣断了六道枷锁的绝世强者，这实在有些骇人。东方何时出现了这样的超级战士？

“热武器轰炸后，只派出一个人就几乎解决了所有的王级生物，简直太惊人了！”

在卫星捕捉到的画面中，那个人浑身都在散发光芒，整个人异常耀眼，根本无法用肉眼直视，宛如魔神降世！

一些大财团消息十分灵通，发生了这么大的事，他们怎会没有察觉？他们试着向相关人士了解详细情况，想要拿到第一手资料。

在后文明时代，一些大财团甚至有自己的情报卫星系统，可以迅速了解到具体情况。

但凡看到那些画面的人都头皮发麻，一个人怎么能强大到如此地步？纵身一跃就有数里远，猛然一跳就能冲上千米高的高空。这实在匪夷所思，那个人宛若神话中的人物！

楚风站在云落山附近的山林中，用通信器跟陆通联系，告诉他战斗已结束，除了孔雀王，余者都没能逃掉！

陆通接到消息后，很长时间都说不出话来。这小子实在太彪悍了，才多长时间没见，简直化成战神了。

“这次总共来了多少个王级生物？”陆通回过神来，向楚风仔细问道。

“应该在二十个以上，有些被炸死了，有十几个逃出来后，被我拦住，死的死，伤的伤。”楚风告知陆通。

陆通一听，当即十分震惊，一战就消灭这么多王级生物，这是惊天大事件。

“捅破天了啊！”陆通叹道。

可以想象，接下来必然有一场惊天大风暴，这样的事谁能瞒得住？恐怕各方都要打探消息，一些大财团更是要坐不住了。

“你不总是抱怨我不把王级生物留给你做研究吗？这次给你留着，你赶紧来吧！”楚风微笑道。

陆通顿时来了精神，这一次收获巨大。

现在几个超一流实验室对王级血药的研究都取得了突破性的进展，但眼下所欠缺的就是新鲜的王血，现在这么多王级生物被楚风消灭，它们绝对是十分理想的研究对象。

陆通喜悦无比，道：“哈哈哈——你立大功了，我们一旦研制出让所有人都能迅速进化的药剂，现有的格局将会改变。”

楚风让陆通赶紧派人手来，不要耽搁。同时，他告知陆通：“这里有两个彻底失去了战斗力的人类王级强者，你给我找专业人士仔细审问，我要掀翻他们背后的财团！那些大财团真当我好欺负啊，我要让他们付出血的代价！”

楚风动了真怒，那些人类王级强者一次次对他出手，简直比异类还要可恨。之前孔雀王想离开时，那两个人类王级强者竟然不断劝孔雀王留下来，与乾越一同对付他。他自问跟那些大财团没有什么深仇大恨，结果却被他们这样针对。

仔细想来，恐怕主要是因为夜斩十王那一夜，有大财团的人参与其中。一些大财团的人认为他当时已重伤垂死，便跟异类一起围攻他，想要夺取他身上的绝世呼吸法。那些大财团或许觉得已经与他结了仇，便要将他彻底铲除，才能够完全放下心来。

“对付异类时不见你们的身影，东伐军入侵时也没见你们出力，对付自己人时，你们却一个比一个狠！”楚风自言自语，目光如炬。

不久后，他平静下来，在战场中穿行，开始收拾残局。

随后，他将四根黄铜柱子都挖了出来，清洗干净，收进玉瓶中。

楚风又来到云落山的残迹上，开始仔细寻觅。

“那个年轻的形意拳宗师居然没有来。”楚风皱眉，看到乾越出现在这里，他还以为徐清也会出现。

“可惜啊，上次真是错过了，真应该直接除掉他！”楚风心中满是遗憾。不过楚风倒也不惧，将来还是堂堂正正击败他吧。

时间过去不久，嘉西境内的一支异人军队就赶到了这里，并将这里封锁起来，不让外界接近。

此外，实验室的人也抵达了这里，他们都是从嘉西境内抽调过来的，听闻这里有大量的王级生物，他们一个个热血沸腾，激动不已。

“天啊！”无论是军队的人还是实验室的人，看到山林中的可怕景象后，一个个失声惊呼，都被吓住了。

看到远处坐在山石上的楚风，所有人都心生敬畏，宛若面对一尊神祇。

“死了一个？”楚风神色冷峻。

那两个人类王级强者中，有一个居然自尽了，算是一个硬骨头，还好，另一个贪生怕死，依旧活着。

楚风取下覆盖住两人面部的头盔，两人露出真容，都为中年男子，楚风都不认识。

“帮我好好审问。”楚风对那些专业人士说道。

“好，请放心！”

不久后，陆通又跟楚风联系。通信器接通的刹那，陆通低声问道：“你现在有什么打算？这次的事情很大啊！”

“能有什么打算？我觉得事情还不算大！接下来我要前往各大财团，凡是有嫌疑的，都要为此付出代价！这段日子以来，他们真当我是唐僧肉吗？”

“悠着点，别乱来！”陆通吓了一大跳，而后低声问道，“对了，你究竟是用什么办法让那些王级生物神觉失效的？”

“用我自己的神觉压制的。”楚风回道。

“胡说，赶紧讲。”陆通不相信楚风的话。

“这件事等我回到雷天城再说。”楚风直接挂断通信器。他可不想让陆通将四根黄铜柱子带去研究，万一陆通将它们熔化掉了该如何是好？

消息终于泄露出去。

“云落山曾经发生一场惊天动地的绝世大战，而今那里被军队封锁了，任何人都不能接近。”

这掀起了惊天波澜，一时间举世瞩目，所有人的目光都投向嘉西境内的云落山，无数人都在打探详情。

“云落山出大事了！这到底是什么情况？军队将那里封锁了，任何人都不能靠近！”

“这则消息我也听闻了，据说死了一位大人物！”

这样的消息迅速传播开来，引起巨大的轰动，令所有人都震惊无比。

“太惊人了，据传，云落山曾经激光交织，炮弹轰鸣，整座云落山都被炸没了！”

有人去求证，因为无法靠近云落山，便问了数十里外镇上的百姓。镇上一些人亲眼看见云落山光焰冲天，整座山被生生炸毁，因此，这些人得出结论：云落山真的爆发过大战。

国内外都震惊不已。

目前只有相关国家的高层和顶级组织从卫星捕捉到的画面中了解到了一些具体情况，而普通人无法知道具体情况，各种议论如潮水般涌现。

一时间，说什么的都有。

有人猜测是玉虚宫之主战死，因为出动的异人军队隶属玉虚宫，云落山的事情显然跟玉虚宫大有关联。

也有人说，是普梦山的太极老宗师遭到暗算，被海族强者联手除掉，血洒云落山，这实在是一件让人痛心的事。

因为人们不了解具体情况，不知道云落山上究竟发生了什么事，各种各样的猜测都出来了。

各种传闻皆有，但人们有一个共识，那就是人类这边疑似有大人物殒命，相关部门在震怒之下才会动用热武器。

“真让人惋惜，到底是谁不幸遇难？”人们都想知道详情，可惜探听不出任何消息。

在所有人都在猜测时，一些异类冷笑了起来，它们多少听到过一些风声，之前有王级生物商量要联手对付楚风，地点就在云落山！

当时，这则消息因为要保密，只是在小范围内流传。

现在出了这样的事，一些异类自然笑了，它们觉得这一次诸王肯定成功除掉了楚风，所以人类才恼羞成怒，动用了热武器。

可是，即便动用了热武器又如何？所有王级生物都神觉惊人，可以提前觉察到危险，根本不惧热武器！

“一群可笑的人，根本不了解内情，就胡言乱语。”有异类忍不住了，站出来说道，言语间带着嘲讽。

这些异类多是王族嫡系成员，自认为知道是怎么一回事，多少有些倨傲。

“究竟是怎么一回事？你们知道的话就说出来！”许多人逼问道。

“告诉你们也无妨，楚魔王死了，死得很惨，他被诸王斩灭于云落山，如今那里被封锁，跟其他大人物无关，是他死了！”有异类实在忍不住了，道出这一“事实”。

这无疑是一则爆炸性的消息，人们都被惊呆了，云落山死去的人类强者居然是楚风！自从夜斩十王后，他一直没有露面，许多人都在寻找他，他怎么突然死在了云落山？

在此之前就有人怀疑，那一夜大战过后他重伤垂死，迟迟未现身，可能发生了什么意外，却从未想到他真的会死去！

一时间，不要说东方的人，就是西方的人也都惊讶万分。经过迈德冈事件、昆林山大决战，楚风早已被西方的人所熟知。这一次死的人居然是他，这则消息想不引起轰动都不行。

“楚风死了？不可能，我不相信！”

毫无疑问，楚风人气很高，很多人不希望他发生意外。

“一夜连斩十王，这是何等辉煌的战绩！楚风本应养好伤后强势归来才对，怎么突然就这样死了？”一些人难以接受这则不幸的消息，对楚风抱有好感的年轻人更是眼圈发红。

一些异类则故作淡定，一副早就知道“实情”的样子。

“谁能告诉我，楚风是怎么死在云落山的？”

许多人忍不住催问详情，这才有异类慢吞吞地再次开口，透露一些消息。

“实话告诉你们吧，这一次可以说是楚风主动上门送死，不用猜都知道，他已被诸王斩灭！”

消息一出，所有人都发怔，觉得难以置信。

“胡说，你们这些异类故意编造这样的消息，我看楚风是否死了都难说呢！”

“他怎么可能主动送死？你们故意造谣！”

不少人怒了。

了解“实情”的一部分异类相当淡定，冷笑连连，讲出详情。

“事实上，这一次云落山事件就是一个专为对付楚魔王而设的局，先以他的父母为引……”

了解这些事实后，人们顿时哗然。

“你们真是可恶，竟用这么阴险毒辣的手段对付楚风！”一个异类论坛彻底沸腾了，无数人在里面怒斥异类，全都愤懑不已。现实中也是如此，无数人气愤，为楚风打抱不平。

有异类奚落道：“只能说楚风咎由自取，他以为自己是谁，还妄想平山灭寨？即便动了他的父母又如何？他想报仇，结果将自己的性命搭进去了，真是可笑！难道他真以为自己天下无敌？”

此话一出，自然让人们无比愤慨，楚风已死，那些异类还这样嘲讽他，实在是太过分了。

“更可笑的是，你们还妄想动用热武器去对付诸王，为楚风报仇，难道不知道热武器对王级强者无效吗？王级强者利用神觉可以提前觉察到危险，那样浪费武器，只能说愚蠢至极！”

群情激愤，人们恨不得立刻跟异类开战，这些异类害死楚风就算了，还说这样的风凉话，简直欺人太甚！

杜怀瑾、欧阳青和叶轻柔等人都难以接受这样的消息，第一时间询问陆通，他们真的被吓坏了。

“不会吧，难道他这一次真的没有熬过去，死了？”熊坤、胡生等吃惊不已，心情复杂。

“原来这个所谓的楚魔王实力如此不济，本以为需要我海族强者出手才能压制他，没想到他这么快就被别人解决了。”海族也趁机跳出来奚落楚风。

外界一片沸腾，争吵声不绝于耳。楚风则还在云落山坐镇，等实验室的人运走那些王级生物，暂时没有离开，以避免发生意外。

“小子，你还真沉得住气，外界都吵翻天了，你还不露面？”陆通跟他通话。

楚风淡淡地回应道：“急什么，正好可以看一看有哪些大财团推波助澜，幸灾乐祸，回头我好跟他们一一算账，我正不知道先选哪一家开刀呢。”

随着时间的推移，几个早就知道云落山之局的异类王级强者不淡定了，因为它们根本联系不上去云落山的诸王！

去云落山的王级生物不算少，现在居然都失踪了！

这几个异类王级强者本来也想去云落山，但最终没有成行，现在它们急得像热锅上的蚂蚁，越发觉得此事不对劲，心中甚至有些恐惧。

“天啊，难道真相跟我们想的完全不一样？”这几个异类王级强者头皮发麻，感觉到一股寒气从脊背上升起。它们决定派人去云落山看个究竟。

此时，不要说这几个异类王级强者，就是一些组织也觉察到不对劲，卫星捕捉到的画面虽然没有泄露出去，却已经在小范围内引起了讨论。

“真有不怕死的，敢来这里探察真相？”残破的山林中，楚风抬起头来，感觉到远处密林中有一只王级生物。紧接着，他一闪身就从这里消失了，出现在远处的密林中。

一只禽王受惊，冲天而起，腾上千米高空。这只禽王体形巨大，体长有二三十米，满身的黑色羽毛如同乌金般，根根坚硬，泛着寒光。

“轰！”

楚风追击，从一座山峰跃起，腾上一千两百米高空，并一拳挥出，顿时，方圆百米都被耀眼的光芒笼罩着。

只听“砰”的一声，这只禽王的躯体被击中，它惨叫着坠向大地。

这一次，楚风没有用全力，而是留下它半条命。

只听“轰”的一声，这只禽王坠落在地，砸毁了大片山林。它看到楚风时，先是无比震惊，而后极其恐惧。

“居然是你！这么说来，诸王……都死在了你的手里？”这只禽王惊悚万分，楚风活下来了，是不是意味着那些失联的王级生物都死了？

它着实受到了巨大的惊吓，浑身羽毛竖立，想到外界的那些传言，它心中更不是滋味，看来异类要倒大霉了！

禽王久去不归，几个早就知道云落山之局的异类王级强者皆毛骨悚然，知道这一次要出大事了。

或许，之前的那些乐观猜测都会被推翻，它们的族类曾向外放风，说了不少大话，现在看来简直太可笑，真相必定会无比残酷！

“天啊，别告诉我那些王级生物都死了！”它们几个即便是王级强者，现在也惊恐万分。

在外界吵吵嚷嚷，一片喧嚣之际，一些并不知道真相的异类族群早已按捺不住了。

比如孔雀族，孔雀族成员还不知道孔雀王不战而退，有孔雀族成员冷笑连连，开口道：“我族的王一出，谁与争锋？我族的王亲自南下去对付楚魔王，他自然活不了！”

孔雀族还算收敛，没有说太多，倒是苍狼族很张狂，直接跳出来，口出狂言：“楚魔王终于死了，大快人心，哈哈！”

当初正是楚风亲手斩了苍狼王，苍狼族的确恨透了楚风。

“这个局设得好，让楚魔王主动上门送死，简直妙极。如果没有这档子事，我族也想先对付他的父母，引他出来，而后伏击他！”苍狼族认为楚风已死，幸灾乐祸，大放厥词。

然而，就在此时，卫星捕捉到的一些画面开始流出。

苍狼族在第一时间闭嘴，感觉情况不妙。

何止苍狼族，整个世界都安静了，卫星捕捉到的画面渐渐泄露出来，推翻了之前所有人的猜测。

画面中，热武器轰炸过后，一个浑身发光的人宛若魔神一般与诸王大战，实力实在是太强大了。

世界各地所有人都震惊不已。难道这才是真相吗？

接着，一辆又一辆大车从云落山开走，与此同时，异人军队撤离，只留下一片染着血的破败的山林。

许多异人和异类赶去，求证事情的真相。

只见整片山林残破不堪，王级生物的羽毛、鳞片和犄角等遍地都是，被遗落在这里。

“天啊，真相太恐怖了！”这些异人与异类当即就炸开了窝。

与此同时，卫星捕捉到的画面全部流传开来，顿时引起巨大的轰动。人们意识到，之前所有的猜测都错了，而且错得极其离谱！

第139章 举世皆惊

“云落山一战，诸王血洒山林，很有可能都被一个神秘的人消灭了。”这则爆炸性的消息一经传出，举世皆惊！

这跟人们之前的猜测截然不同，所有人都错得离谱。

异类各族群都蒙了，之前脸上带着傲慢之色的异类王族现在全都从头凉到脚，浑身冒出一股寒气，一些对楚风满怀敌意且极其执拗的异类更是难以接受这样的结果，头皮都要炸开了。

然而，卫星捕捉到的那些画面清晰无误地揭示了事情的真相。

诸王不仅没有胜出，结局还非常凄惨！一个浑身发光的人在云落山大战诸王，所向披靡，仅仅凭借一人之力，便几乎将前往云落山的王级生物都消灭了！

不要说普通人，就是王级强者看到这样的可怕画面后，也感觉脊背冰冷，心中生出一种无力感。那可是一群王级生物，结果几乎都被一个人斩灭，这是何等恐怖的大事件！

那个人太可怕了，浑身都散发着璀璨的光辉，横扫诸王，没有一个强者可以阻挡他的脚步。

此前那些异类只说对了一部分，云落山那里死去的生物确实很惨，却不是楚风，而是诸王！

那个如同魔神般的人拦截诸王，轻而易举取了诸王的性命。

卫星记录下了这一切。卫星捕捉到的画面中，有的王级生物被他一拳打死，居然连他一招都接不住；有的禽王振动双翅，想要逃走，结果他跃起上千米高，直接追上，一拳使之坠亡。

这些画面简直让人窒息！

那几个早就知道云落山之局的异类王级强者盯着这些画面，身体僵硬，一句话也说不出来，心里剩下的只有深深的恐惧。

这样的强敌该怎样去抗衡？它们都生不出报仇的念头，因为它们与那个人根本不在一个层次。

同时，它们庆幸自己当时没有跟着诸王去云落山，不然，它们也都会死在那个人的手中。它们心悸不已，宛若劫后余生。

一些偏执的异类不愿接受现实，却在前往云落山后，一个个面无血色，受到十足的惊吓。

王血染红破败之地，山峰倒塌，地面有数尺宽的裂缝，满目疮痍。

现场的各种照片被发出来后，各地的人们都很震惊，连西方的人都被镇住了。

所有人都在猜测那个宛若魔神般的人是不是楚风，因为诸王是为了对付他才去云落山的，到头来，诸王几乎全都殒命于云落山，这是否意味着这一切都是楚风所为？

无论是在现实中还是在网络上，人们彻底沸腾，议论声不绝于耳。

"哈哈，真的太好了，我就知道楚神不会死，他真的强势归来了，消灭了要伏击他的诸王！"

"好人有好报，楚风斩了苍狼王，迎战东伐军，对得起他人类王级强者的身份，如果他被谋害了，那老天真是不长眼睛。"

最为喜悦的莫过于一群热血的年轻人，他们对楚风有好感，此前听说楚风死在云落山时，有人眼圈都红了，现在听到这样的消息，他们全都激动无比。

有人喜悦与激动，自然也有人惊惧不已。曾经围攻过楚风的那些异类虽然大多死了，但还有部分活着，一个个惊悚不已。大财团中曾围攻楚风的人也都头皮发麻，感到形势不妙。

"楚风或许还活着，但我不相信在云落山出手的人是他，他才挣断四道枷锁而已，怎么可能只身大战诸王？"有人不服，认为云落山那宛若魔神般的强者并不是楚风，而是另有其人。

那个人通体都散发着光辉，宛若一轮骄阳横空，人们分析过所有画面后，也没能辨认出他的模样。

“这个楚魔王一定请动了玉虚宫之主出手，才得以斩灭诸王，真是卑鄙！”有异类气急败坏，因为它们那一族群的王级强者就是伏击者之一，结果惨死在云落山，让该族群上下十分害怕与恐惧。

很快，很多人斥责它们。诸王聚集，设下伏击之局，原本是要伏击楚风，结果反被斩灭，还要怪楚风？真是没有道理可言！

不要说人类，就是许多异类都纷纷摇头，这次诸王之死真是怪不得别人，只因技不如人。

并非所有异类都敌视人类，绝大多数异类能和人类和平相处。

“老祖宗啊，你怎么就这样死了！你有数百年的道行，好不容易迎来天地剧变，成为王级强者，就这样命丧云落山。”

不少族群都慌了，惶惶不可终日，失去一族之王的庇护，这些族群接下来的日子必定很不好过。

因为天地又要剧变了，到时候名山大川需要按实力划分，没有王级强者的族群必定会落后一步。可以说，这一战将导致不少族群没落！

东西方皆大为震惊，云落山一战上了各国报纸头条，网络上就更不用说了，影响超乎众人想象。

那个如魔神一般的人究竟是不是楚风？这是目前唯一还没有证实的一点。

现在举世关注云落山一战的主角，他到底是谁？

虽然很多人猜测那个人是楚风，可又觉得他实力增长得未免太快，有点不现实。哪怕他在短期内挣断了第五道枷锁，也还是应该无法匹敌绝世强者才对，这是许多人持有的观点。

任何生物一旦挣断了第六道枷锁，将达到另外一种境界，可以俯视诸王，哪怕只相差一个层次，挣断了第五道枷锁的生物也远远不能与绝世强者相比，这是各国强者的共识！

在此之前的确如此，就连黄牛也曾说过，挣断了第六道枷锁的生物完全不同，遇上这样的生物只能逃跑，不可力拼。

前五道枷锁是一个阶段，从第六道枷锁开始又是一个阶段，它们之间像是有一道分水岭。大黑牛那么厉害，挣断了第五道枷锁，但依旧不敌绝世强者。

不过，楚风不同！

数日前，楚风在垂死之际，将精神能量融于肉体能量，探索到呼吸法的奥秘，并且他一直用神圣花粉进化，而不是用异果进化，这次更是靠自身力量挣断了第五道枷锁，这使他的战力大大增强，对于他来说，所谓的分水岭根本不存在。

无论是异类还是人类，全都难以确定那个人究竟是谁，引发了大猜想。有人认为他是楚风，有人相信他是玉虚宫之主，还有人觉得他是普梦山的太极老宗师。

“我们不相信那个人会是楚风，宁愿相信那个人是碧游宫之主！”苍狼族起初被吓到，冷静下来后，认为那个人绝不可能是楚风，楚风的实力在短期内怎么可能连跨两个层次？

“我坚信，新崛起的绝世强者必定是楚风！”熊坤、胡生等则以无比坚定的口吻说道。

“没错，一定是楚大魔王！”叶轻柔、欧阳青和杜怀瑾等人也附和，并在“魔王”前冠以一个“大”字。

那个人到底是谁？各路人马都在谈论此事。其中，一些大财团紧急召开会议，商量对策，他们真的担心会出大事！

“老头子，查清楚苍狼族在哪里了吗？我打算从苍狼族开始算账！”楚风问陆通。

“查到了，苍狼族受孔雀族庇护，如今在千普山。”陆通告知楚风。

“什么？居然在那里！”楚风的目光有些冷厉，神情变得愈加严肃。

千普山号称“海上第一佛门道场”，是佛教十分重要的圣山之一。

不久前，千普山才被菩提基因攻占，曾引起巨大的轰动。要知道，千普山可不是一般的地方，很难攻打下来。当时就有传闻，菩提基因和异类合作，联手拿下了千普山。

现在看来，事实的确如此，孔雀族居然栖居在那里，还庇护着苍狼族，显然，孔雀族跟菩提基因关系不一般。

“孔雀王出手的话，金乌王、九命猫王这等绝世强者肯定会助战，难怪能打下千普山。”楚风自言自语。

此前菩提基因攻下千普山的消息传来时，各方都十分震惊，难以置信。现在看来，几大绝世强者联手出击，加上菩提基因有足够的人马与热武器，这就显得很合理了。

“我不管是谁庇护苍狼族，今日我一定要登上千普山，去找苍狼族算账，看谁能阻止我！”楚风气势汹汹，方圆百米内都闪耀着炽烈无比的光芒。

“不要乱来！”陆通告诫道。

“这一次苍狼族也曾扬言想对我的父母出手，还有孔雀王，如果孔雀王只是单纯来追击我就算了，我自会与其对决，可孔雀王竟与云落山诸王联手，以我的父母为引，设下伏击之局对付我，现在它们都要承受我的怒火！”

楚风决定出击，目标正是千普山！

他要摆出强力出击的姿态，哪怕是孔雀王打他父母的主意，触到他的逆鳞，他也要一战到底。只有经此一役，才能让世人明白，他的父母永远都不能碰。

千普山位于缙江的桐山群岛。

天地剧变后，折叠空间出现，印城与千普山之间的距离足有七千公里，一下子远了很多，但这点距离对楚风来说根本不算什么。

楚风决定出击后，立刻动身，保持五倍声速的速度狂奔向桐山群岛。如果那里真有猫腻的话，他会跟千普山那些势力死拼到底。

楚风疾速奔行，什么都阻挡不住他。大多数时候，他仿佛凌空飞行，每次跃起都在两三里地之外，空气随之发生大爆炸，景象有些恐怖。

半个小时后，他浑身发烫，血液如江河奔涌，所有毛孔都蒸腾着滚热的白雾，他这才减速。而这个时候，他已经奔行了三千多公里！

“我们不相信那个人是楚风，上次他被诸王围攻侥幸未死，这次还妄想他只身斩灭诸王，你们以为他是谁？他暂时没有这样的能力，不可能这么快成为绝世强者！”苍狼族发表言论，根本不知道楚风已经在赶往千普山的路上。

此时，楚风降低前行的速度，好让体温降下去。

他已经知道，苍狼族受孔雀王庇护，难怪还敢跳出来乱嚼舌根，想到这里，他不由得冷笑起来。

楚风慢慢赶路，休息半个小时后，他再次提速，一跃就是两三里远，以五倍声速的速度狂奔而去。

此时，他已从嘉西进入缙江境内，向沿海而去。

半个小时过去了，又是三千多公里，楚风已临近目的地，看到了海岸。之后，他踏着一块木板，直接渡海。他释放肉体能量，催动脚下的木板，衣衫猎猎，乘风破浪，就这样来到了桐山群岛。

登上岛后，他散开神觉，凝视那座佛教圣山。

“嗯？”很快，楚风发现了苍狼族。苍狼族的确在这里，却没有栖居在山上，而是栖居在山脚下的一片林地中。

楚风一步一步向前走去，在此过程中，他还运转了特别的呼吸法，给自己滚烫的身体降温，使自己的精气神恢复到最佳状态。

他徒步来到山脚下，进入苍狼族栖居地后，周身开始发光。

“什么人？你是……”林地中，有苍狼发现了楚风，惊叫出声，险些瘫软在地上。

不久前，它们还在谈论楚风，怎能料到今日楚风竟然直接出现在这里？

苍狼族被惊动，一只又一只小山般的苍狼奔出，眼中充满着恐惧和仇恨，因为楚风斩了它们的王。

“你们想动我的父母？”楚风冷冷地问道。

“楚风，不要乱来，一切都是误会。”一只老苍狼颤声道。

“没有什么误会！”楚风怒道。

“楚风，你要知道，我们受孔雀王庇护，你贸然闯到这里已经犯下大忌，如果再对我们出手，那定会有杀身之祸。”

楚风沉声道：“受孔雀王庇护？我还要跟孔雀王好好算账呢！别说是你们苍狼族，今日我还要登上千普山，孔雀族和其他有关的人也要承受我的怒火，你们只算是我顺手除掉的帮凶！”

“轰！”

下一刻，楚风周身光芒闪耀，如烈日横空。

“是你，那个在云落山斩灭诸王的人真的是你！”一些苍狼大叫起来，已彻底惊呆。

那些特征太明显，周身如太阳般散发出绚烂的光辉，楚风绝对是人们口中议论的那个神秘的绝世强者。

“砰！”

楚风挥手间，那可怕的能量便如惊涛骇浪般席卷而去，几只张着血盆大口、身体有十几米长的苍狼被打得横飞而起，在半空中殒命。

“在云落山只身斩灭诸王的人是楚风，是楚魔王！”有苍狼向外界发出几张模糊的照片，并写下求救的话，“孔雀王大人，救命啊，一定要为我们报仇！”

它们根本不知道孔雀王曾经亲临云落山，却不战而退。

照片与求救的话传到外界，顿时掀起巨大的波澜。

人们发现这几张照片中，那个人周身璀璨如骄阳，跟云落山的那个绝世强者绝对是同一个人！

“天啊，他真的是楚风，正在横扫苍狼族！”

人们终于知道那个在云落山只身斩灭诸王的人是谁了，全都震惊不已。苍狼族正在遭受大劫，有苍狼冒死发出了这样一则消息。

举世皆惊！

林地中还有二十几只苍狼，它们的皮毛像金属般泛着寒光，血盆大口中雪白的牙齿像是一把把匕首，目光中带着恐惧和仇恨。此时，它们正在不断倒退。

片刻间，刚才扑上去的几只苍狼便都被楚风拍死了，没有一点悬念。

苍狼族原本算是一个很强大的族群，在天地刚开始剧变时就出现了王级强者，远胜其他很多族群。苍狼王如果活到现在，或许已经挣断了四五道枷锁。可惜的是，它追随孔雀王，听从孔雀王的号令，祸乱南桂高原，想借此分散人类强者的注意力，结果自身惨死，苍狼族也因此彻底没落。

“楚魔王，我们跟你拼了，你斩了我族的王，让我族沦落为弱族，你这个刽子手！”到了这一刻，这些变异的苍狼无不发狠拼命，它们知道楚风不会手下留情，它们哪怕求饶也活不下去。

“嗷——”

群狼咆哮，一个个狰狞无比，它们的血盆大口发光，飞出道道光束，光束带着腥风，全都攻向楚风。

苍狼族本就嗜血，现在拼命后更是不管不顾，哪怕面对王级强者，它们也会拼死搏斗。可惜的是，它们一点机会也没有，因为它们与楚风之间的差距实在太大了，即使楚风站在这里让它们撕咬，它们也无法伤害到楚风。

“苍狼王毁灭人类的城市，恶行累累，你们也配说我是刽子手？”楚风冷冷地道。

他不想耽搁时间，立刻祭出赤色飞剑，只听“哧”的一声，赤色飞剑如一条红色蛟龙飞舞，旋转着斩向这些苍狼。

这里没有老弱病残，都是变异的苍狼。一瞬间，它们全部被赤色飞剑所斩！

楚风迈步，走出林地，向千普山而去。

如今这里大变样，植物绿莹莹的，冒出一缕缕浓郁的灵气。最大的变化是，整座岛屿变得无比广阔。

走了很长一段路后，楚风才抵达千普山。

清风吹来，山上翠竹摇曳，发出沙沙声，钟声悠悠，从古刹中传来，这一切让楚风的心宁静下来。

楚风拾阶而上，开始登山。

千普山昔日不足三百米高，在天下名山中算是较矮的一座，如今整座山高近万米，雄伟而巍峨，气势磅礴，山顶霞光闪耀，瑞气缭绕，称得上天翻地覆。

“这才是千普山的本来面貌吗？”楚风叹道。

山上多苍松翠柏，竹林成片，生机勃勃，一座座古刹掩隐在林海中，虽然略显残破，却有一种神圣气息。

山上的石阶像是上古时期凿出来的，每一级石阶都带着岁月的气息，这不是过去不足三百米高的千普山所拥有的。

千普山的确跟以前完全不一样了。

“当！”

钟声悠悠，仿佛能让人在瞬间悟道。

半山腰处有一座用黄铜铸成的亭子，里面悬着一口大钟，这口大钟竟然在自鸣，声音清亮。

楚风讶异，走到近前，仔细观察这口大钟，确定它不是法兵，只是一口古钟。

他再次向上攀登千余米，途中看到不少建筑，既有成片的古刹，也有新修建的别墅。

“菩提基因的动作真是够快的。”楚风看到很多人在忙碌着，完善别墅区。

起初没有人注意到楚风，他便径直向成片的古刹走去。他在古刹间看到了一些异树，这些异树早已开花结果，果实都被人采摘走了。

“止步！你是谁？”古刹中有人走来，阻止楚风进入。

“游客！不让登山吗？”楚风笑着问道。

“你是楚风！”那人大吃一惊。

虽然苍狼族将消息传出去了，却不是每一个人都会关注网络上的消息，尤其是这里的人都很忙碌，根本无人注意到那则消息。

“传闻你重伤垂死，你怎么到了这里？”古刹中的异人都非常震惊。他们并不知道楚风为什么要登山，便想第一时间向山顶上的人汇报。

“砰！”

刹那间，这些异人手中的通信器都碎了。

楚风轻轻一拂，这些发现他的异人便都昏厥过去，倒了一地。

紧接着，他在这片古刹间穿行，掘开一些异树根部的异土，仔细查看异土品质，看看这些异土是否适合栽种石盒中的种子。最终，他只能轻叹，这些异土品质还不够好。

千普山现在高近万米，如今楚风才走到六千米高处，他觉得山顶或许还有一丝希望，存在适合栽种石盒中种子的异土。

“嗖！”

楚风立刻加快速度，向上冲去，瞬间便接近千普山的山顶。

这片地带地势开阔，有成片的紫色竹林，修竹摇动，灵气氤氲。

“真的有紫色竹林！”楚风惊异，而后回首向山下望去，只见碧海连天，无比壮阔，阳光照在海面上，荡漾起点点金光。

到了这里后，他可以清晰地听到山顶神圣的禅唱声，如同来到一个佛之国度。

楚风面露异色，道：“相传，千普山是佛门一位大能的道场，这里碧蓝海面金光点点，紫色竹林灵气氤氲，还真有些意味。”

古代的千普山上曾有一位大能，留下了很多传说。

这里景色优美，但是菩提基因不曾在这里建别墅区，没有妄动那片紫色竹林，像是心存忌惮。紫色竹林的传说尽人皆知，那片紫色竹林想不让人多想都不行。

楚风一番寻觅后，心中一动，沿着青石路缓缓登山，不久后便在紫色竹林中看到了一座凉亭，也看到了一道极美的女子的侧影。

婀娜女子，青丝如瀑，手持佛经，紫色竹林，淡淡雾霭，宛若仙境，顿时让楚风遐思万千。

楚风没有刻意放轻脚步，直接走向这道空灵出尘的侧影。

凉亭中有石桌，一杯清茶飘出淡淡茶香。

佛经早已发黄，透着古意，像是上千年前的古物，此时被那白皙的手拿着，有种别样的韵味。

像是心有所感，女子转过身来，青丝飞舞，泛着光泽。她拥有一张瓜子脸，肤色白皙，黛眉弯弯，一双眸子带着灵气。可以说，她整张面孔很完美，挑不出一点瑕疵。

原本她很安静地阅读佛经，周身带着空灵的韵致，但现在她很吃惊，红唇微启，贝齿洁白，美眸瞪大，直直地看向楚风，像是吓了一大跳。

“你怎么来了？”她失声道。

“上门找你们菩提基因的麻烦！”楚风这样回应道。

这个女子正是姜洛神。此刻，她站起身来，体态婀娜，背后则是灵气氤氲的紫色竹林，人与景交融，如诗如画。

楚风觉得姜洛神的气质跟以前有很大不同。

昔日，姜洛神非常娇艳，且娇艳中有些魅惑的风姿。她成为异人后，传闻获得了九尾白狐的一些特殊能力，因此越发显得娇媚，艳丽无双。

然而现在，她手持一卷佛经，身上竟带着些许空灵出尘的气质。

可惜，她这种气质没有保持多久，在她看到楚风后，这种气质便荡然无存。她黛眉微皱，瞪大一双美眸，道：“传闻你受了重伤，消失了多日，原来你是躲在我们千普山。”

“你是不是与世隔绝，多日没出去走走，不知道外面已天翻地覆？”楚风笑了笑，继续说道，“我是主动登门，可不是躲在你们千普山。”

“你该不会要跟我们抢千普山吧？”姜洛神大眼眨动，道，“我劝你还是赶紧离开吧，山上很危险。”

“嗬，菩提基因不就是跟异类勾结吗，难道有禽王坐镇？如果禽王回来了，我便解决它！”楚风微笑道。

“你……”姜洛神吃惊不已。

楚风冷笑道：“实话实说吧，我是来找各大财团算账的，菩提基因最好没有在暗中有过什么动作，不然，今天将要付出代价！”

“楚魔王，你在乱说什么！”姜洛神心中很不满，也很不解，她觉得楚风似乎不是在说笑。

“不要对王级强者大呼小叫，虽然我们私底下有些交情，但是菩提基因真算计了我的话，别怪我不讲情面。”楚风冷冷地说道。

这一刻，姜洛神相信了楚风的话，她凭直觉就能感觉到楚风没有说假话，他真的带着杀意而来。

“在你身上究竟发生了什么？你为什么会认为菩提基因算计你？”姜洛神先让自己冷静下来，而后解释道，“不错，孔雀族的确在这里，孔雀王跟我们联手拿下了千普山，但我们绝对没有跟孔雀族联手害你。”

“你说的话不算。”楚风说完，继续登山，不紧不慢，一步迈出就在数百米外。

姜洛神身体一震，绝美的面孔上露出惊容，她其实心中没底，不知道菩提基因那些老家伙是否参与了谋害楚风的行动。

下一刻，她追上山去，一双大长腿快速摆动，却只能勉强看到楚风的背影。楚风轻缓迈步，但对于姜洛神来说速度也很快了。

千普山近万米高的山顶上，霞光灿烂，紫气流转，一座又一座古刹隐在成片的竹林之中，禅唱声像是从千百年前传来的一般。

楚风背着双手，观看着雄伟的古刹。在一座古刹前，有一棵足有水缸那么粗的菩提树，它的树皮已经开裂，叶子呈淡金色。

“很好，千年古刹前的神圣古树刚刚长出叶片，还未结花蕾。”楚风目光灼灼。

这里的古刹与菩提树自然不是原来的千普山上的。如今，千普山高近万米，山顶处霞光伴着紫气，佛光缭绕，神圣无比。一般来说，这么高的地方应该有冰雪才对，但这里非常温暖，生机勃勃。

“这是古代大能的道场，或许有什么了不得的东西留下来。”楚风四处张望。

楚风登山后并没有掩饰自己的气息，因此惊动了这里的所有人。

直到这时，姜洛神才气喘吁吁地追了上来，她完全跟不上楚风的脚步，白皙的脸上满是汗水。

“阿弥陀佛！”一位金身老僧如闪电般瞬间出现在楚风面前，速度快得不可思议。他皮肤呈淡金色，身形枯瘦，披着袈裟，像是一尊金身罗汉般。

“和尚退后，我先找孔雀族算账，一会儿才轮到你们菩提基因。”楚风依旧背着双手，哪怕面对这位实力高深莫测的金身老僧，他也丝毫不惧，神情十分淡定。

楚风看向另一个方向的古刹，他感觉到了孔雀族的气息，不过气息并不是很强。

只听“嘎吱”一声，古刹的殿门被推开，几个孔雀族强者从古刹内走了出来。

这几个孔雀族强者长相很俊美，紫发飘动，面孔精致。孔雀族是一个受上天眷顾的族群，族中成员一旦化成人形，美男子与丽人无数。

“楚风，你竟敢闯到我族重地！”一个化形成美男子的孔雀族强者开口。他看起来只有二十几岁，实力却不凡，竟已经达到了准王境界。

随着天地不断剧变，孔雀族的强者会越来越多。

“你说轻了，我是来消灭你们的！”楚风逼视着这几个孔雀族强者。

“我族的王号称无敌，你若敢乱来，我族的王一定不会放过你。你如果真有本事，尽可跟我族的王去决战。”那个年轻的准王说道。

楚风淡淡地回应道：“我倒是想跟孔雀王决战，但孔雀王逃了。孔雀王这次竟敢利用我的父母大做文章，危及我的家人，我今日便登门对付你们孔雀族来了！”

“你敢！”一个非常美丽的女子大喝。这是一个化形成丽人的孔雀族强者，她紫发飘舞，白皙的脸上挂着怒意。身为孔雀族一员，她一向自恃不凡，平日谁都不敢惹她，她自然充满傲气。

“我以前又不是没斩过孔雀族的成员，有什么不敢？你竟敢这样跟我说话，那便从你开始！”楚风站在原地，没有迈步，直接挥拳。

“砰！”

楚风这一拳太恐怖了，带着炽烈的能量光束，径直向前击去。

“你……”几个孔雀族强者的脸色都变了。

那个化形成丽人的孔雀族强者想要逃走，她已达到觉醒境界九段，实力很不凡，但她根本避不开楚风这一拳。她才刚刚冲天而起，就被楚风璀璨如骄阳的拳头打中，当场殒命。

“楚魔王，你怎能如此横行霸道，就不怕我族的王报复吗？”一个孔雀族强者眼睛都红了，大声呵斥楚风。

“让孔雀王来找我好了，就怕孔雀王不敢来。动我家人就是触我逆鳞，我只是以彼之道，还施彼身！”楚风冷冷地说道。

“快走！”有孔雀族强者低语，让身边的同族赶紧退走。这些孔雀族强者恨极了楚风，还从未有人敢到孔雀族的地盘上撒野，而这个楚魔王竟要在这里找孔雀族算账。

“谁敢走？”楚风冷冷地盯着这些孔雀族强者。

“哧！”

那个眼睛红了的孔雀族强者腾空而起，想要展翅离开。

“我们也走！”其他孔雀族强者低语，觉得现在不走的话自己也会死于楚风之手。

“嗷！”

楚风一声大吼，这是融合了蛟魔音与牛魔音的恐怖音波功，此时，他浑身发光，嘴里更是有金色涟漪扩散开来。

这一声大吼非常可怕，简直可以震荡山河，令天地颤动。

“砰！”

那个眼睛红了的孔雀族强者已飞至半空，此时竟然被这一声大吼震得坠落在地，而后身亡。

楚风站在原地未动，一吼之下，竟然直接吼死了那个孔雀族强者。

“啊！”

远处，有孔雀族强者尖叫，面无血色。

“阿弥陀佛！”那位金身老僧浑身缭绕着金光，内心大为震惊，楚风的音波功简直比佛门的音波功还要恐怖。

菩提基因不少异人都在此地，见到这一幕后，一个个目瞪口呆，战栗不已。他们都暗自惊叹，楚风不愧是楚魔王，实力确实惊人。

后方，姜洛神心中波澜起伏，一双美眸睁得大大的。她多日不见楚风，再次看到他时，发现他威风凛凛，已经强得无法想象。

第140章

天地再次剧变

一吼之下，山巅颤抖，紫色竹林沙沙作响，叶片簌簌飘落，那个孔雀族强者则被震得从半空中坠落下来，倒地而亡！

楚风身上像是披着由太阳光编织成的衣袍，周身缭绕着万缕光华，如果直视他的话，眼睛都会被刺得生疼。

“楚风，请你住手！”剩下的几个孔雀族强者开口，脸色无比苍白。

刚才楚风口中的金色涟漪冲向半空，并没有针对他们，可即便这样，他们也差点一头栽倒在地上，身体出于本能，轻轻颤抖。

楚风停下，平静地看着剩下的几个孔雀族强者，却依旧让他们感受到难以承受的压力，像是在面对一尊魔神。

“我族的王并没有动你的父母，不过是恰巧赶到云落山。”那个年轻的准王说道。

“只是恰巧？你说得真是轻巧！云落山诸王以我的父母为引，设下伏击之局想要对付我，孔雀王出现在云落山，就足够说明问题了！”楚风抬起右手，散发出璀璨的光芒，就要向前拍去。

一瞬间，山巅轻颤，气氛无比压抑，简直令人窒息。

“你如果还算个人物，还算个磊落英雄的话，就去跟我族的王战斗，前提是你有足够的实力和自信！”那个年轻的准王表面上保持镇定，硬着头皮这般说道。他知道他们根本逃不走，除非这个楚魔王自己收手。

“我绝不容许有人针对我的父母。什么磊落英雄，你用这么明显的激将法激我，是在找死吗？”

楚风脸色阴沉，没有丝毫犹豫，抬起那只发光的手掌向前拍去。只听“砰”的一声，那个年轻的准王横飞而出，当即毙命。

最后三个孔雀族强者一个个头皮发麻，又惊又怒又怕，看来楚风是铁了心要消灭他们。

后方，菩提基因的人都面露异色，这个楚魔王抬手间就让一个准王死去，着实强悍无比。

“神僧，救救我们！”最后三个孔雀族强者没敢逃走，而是向那位金身老僧求助。

金身老僧年龄在百岁开外，是迦释门徒之一，也是菩提基因最强的王级强者。

“阿弥陀佛。”金身老僧口诵佛号，身上泛着淡金色的光芒。

楚风回头看向金身老僧，道：“孔雀族企图以我的父母为引伏击我，我为消除后患而来，你如果阻止我，就是与我为敌！”

金身老僧虽然有一颗慈悲心，但知道自己真要阻止楚风，惹得这位楚魔王发狂，菩提基因所有异人都要跟着倒霉。

他明白楚风的心思，楚风明知号称无敌的孔雀王不好惹，却还是要登门消灭其族类，这是要以儆效尤！

金身老僧知道，如果这一次楚风强力压制孔雀族，并承受住孔雀王的怒火，安然渡过这一劫，以后真的没有人再敢动他的父母。一怒之下连号称无敌的孔雀王的族类都不放过，这样的楚魔王，谁不害怕？

“楚魔王，你实在太霸道了！”

又一座古刹的殿门打开，从古刹中走出两个强者。

开口的是一个黑衣男子，他的一双眸子十分奇异，像是蒙着一层淡淡的黑雾。

在他旁边站着一个女子，她有着淡金色的长发、绿宝石般的眼睛、毛茸茸的耳朵。

楚风见到他们，猜测他们有可能是金乌王与九命猫王的族类。

他淡淡地扫视他们，而后对最后三个孔雀族强者出手，只听“轰”的一声，他一拳砸过去，光芒刺目，方圆百米都被光芒笼罩着。

“砰砰砰！”

最后三个孔雀族强者横飞而出，脸上带着恨意和不甘，就此结束了性命。

现场一片寂静。

楚风冷冷地说道：“什么叫霸道？当初孔雀族不断派强者去雷天城对付我，我初到昆林山时，也有孔雀族强者去请紫金啄木鸟对付我，我与孔雀族无冤无仇，只因我不对孔雀族卑躬屈膝，孔雀族就要我死，这才是霸道！今日我登门跟孔雀王算账，如果你认为这是霸道，那也可以。”

那个黑衣男子的确是金乌王的族类，不过离金乌血脉较远，只是由乌鸦化成人形，现在是一个准王。

他目光森冷，道：“楚风，你也算是一方强者，可行事太肆无忌惮，你要知道，没有人能真正无敌。”

楚风开口：“这一次金乌王虽然从肽山一路南下，想对付我，但没有针对我的父母，所以我今日哪怕登临千普山，也不会针对你们这一族，要针对也是去针对你族的王，你们好自为之！”

此话一出，菩提基因的金身老僧不禁双手合十，念了一声佛号。楚风实在太强悍了，金乌王竟也是他要针对的目标之一。

那些异人就更不用说了，他们心中悸动，此生都不想与这个楚魔王为敌。

黑衣男子的目光依旧森冷，他看着几个孔雀族强者死在眼前，却不敢阻止，感觉很无奈。

他冷冷地道：“楚风，你要知道金乌王、孔雀王和九命猫王同心同德，你今日这样霸道，他日当心大难临头！”

听到黑衣男子的话，楚风猛然回头，双目直直地逼视他，气势骇人，道：“我说过这次我不针对金乌一族，但这不是什么承诺，也不是给你们护身符，你一个小小的准王也敢威胁我，在我面前如此放肆，简直是找死！”

“砰！”

楚风捏拳，向前击去。

“你……啊！”黑衣男子大叫，化成一只乌鸦，想要逃走，结果才展翅冲天，就被击落下来。

此时，这只乌鸦眼中有恐惧，还有一丝悔意，双目渐渐失神，当场死去。

猫族那个女子尖叫，快速倒退，唯恐楚风将她一并解决了。

千年古刹前，钟声悠悠，禅唱声阵阵，却难掩此地的杀气。

楚风迈步，向孔雀族栖居地走去。

在那成片的古刹后方，有一片灵气氤氲的紫色竹林，极其适合飞禽栖居。然而，这里早就空了，那些孔雀早已逃走。

楚风不再有所行动，做到这一步已经足够表明他的态度。如果在除掉孔雀王之前，他真的使孔雀族覆灭，孔雀王必然会发狂，不计代价地报复他。

楚风转身回来，面对菩提基因众人，看向那位金身老僧，道：“我想知道，我被诸王围攻时，菩提基因的人是否参与其中？”

他锋芒毕露，绝世强者的气息弥散开来，让周围所有的异人都战栗不已，几乎要瘫软在地。

此时，姜洛神也脸色发白，心中涌起阵阵不安，她又一次感受到了楚风的强悍与可怕。连孔雀王、金乌王的族类都说斩就斩，他还有什么不敢的?

姜洛神原本想开口，但她现在只是红唇微张，什么话都没有说。她觉得，自己如果上前多说几句话，说不定也会被楚风一拳解决!

“菩提基因没有参与围攻施主的行动，未能前去救援，我们很遗憾。”金身老僧坦然道，目光温和。

面对这位迦释门徒，这位超过百岁的金身老僧，楚风觉得自己身上的杀气散去不少，这让他颇为讶异。

“如果施主不信，老僧可以放开意识海，让施主判别真假。”

王级强者的精神领域可不好探察，如果本人不愿意，他人很难破开。金身老僧这样坦然，要全面放开自己的意识海，让楚风动容。

楚风伸出一根手指，发出莹莹光芒，点向金身老僧的眉心处。

金身老僧脸色温和，安然微笑，不躲不避。

就在即将触及金身老僧的眉心处时，楚风倏地收回手指，道：“我相信大师。”

楚风可以确定，这是他第一次见到金身老僧，围攻他的人类王级强者中并没有这位迦释门徒，只是他不知道菩提基因是否还有其他隐藏的高手。

楚风对金身老僧有一定的好感，没有为难他。

“菩提基因的高层成员可在这里？”楚风问那些异人。

他对大财团的高层真没有好感，这次他在嘉西境内被围攻，那些财团派出的人简直比异类还要狠毒。

“有。”有人答道。出乎楚风预料的是，回答的人竟是姜洛神。

不久，几名老者被“请来”，楚风毫不客气，手指发光，一一点向他们的眉心处。

这几名老者虽然脸色十分难看，却还是配合着楚风。

楚风给这几名老者催眠，探察他们的精神领域，看是否有人曾对他不利。最终，楚风没有发现什么，便对这几名老者表示歉意。

“我暂时相信菩提基因。”此话一出，众人的心情颇为复杂，许多异人长舒了一口气。

他们还真怕菩提基因的高层曾经谋害楚风，万一被楚风查出来，今日楚风肯定不会放过菩提基因。

不过，他们也明白楚风还没有完全相信菩提基因，毕竟他曾经遭到财团派出的人的围攻，对财团没什么好感。

千普山山顶有一座最为古老的古刹，一砖一瓦都散发着古意，镌刻着岁月的痕迹，像是经历过无数次沧海桑田。古刹很陈旧，看起来随时会倒塌，却是整片建筑区的中心。

此时，楚风站在这座古刹中，凝视着古刹内的一尊神像，一动不动。

古刹旁还有一座铜殿，铜殿内悬着的一口大钟悠悠而鸣。

过了很久，楚风终于走出古刹，在绚烂的晚霞下，在成片的古刹间，轻缓地漫步。他格外安宁，心境平和，无喜亦无忧，暂时放下一切，在钟声与霞光中涤净心中最后一丝戾气。

他轻轻一叹，最近两日他纵横上万里，除黑膦，斩诸王，灭苍狼族，诛孔雀族，心中像是有一股戾气不断翻腾。直到今日，他在千年古刹中听众僧诵经，听大钟长鸣，涤荡心神，化尽戾气，他的心才静了下来。

楚风回想起来，自从练形意拳后，他一心想着锤炼拳意，一路大战四方敌手，戾气因此积淀，越来越重。

“看来自己要多加注意了，不能让戾气长久萦绕于心。”楚风低语。

他大战时可以气吞山河，不惧任何敌手，但平日里应该保持宁静而平和的心态，不然，他真的会变成一个大魔头。

形意拳专为杀伐而生，他觉得自己最近戾气太重或许跟所练的形意拳有关。

霞光中，金身老僧正朝楚风的方向缓步而来。他法号千迦，是曾在卫城山跟白蛇大战的那位迦释门徒千叶的师兄。

“老僧有金身罗汉呼吸法。”千迦身体发光，双手合十，神色庄严，宛若一尊金身罗汉。

楚风诧异不已，不明白千迦为什么对他说这个。不过，他很快就明白了，千迦居然邀他加入菩提基因，他如果愿意在千普山皈依佛门，便可得到金身罗汉呼吸法。

楚风啼笑皆非，这个千迦看起来慈眉善目，怎么会生出让他剃度出家的念头？

“大师，我还年轻，还想继续在这花花世界中逍遥自在，暂时不想出家，也不愿剃度。”

“阿弥陀佛。”千迦口诵佛号，以神觉扫视四周，而后低语，“老僧在施主身上感应到佛韵，请问施主所掌握的绝世呼吸法是否与我佛有关？”

千迦直言，天地剧变之后，其他世界的生物终究会降临，楚风如果真的掌握与佛门有关的绝世呼吸法，将会有大造化，或许会被带走，进入另外的世界，在佛门圣地修炼无上妙术。而前提是，楚风得皈依佛门，他愿意每日为楚风讲解经文，筑下佛门根基。

楚风闻言不为所动，其他世界的生物都要冒死降临到这个世界，他有什么理由要离开这里？

“这个世界有圣树，有机缘，唯独缺少法，目前所流传的各种法太简陋，我们终究需要踏入其他世界求取法。”千迦说道。

楚风心动，他曾听黄牛说过其他世界的辉煌，神子纵横，圣女凌空，让人向往，若有机会，他一定要去看一看。

楚风开口："等将这名山大川间的诸般机缘都寻上一番，我再考虑此事吧。"

千迦哑然，觉得楚风太贪心。

"好了，以后孔雀族的地盘就是我的了，千普山的机缘也有我一份！"楚风说道。

千迦一时无语，他本想引楚风入佛门，不过现在看来，楚风真的不适合待在佛门之中。

楚风除去心中的戾气，自然心情舒畅。

接下来，他在千普山山顶寻觅异土，还在那棵水缸粗的菩提树下掘土，着实吓坏了菩提基因不少人。

"楚风，你要挖走这棵菩提树？"姜洛神出现了，表情相当不自然。今天见到楚风强力出手，她不敢再随意调侃楚风了。

"只是看一看。"楚风起身，不再掘土。他刚才看到菩提树下的异土是三色土，跟肽山的差不多，应该对石盒中的种子无效。

"还需要时间，等千普山全面复苏，灵气更盛时才能栽种石盒中的种子。"楚风暗自思忖。

"千普山不会就这么一点机缘吧？"楚风问道。

无论是肽山还是昆林山，诸王占据的区域只是其中一部分，还有神秘区域进不去，虎泷山上的神秘区域更是异常凶险。

"在那边。"千迦指向后山。

"嗯？"楚风惊诧。

"只有日落与日出时，才能匆匆一瞥。"千迦说道。

在夕阳下，楚风看到千普山的后方隐约间浮现出一座更为雄伟的山，只能看到轮廓，上面有什么却看不真切。

"登不上去吗？"楚风问道。

"上不去。"千迦摇头。

那座神秘的山在夕阳落下前消失了，却有点点金光洒落。千迦释放肉体能量，吞吐天地精气，竭尽所能接引那点点金光。

楚风见状，也尝试接引金光。

“唏！”

最终，一片金色的菩提叶飞来，带着蓬勃的生命精气，落在楚风手中，叶片上竟染着一丝血。

“怎么回事？”楚风大吃一惊。

千迦也惊讶不已，道：“老僧以前也曾接引到几片金色的菩提叶，但不曾见到叶片上有血迹。”

“难道那座山上有生物在向外传递消息？有点意思。”楚风盯着那片虚空，思绪万千，如果天地再次剧变，那样的生物出现，将难以说清那是造化还是灾祸。

一刹那，楚风警醒过来，一直以来人们都期盼着天地再次剧变，等待着即将到来的机缘，欲争夺更为惊人的神圣果实，却从来没有人往坏的方面想，想到这当中可能暗藏杀机。

“嗯？雪花，下雪了？”楚风吃惊不已，猛然抬头。只见天空中，鹅毛大雪纷纷飘落下来，千普山的山顶很快就覆盖上了一层银白色。

这是怎么回事？天地剧变后，无论什么季节，各地都是生机勃勃，温暖如春，没有严寒。这个傍晚居然发生了这么诡异的事情！

楚风意识到，天地再次开始剧变了，这一天终于到来了！

鹅毛大雪漫天飘洒，整座千普山白茫茫一片，千年古刹与紫色竹林尽被大雪覆盖。顷刻间，这里便从温暖如春到冰天雪地，这种变故前所未有，实在太离奇。

楚风站在山巅，仰望苍穹，观看四野，观察是否有其他变故发生。

千迦站在楚风身旁，神色凝重，他也没有料到天地再次剧变的日子突然就来了。

姜洛神一身白衣，也站在楚风身旁。她有些忐忑不安，不知道这次天地剧变后这个世界会变成怎样，是否还是她熟悉的世界。

上一次天地剧变后，万物得以进化，飞禽走兽很多都有了智慧，许多族群简直可以跟人类平起平坐。

这一次呢？没有人知道会发生什么！

“只有方圆数十里被冰雪覆盖，远处并没有。”楚风开口。

“施主神觉敏锐，老僧自愧不如。”千迦叹气，同是挣断了五道枷锁的强者，他却不及楚风。

姜洛神赶忙离开，去取通信器，准备仔细查询一番。这几天她调素琴，阅金经，与外界隔绝，算是一种修行，连通信器都没有带在身边。

楚风低头，看着手中那片染血的金色菩提叶，而后凝视后山，想看一看天地剧变后那座神秘的山是否会再次出现。

隐约间，他听到了一些声音，像是人又像是兽在嘶吼，声音从半空中传来，正是那座神秘的山所在的方位。

“大师！”这时，菩提基因的几名老者匆匆赶来，寻到千迦后，很焦急地询问天地是不是再次开始剧变了。

接着，他们又看向楚风，有人开口：“楚先生。”

几名老者想请楚风坐镇千普山，天地突然开始剧变，他们心中没底。他们算是菩提基因的核心成员，已经跟菩提基因总部的决策者通过话，他们与总部的决策者一致认为这一次的天地剧变有些诡异，前路难测，如果将楚风留在千普山，对菩提基因大有帮助。

楚风很平静，并没有多说什么，心中却暗自思忖：“我凭什么留在这里帮他们守千普山？”

“天地剧变后，这里所有的造化我们都可与楚先生共享。”一名老者说道。

“可惜，不见得是造化。”楚风说完，指向那棵水缸粗的菩提树。这是目前千普山上唯一在生长的神圣古树，可是，此时它那舒展开的叶片居然慢慢缩小为嫩芽，而且颜色颇为暗淡。

几名老者的脸色变得无比难看，他们立刻吩咐手下将两位植物学家请来。显而易见，自从占据千普山后，菩提基因对这里很上心，专门带来了一些相关的专业人士。

“逆生长？这种现象无法解释。”两位植物学家察看一番后，头都大了，根本摸不着头脑。

此时，姜洛神回来了，道：“目前，肽山降雪，虎泷山银装素裹，昆林山白茫茫一片，悬田山积雪两尺厚。”

天色暗了下来，天气越发寒冷，空中还在飘着雪花，千普山地上的积雪都有半人高了。

很快，菩提基因总部传来详细的消息。

“这次并不是大范围降雪，只有一些特殊的名山出现暴雪，其他地方没有下雪。”

晚上，几名老者想宴请楚风，但被楚风婉拒了，他不想与他们有过多瓜葛。

楚风倒是主动请了千迦，可是，看到那有肉的火锅时，千迦脸一沉，果断拒绝，双手合十，慢慢退出了房间。

严寒来袭，鹅毛大雪飘舞，在这样的天气吃一顿火锅，对于楚风这样的吃货来说，真是一种难以言喻的享受。

菩提基因的几名老者命人给楚风送来一瓶好酒，让他吃得更加尽兴。

此时，姜洛神来到门前，心情有些复杂，以前她调侃楚风觉得没什么，现在她却有些顾忌。

终于，她放下佛经，推门而入，恢复了以往的自信，不再担心什么。

“蹭吃蹭喝来了。”她很从容，不再将楚风当成绝世强者，而只是将他当成一个熟人。

楚风抬头，微笑道：“这次你身边没有带那个夏千语啊。”

目前没有任何证据证明菩提基因曾参与围攻自己的行动，楚风自然态度平和。

两人之间的气氛顿时缓和，姜洛神落落大方，坐下来开始蹭吃蹭喝。

宾主尽欢，窗外冰天雪地，房中却热气腾腾，香气浓郁。

一瓶酒根本不够喝，姜洛神又让人送来了一些酒。到了后来，楚风微醺，姜洛神则差点醉倒，美眸微闭，睫毛眨动，彻底放松。

“你这人实在太坏了，我陪千语去相亲，初次见面，你就让我们两个狼狈不堪，还上了新闻。”姜洛神想到旧事，到现在心中还是不平。

“嗯，我记得，现在外面还在说你在养胎呢，可是，孩子真不是我的啊！”楚风一身酒气地说道。

姜洛神闻言，顿时瞪了他一眼。

她醉态可掬，取笑楚风：“堂堂楚魔王，可以跟绝世强者争锋，却被逼着相亲，而且每次都被我撞到，哈哈哈——”

她醉了，白皙而精致的面孔红润无比。

楚风则黑着一张脸，感觉自己的确很倒霉，他总共相了两次亲，结果都被姜洛神给撞上了。

“什么年代了，居然还相亲！快叫声姐，以后我给你介绍身边的那些好姐妹。”姜洛神调侃道。

“捣什么乱，找打吧？”楚风睨视姜洛神。

最终，“啪嚓”一声，姜洛神彻底醉倒，滑到地上。

楚风略带醉意，吃掉食物，这才将姜洛神从地上扶起来，放到沙发上，帮她盖上厚厚的毛毯。

而后，他自己晃晃悠悠地进了里面的房间，倒在舒服的大床上开始睡觉。

半个小时后，姜洛神迷迷糊糊地起身去洗手间，她依旧醉着，回来时很自然地进了里面的房间。

“姜洛神，你走错地方了！”楚风很大声地提醒姜洛神。楚风神觉敏锐，即使已经入睡，有个风吹草动就能瞬间醒来。

然而，姜洛神昏昏沉沉的，直接倒在床上睡着了。

楚风瞪眼，而后想了想，没有理会她，而是继续睡觉。

显然，第二天清晨，这间房间注定不会宁静。

外面冰天雪地，气温骤降，房间中却暖烘烘的。

“啊——”

姜洛神醒了，看到眼前的情景后，一声尖叫。

“别叫了，不关我的事！”楚风赶紧出声。

“你……我怎么会在这里？”姜洛神一跃而起，落到地上。

楚风摊了摊手，很无奈地道：“昨天你醉倒了，我把你扔在沙发上了。然后，你半夜摸到我的房间里，我警告过你走错地方了，可是你还是躺到了床上，推都推不开，我也没有办法，只好任你睡在这里。”

“禽兽！”姜洛神羞愤地叱道。

“我冤枉啊，是你非要睡在这里！”楚风义正词严。

“嗖！”

姜洛神直接跑了。遇上这样一个人，她无法争辩，也无法多说什么，不然，非把自己气坏不可。

楚风在千普山观看了片刻，只见冰雪依旧，而那座神秘的山并未再次出现，他决定离开。

“老姜，你闺女立大功了，昨晚她跟楚风在一起，说不定这小子以后会加入我们菩提基因。”一大早，一名老者就神秘兮兮地跟姜洛神的父亲通话。

“老陈，你敢坑我女儿？我跟你拼了！”通信器那一端传来吼声。

“不关我事啊！”老者委屈地回道。

……

两名老者对着通信器，隔空掐起架来。

此时，楚风已离开千普山，渡海而去。他不紧不慢地赶路，不足两个小时便纵横七千公里，回到了嘉西境内。

这个清晨，外界注定不能平静。

名山大川纷纷飘雪，其他地域却没有任何动静，这引起了轩然大波。此外，昨日楚风出手灭苍狼族，斩孔雀族，引起了巨大的轰动！这两则消息都成为热门新闻，引发无数人热议。

各地的人们都在谈论名山大川飘雪的事，又一次天地剧变或许已经开始了，所有人都在等待机缘。

同时，人们在评估楚风的战力，楚风一战惊天下，只身斩灭诸王，已经尽人皆知，各方都惊叹不已。

在这个关键时刻，有海族强者站出来，十分自信地说黑螣多半要出击了。

“南域海黑龙太子养好伤后，陆地上的生物谁能与之争锋？”

“南域海龙族为黑龙太子送来了一件无上武器，别说楚魔王一个人，就是再来两三个绝世强者，也难以与黑龙太子为敌。”

许多海族强者这样认为，并等待黑螣发威，跟如日中天的楚风了结恩怨。这时，海族强者还不知道黑螣已死在楚风的手中。

接下来的一则消息让海族强者大吃一惊。有人在太京山附近发现一根庞大的蛟蛇骨横亘在山林中。

“黑朧被人当成了食物！”这则消息一出，那些海族强者顿时目瞪口呆。

“不可能！”海族强者一点都不相信这会是真的。

第141章

坐骑

冷静下来后，不仅海族强者不相信，陆地上的生物也觉得此事很离谱，认为这不是真的。

谁有那么强悍，能够把南域海黑龙太子当成食物？

“胡说八道！”一些海族强者愤怒驳斥，严厉警告传出这则消息的人不得败坏海族的名声。

一些从南域海登岸的强者更是生气，深感这种“谣言”太可恨。

大部分海族强者都不信，黑滕可不是一般的海族强者，黑滕身为南域海龙族一员，又有传闻中的无上武器，想要除掉黑滕，难度实在太大了！

此外，真要发生那样的大战，消息早就传出来了，哪还能等到现在才泄露出来，那个出手的人未免太沉得住气了。

“真是可笑，想败坏我南域海一脉的名声也应该换种手段，这种无稽之谈实在太低级了。”一个来自南域海的蚌女嗤笑道，言语间尽是不屑，根本不相信这是真的。

这个蚌女自从登岸后，行走于陆地上，因为实力非常可怕，加之化成人形后身材苗条，明眸皓齿，青丝如瀑，十分美丽，获得了“蚌仙子”的美名。

接着，又一个海族强者开口道：“某些人真是敢说话，不怕大祸临头吗？就凭你们这些卑微的人类，也敢羞辱我黑滕兄弟，妄谈我黑滕兄弟被某个人当成了食物？这样损害海族的名声，手段未免过于卑劣。谁要是不服气，就等着南域海龙族上门横扫吧！”

这是一只虎鲸王。

这个族群凶猛无比，在天地剧变前就是海中霸主，现在更不用说了。

虎鲸王早已挣断了六道枷锁，如今南域海竞争太激烈，虎鲸王选择远离血腥旋涡，登上陆地，想要在陆地上的名山大川中获取机缘，再次进化。

海族强者不相信黑螣死了，言语间夹枪带棒，尽显轻蔑的姿态，虽然主要针对的是散播“谣言”者，却对陆地上的人类都相当傲慢与不屑。

“唉，真希望这不是谣传，这些海族强者说话也太不客气了。”一些人私下议论着，心中有些不忿，总觉得海族强者言语太霸道，一副睥睨天下、唯我独尊的姿态。

“抱歉，我才发完黑螣被人当成食物的消息，还没有来得及发出照片，通信器就坏了。为此我特意又跑了一趟，现在呈上证据！”

就在人们心中不忿，暗感海族强者过于自负与霸道时，之前爆料的人再次出现。照他所说，太京山及其附近如今一片冰天雪地，他的通信器掉进了冰窟窿里，彻底损毁，所以他又专门跑了一趟，并且带了更加先进的拍摄工具。

照片发出来后，人们一片哗然。

虽然那根庞大的蛟蛇骨被冰雪覆盖了大部分，但人们还是可以清晰地看到它的轮廓，那是多么长的一条蛟蛇啊，简直比火车还要长。

当时，人们就惊呆了，黑螣的本体果然极其吓人。不过，黑螣如今很惨，雪白的尸骸横陈于山林之中，震慑住飞禽走兽，普通生物都不敢靠近那片地带。

“啊！谁？这是谁做的？谁敢谋害南域海龙族的年轻强者？”海族强者彻底惊呆了。

消息是真的，并非谣言？

这可是大事件，南域海老龙王一共有三个子嗣，一下子被人解决了一个，这必然引起其惊天的怒火。

南域海老龙王相当护子，绝不会善罢甘休。它若是发狂，整片南域海都要掀起滔天大浪，诸岛都要沉陷。

确切地说，南域海老龙王是一条老蛟蛇，起码有一千五百年的道行，盘踞南域海，无人能撼动其霸主地位。南域海老龙王是南域海真正的王，号称至强者。

“真是胆大包天，敢斩黑螣，这个人无论是谁都死定了，没有任何悬念，必定会被南域海老龙王斩灭！”一些海族强者愤懑不已。

同来自大海的一个强者殒命，而且被人当成了食物，让这些海族强者觉得颜面无光。

也有海族强者说照片不见得为真，要去求证。

蚌仙子第一个动身，而后就是虎鲸王。蚌仙子和虎鲸王跟黑膳是莫逆之交，看到照片后马上赶向出事地点。

事实上，海族强者到现在也不太相信这是真的。

这则消息太突然，一直以来海族强者都觉得黑膳会手持无上武器消灭楚风，横扫人类诸王。就在不久前，海族强者还在等待黑膳大显神威，哪里料到半日间，一切都变了，这对于海族强者来说无异于天塌地陷。

“天啊，这里还有蛟蛇肉，这绝对是绝世珍肴，而且，蛟蛇肉蕴含着海量的血气精华，我感觉自己快要突破了！蛟蛇肉这么多，胆大的快来吧！”爆料的那个人相当大胆，居然在那里以蛟蛇肉为食，还号召其他人赶去。

这引起了巨大的轰动，一些强者在目瞪口呆后，的确有些心动，附近不少强者最终动身，赶了过去。

所谓的绝世珍肴自然吸引不了他们，但是挣断了六道枷锁的王级生物的血肉，或许能让他们实现再一次的进化，这是一次千载难逢的机会。

同时，人们也意识到，爆料的那个人应该是故意跟海族作对。甚至，人们觉得他之前说他的通信器坏掉了，才没有来得及发出照片，这个说法显然不靠谱。许多人猜测，他是故意等海族强者跳脚驳斥，再发照片奚落海族强者。

事实上，人们猜对了，做下这些事情的家伙早已吃饱喝足，从那里溜走了。那正是黄牛、大黑牛和西伯利亚虎王。

楚风与两头牛时刻保持联系，两头牛知道他的一举一动，在他离开太京山时，两头牛就去接替他守山了。

之后，两头牛叫上西伯利亚虎王，两牛一虎大快朵颐，直到风雪漫天，冷得实在受不了了，才决定撤走。

蚌仙子是第一个赶到出事地点的海族强者，看到太京山附近那根庞大的蛟蛇骨时，蚌仙子当即身体摇晃，险些一头栽倒在地。

“黑鳖！”蚌仙子大叫。

同为南域海强者中的一员，蚌仙子对黑鳖一向有好感，怎能料到黑鳖最终落得这样一个结局？

在蚌仙子看来，黑鳖所向披靡，必定会在陆地上崛起，成为陆地上的龙王，可是现在“出师未捷身先死”，一切尽付东流水。

虎鲸王随后赶来，盯着那根庞大的蛟蛇骨，顿时目瞪口呆，彻底傻眼，黑鳖真的被人当成食物了？

黑鳖的确被人当成食物了，海族强者已经到太京山附近证实了这则消息，这引起了轩然大波！

这是谁干的，是楚魔王吗？

很多人第一时间就想到了楚风，现在没人敢低估楚风，楚风已经是一位名副其实的绝世强者！

海族强者震怒不已，来自南域海的几个强者更是扬言确定凶手是谁后，必然会联手斩灭此人，绝对不会给他留下活路。

“欺南域海者，斩无赦！”这是来自南域海的几个强者霸道的宣言。

此话一出，群情激愤。在陆地上，不管是人类还是异类都心生不满，难道只允许你们海族对付陆地上的生物吗？实在是太霸道了！

都不用谁去号召，陆地上的人类与异类就一致抵制南域海一脉，觉得来自南域海的强者太飞扬跋扈了。

此时，楚风已经与黄牛、大黑牛和西伯利亚虎王会合，正在开怀畅饮。

他们距离户山不远，不远处的户山被冰雪覆盖，大雪纷飞，白茫茫一片，他们居住的地方却林木葱茏，生机勃勃，温暖如春，这样的奇景也只有在这天地剧变时才能欣赏到。

“兄弟，老哥对你真是佩服啊，斩黑鳖，灭诸王，还敢叫板孔雀王，老哥服气！”西伯利亚虎王大口喝酒，大碗吃肉，兴致很高。

西伯利亚虎王对楚风现在的实力很吃惊，毕竟上一次在虎泷山时，楚风的实力还不及西伯利亚虎王的实力。怎能料到，才过去没多久，楚风就可以大战挣断了六道枷锁的绝世强者？

“兄弟，老哥为你准备了一份礼物。”西伯利亚虎王神秘兮兮地说道。

“什么礼物？”楚风诧异地问道。

“坐骑。”黄牛告诉楚风。

事实上，这两日黄牛、大黑牛和西伯利亚虎王一起行动，帮楚风解决了曾围攻他的几只兽王，也算是帮他报仇了，现在还为他弄来了坐骑。

“你不是一直想找王级坐骑吗？”大黑牛说道。

“走，去看一看。”楚风来了兴致。

“咴儿咴儿咴儿——”

当看到这坐骑，听到它的叫声时，楚风目瞪口呆，半天没回过神来。

这坐骑竟是一头驴王！很长时间后，楚风才回头。

“你们给我找了一头驴当坐骑，我怎么骑出去？”楚风不满。

“这头驴跑得很快，我们花了很长时间才抓到它，它才挣断四道枷锁，速度便接近四倍声速。据它说，它吃过一种轻身果，才拥有这样的速度。”大黑牛说道。

驴王速度太快，大黑牛都追不上，最后还是西伯利亚虎王抓到的。按照正常情况，只有挣断了六道枷锁的绝世强者，速度才能达到四倍声速。

“这么快？不过还是不如我自己的速度快。嗯，这头驴看着很眼熟，我想起来了，那天夜里诸王围攻我，它就是其中之一，不过它胆子比较小，一直躲在远处，只是在关键时刻给了我一蹄子！”楚风想到自己曾挨过一记驴蹄子，顿时大怒，盯着驴王，道，“现在你落在我的手里，正好让你尝尝我的厉害！”

“咴儿咴儿咴儿，别动手。”驴王吓坏了，又喊又叫，“无上而伟大的楚魔王，饶命啊！”

驴王还是个马屁精，只是一会儿工夫，连“无上而伟大”都用出来了，实在令人无语。

“牛大哥，咱们是本家啊，快帮我求情吧！”驴王又向大黑牛求助。

“谁跟你是本家？”大黑牛瞪眼。

黄牛手扶额头，一副拿这头驴没办法的样子。

楚风则看得直愣神，哪里找来的驴，也太软骨头了！

西伯利亚虎王干咳，做了一番解释。

据西伯利亚虎王说，黄牛、大黑牛和西伯利亚虎王追上驴王时，驴王贪生怕死，都没有抵抗一下，直接跪下求饶，主动说自己可以当坐骑。驴王虽是挣断了四道枷锁的王级强者，但是一点气魄都没有，求饶时更是声泪俱下。

楚风故意吓驴王，道："让我骑着一头驴闯天下，这……还是算了吧，不如把它做成美食！"

"我的肉不好吃啊，饶命啊！啊，我想起来了，无上而伟大的楚魔王，我知道有一个王级强者非常适合当你的坐骑。"驴王吓坏了，赶紧道。

"哪个王级强者适合？"楚风问驴王。

"金雕王啊，金雕王是那一夜围攻你的主力之一，已挣断了五道枷锁，速度达到了四倍声速，比我只快不慢。"驴王出卖队友，并且告诉楚风，金雕王可能就藏身在户山。

事实上，黄牛、大黑牛与西伯利亚虎王正是听到驴王泄露的这一消息，准备拿下金雕王，才在这里跟楚风碰头。

楚风顿时想起那个手持一柄长刀的金发男子，那一夜曾对他发起猛攻，刀锋还曾划破他的身体，令他身受重伤。

"嗯，就是金雕王了！"楚风点头，而后，他一挥手，道，"走，我们去户山，抓那只金雕王。"

虽然金雕王的速度没有他的速度快，但是金雕王能飞天，而地面上有山川阻挡，有时需要绕路，算下来，他还真不见得有金雕王快。

"好，我们一起去收拾金雕王！"西伯利亚虎王十分兴奋。

"四倍声速，这可比飞机快太多了！拿下金雕王后，我们可以在金雕王背上安一座房子，边赶路边饮酒，享用美味佳肴，想一想就很开心！"大黑牛道。

楚风点头，他正要向各大财团讨债呢，有金雕王当坐骑的话就再好不过了，以后不用总是麻烦陆通给他安排航班了。

至于驴王，最后大黑牛收下了，留着当坐骑，用大黑牛的话说，骑驴不俗，反倒有仙气。

"驴子，走！"大黑牛坐在驴王的身上，但紧接着，黄牛一脚把大黑牛踹了下去，抢走了大黑牛的坐骑。

“目标，户山，抓金雕王，然后讨伐各大财团！”楚风说道。

户山为十大名山之一，地位极高。

最近以来，户山受各方瞩目，虽然被诸王争夺，但是一直无人能攻占。

此时的户山，大雪宛若鹅毛般飞舞，到处银装素裹，白茫茫一片。

如果没有这场雪，户山草木葱郁，水泽无数，最出名的莫过于瀑布，山水相依，风景绝佳。

然而，现在的户山到处都是白雪，瀑布都被冻住了。

“咴儿咴儿咴儿，这雪太大了，老驴我活了几百年，从未见过这么大的雪！”驴王说道，张嘴间尽是白雾。

现在驴王知道自己不会被楚魔王做成美食了，一颗悬着的心彻底放下了，专心当起了黄牛的坐骑。

此时，楚风他们已进入户山区域，温度骤降，冷得吓人。

“这哪里是鹅毛大雪，分明是石头大雪！”大黑牛怪叫。只见从天空中落下的雪花有些吓人，有的竟有大半尺长，砸落在大黑牛的头上。

“嗷！”

这里的积雪有一人多深，西伯利亚虎王干脆化出本体，这样方便在雪地上前行。

“本王常年生活在冰天雪地的西伯利亚，可也没有见过这么厚的雪啊。”西伯利亚虎王抱怨道。

“驴王，你到底知不知道金雕王藏身在何处？赶紧找对地方，这冰天雪地的，真不适合出门。”大黑牛催促道。

风很大，雪花到处都是，让人睁不开眼睛，而且只要一张嘴，雪就会涌进嘴巴里。

“我也只是听闻这里有金雕王的巢穴，不知道金雕王现在是不是躲在这里。”驴王有点不确定。

户山的主峰如今上不去，十分危险，山脚下以及其他诸峰的半山腰等地却可以栖居。

“我都快迷路了！”大黑牛冻得直哆嗦。

户山深处，气温已经降到零下一百二十摄氏度，冷得刺骨，普通人来到这里恐怕难以活命，就是王级生物也觉得这里太冷了。

西伯利亚虎王道：“户山原本风景绝美，郁郁葱葱，现在怎么变成这个样子了？你们说这次天地剧变到底是好还是坏？再这样下去，那些神圣古树都会被冻住，还怎么开花结果，还会有什么造化？”

黄牛也十分不解。黄牛来自另一个世界，很博学，但是对于这个世界天地剧变的征兆不是很了解，心中没底。

“小声点。”楚风感受到了一股很强大也很浓郁的气息，仿佛有一个非常强大的生物在这冰天雪地之中。

驴王像是想起了什么，轻声道：“户山瀑布群附近有一棵结有化形果的千年古树，它的实力高深莫测。”

楚风他们顿时惊异不已，他们早就听说化形果最早出现在户山，是一棵千年古树上长出来的，没想到今日将能一见。

事实上，结有化形果的树虽然稀有，却不止这一棵，只是这一棵最出名。因为它第一个长出化形果，而且它自身实力极其恐怖，就是挣断了六道枷锁的绝世强者也不愿轻易招惹它。

“绕过去吧，别惹它。”西伯利亚虎王道。西伯利亚虎王觉得这棵千年古树肯定很强大。

楚风虽然不惧怕这棵千年古树，但也不愿节外生枝。

于是，他们避开这里，在驴王的引路下，径直来到一座山峰下，看到一片石窟。

驴王伸出一只驴蹄子，指向前方的那片石窟，示意金雕王应该就藏身在那里。

“为免金雕王展翅腾空而起，我先过去！”楚风说道。

他速度极快，避过王级生物的神觉，在冰雪中一纵就是两三里远，而且踏雪无痕。他跃到山壁上，在那片石窟中寻觅金雕王的踪迹。

很快，石窟中传来惊怒声，一片金灿灿的光芒迸放，金雕王果然躲在这里，现已被楚风寻到。

金雕王长啸，竭尽全力对抗楚风，但还是被楚风一巴掌打飞，“砰”的一声撞塌山壁，在冰雪中翻飞而出。

“楚风！”金雕王大叫，又愤怒又害怕。刚才金雕王实在狼狈不堪，被楚风直接拎了起来，一巴掌甩在后脑上，而后扔到山下。

金雕王腾空而起，想要遁走，因为金雕王知道自己根本不是楚风的对手。

“哪里走，留下吧！”西伯利亚虎王突然从雪地里蹿出，发出一声惊天动地的虎啸，震得金雕王血气翻腾，直接咯血。

“金雕王，你竟敢围攻我兄弟，我们冒雪来找你，你居然还想跑，赶紧下来吧！”大黑牛一声咆哮，腾空而起，将眼冒金星的金雕王一把抓住。

“砰！”

大黑牛顺手挥出一拳，将金雕王打得横飞出去，再次落地。

金雕王知道自己这次麻烦大了，完全被压制，无法逃脱，老巢也被人捣毁了。

“锵！”

金雕王化成人形，手持一柄雪亮的长刀，向大黑牛劈去。同为挣断了五道枷锁的生物，金雕王想跟大黑牛一战。

“砰！”

山壁上，楚风隔空给了金雕王一拳，打得金雕王再次咯血，重新化出本体，金色羽毛纷飞。

金雕王被人这样压着打，嘶鸣不已，愤怒无比，极力反抗，再次腾空而起。

“砰！”

西伯利亚虎王出击，横空一掌，就将金雕王拍落下来。

金雕王在地上翻滚着，浑身剧痛，这时又挨了一记驴蹄子，险些昏厥过去。就在这时，金雕王看到了驴王。

“是你……”金雕王大怒，猛然一翻身，一跃而起。金雕王明白是这头驴带路，楚风他们才寻到这里。

“金雕兄，识时务者为俊杰，无上而伟大的楚魔王想请你出山，共谋大业！”驴王一本正经地道。

“我围攻过他，还险些要了他的性命，他会放过我？”金雕王压着心中的怒火，没有再出手。哪怕性子再刚烈，金雕王也不想死在这里。

眼下这种情况，真要与楚风他们搏斗的话，金雕王必死无疑。不说其他强者，一个楚风就足以解决金雕王。

“当然会，楚魔王连我都放过了，更何况是金雕兄你这种英杰。”驴王说道。

“实话实说吧，我是来降伏你当我的坐骑的。”楚风开口，不让驴王再忽悠下去了。

“你……欺‘雕’太甚！”金雕王大怒。

“我不想与你废话，我是来讨债的，你好好考虑。降的话以后留在我身边，好处多多；不降的话，那就去死！”楚风真不想与金雕王多说，金雕王在那一夜可是围攻他的主力之一，如果不是看在金雕王飞行能力突出的分上，他早就一拳将金雕王打死了。

“金雕兄啊，你要想清楚，别因为生气不要自己的命了，我想给楚魔王当坐骑，他还不要呢！”驴王劝道。

“你这个软骨头！我真没想到，你这个胆小如鼠的家伙居然知道我的秘密巢穴！”金雕王越说越气。

“你想选择死这条路吗？”楚风一记拳头砸下，令金雕王再次横飞而出。

金雕王根本没有展翅冲天的机会，完全被楚风压制住。

“金雕王，给你活命机会你不要，那就别怪我们下狠手。”大黑牛冷冷地道，同时抽出紫铜长刀，就要劈斩下去。

“让我来吧！”西伯利亚虎王道。

此时，只有黄牛很安静，一直没有出手。

“各位道友手下留情！”远方传来能量波动，瀑布群方向的那棵千年古树居然隔着十几里的距离，通过冰雪传音给楚风他们。

“小雕，你就服个软吧！你生于户山，我是看着你长大的，不忍心看到你这样死去。”千年古树传音。

“树爷，他想收我当坐骑，我不服！”金雕王性子有些刚烈。

“总比死要好，况且你围攻他在先，也不是什么光彩的举动，服与不服，并没有什么意义。”千年古树劝解道。

显然，这棵千年古树的话对金雕王的影响很大，最终金雕王低下了头，因为金雕王的确不想死。

楚风也不想让金雕王太难堪，道：“我不会难为你的，不会将你视为奴仆，除了载我远行，其他时间你是自由的。”

至于金雕王是否会逃，楚风不考虑这个问题。金雕王如果假意答应，而后找机会遁走，那与楚风他们再相见时，必定会被斩灭。

最终，金雕王载着楚风他们冲天而起，离开了户山。

楚风本想去拜访那棵千年古树，但千年古树婉拒了，说它目前在历劫，冰雪对它有伤害，后面可能会有其他灾难，此时它不想分心。

目标，杭城！

楚风他们踏上讨债的路，登门“拜访”一些大财团。

晚间，他们就到了杭城。杭城的栗湖区域也在飘雪，而且湖面冰封。

天地剧变后，栗湖与之前大不相同了，方圆足有百里，非常辽阔，跟城区分隔开来。

通古联盟这家大财团的总部就在杭城。

楚风他们在杭城的一家酒店住了下来，准备明日一早去通古联盟。

在云落山被俘的那个人类王级强者被玉虚宫派出的专业人士撬开了嘴巴，说自己是通古联盟的人，所以楚风向财团讨债的第一站就是通古联盟，他要拿这一家财团开刀，以儆效尤。

事实上，嘉西境内风云变幻，各种风波还未平息，比如孔雀王和海族强者还在那里，昆林山诸王也有不少到了，而且，玉虚宫之主、普梦山的太极老宗师、金乌王和九命猫王等都再次现身。

楚风原本要和他们见上一见，但得悉谋害他的人类财团是哪一家后，他实在没有忍住，就先到杭城来了。

“我们先向那些大财团讨债，再去对付海族强者和孔雀王等，到时吃海鲜大餐，感谢普梦山的太极老宗师等人。”楚风说道。

被同为人类的大财团的人算计，让他怒火中烧，这些人比异类还要阴狠与可怕，他想要立刻解决掉这些人。

清晨，栗湖方向冰天雪地，方圆百里都是一片银白色；城区则天气晴朗，碧空如洗，十分暖和。

一栋摩天大楼前，楚风背着双手，直接登门。这里正是通古联盟总部所在地，这栋摩天大楼全部属于通古联盟。

第142章 通古联盟

楚风向前迈步。

“先生请止步。”一个足有两米高的身穿制服的保安目光冷厉，拦住楚风的去路。

看得出来，他应该是一个异人，而且实力不弱。他面无表情地告诉楚风，这是私人区域，不对外人开放，不要走错了地方。

“咴儿咴儿，我们没走错地方，我们就是来通古联盟讨债的。”驴王开口。

此时，驴王化成了人形，看起来五六十岁的样子，满头灰发，一对长长的耳朵支棱着，露出大板牙，笑起来显得特别猥琐。

保安瞪着驴王，强压着怒火，再次向楚风他们强调，他们如果没有预约，就无法进入大楼内。

“看来你也不是那么有名，他都不认识你。”黄牛笑嘻嘻地看向楚风。

楚风没有说话，直接向大楼正门走去。他今天专为讨债而来，不会跟眼前的保安计较，只会针对通古联盟的高层。

“止步！”保安大吼，顿时惊动了一群穿着黑色制服的壮汉。这群壮汉一起冲出大楼，将楚风他们团团围住。

楚风不理会这群壮汉，依旧向前走，大黑牛和西伯利亚虎王紧跟其后，径直向里闯。

这群壮汉对于普通人来说或许很强大，但在楚风他们看来跟稻草人一样弱小，与王级生物相比差远了。

“找死吗？”为首的壮汉大喝，抡起手中的一根黑色电棒，朝着楚风劈头盖脸砸了过去。

“咔嚓！”

一股强大的电弧传到楚风的身体里。那根黑色电棒发出的电弧比寻常用的电棒发出的电弧强很多倍，普通人要是被那根黑色电棒击中，多半会就此殒命。

“倒是有点霸道。”楚风低语，而后抬起左手轻轻一指，同样释放出电弧。只听“刺啦”一声，楚风释放出的电弧将那根黑色电棒击断，并让这个为首的壮汉横飞而出。

这群壮汉是通古联盟秘密培养出来的，曾长期进行封闭式训练，对敌极其凶暴，别说不认识楚风，就是认识楚风，他们也敢下狠手。

这群壮汉大吼着，抡动手里的黑色电棒，在同一时间出手。可惜他们加在一起的力量都无法与楚风的力量相比，楚风身体发光，刹那间就将他们震飞。

他轻缓地迈步，走进这栋大楼中。

“敢来这里放肆，都给我趴在地上！”大楼中另一群黑衣人现身，他们的手中居然拿着热武器。

“你们在城区就敢动用这些东西，简直无法无天！”大黑牛叫道。

大黑牛扔掉嘴里叼着的胡萝卜那么粗的雪茄，沉下大黑脸，解开白衬衫上的扣子，又推了推大墨镜，口鼻间开始冒白烟，准备动手。

大黑牛这副模样还真有威慑力，那群黑衣人手中的热武器有大半都对准了大黑牛。

“砰砰砰——”

这群黑衣人非常凶暴，有的直接开枪，对楚风与大黑牛下死手。

楚风和大黑牛都很吃惊，这群黑衣人竟敢在市区这样动手，真是肆无忌惮，无法无天！这些大财团如此霸道的行事方式超乎楚风他们的预料。

“浑蛋！”大黑牛怒了，身体旋转而起，径直向前踢去。

子弹打在大黑牛的身上叮当作响，完全没有作用，大黑牛像是拥有金刚不坏之身，当大黑牛的脚踢出时，其中一个开枪的黑衣人便横飞而起。

其他黑衣人刚要动，驴王化出本体，口中喊着“咴儿咴儿咴儿”，一溜烟地冲了过去，给了每一个黑衣人一记驴蹄子，与此同时，一大片黑衣人横飞而出。

突然，大黑牛汗毛倒竖，惊悚不已，然后快速腾空而起，朝某一个方位扑去。

“哧！”

同一时间，楚风祭出赤色飞剑，将某一个房间内藏着的激光武器毁掉。在市区一栋摩天大楼的底层，居然有威力巨大的激光武器，实在令人心惊。

“咴儿咴儿，你们真是找死！”驴王发怒了，四蹄舒展，动作迅疾，与大黑牛一起将大楼底层的一些装置全部破坏掉。

就在这时，高跟鞋与地面接触的嗒嗒声传来，一个身穿短裙的丽人朝楚风他们走来，她盘着长发，面孔精致，眼睛细长。

“楚先生，真是太意外了，没有想到是您来到我们通古联盟。十分抱歉，这些人不懂规矩，得罪了您，请您原谅。”

这个身穿短裙的丽人说话相当客气，不断赔礼道歉，说这些黑衣人一直进行封闭式训练，刚调过来，不认识楚风，才会导致这样的误会。同时，她说已经通知了通古联盟的高层，相关高层马上就会赶来。

她叫李丽琼，从那些黑衣人和整栋大楼内闻讯而来的其他人对她的态度来看，她在通古联盟的地位应该不低。

伸手不打笑脸人，楚风也不想牵连无辜之人，他要找的只是曾在背后谋害他的人。

楚风他们跟着李丽琼，一起步入电梯，来到大楼第四十五层的一间超大的会客厅，等待通古联盟的高层从其他地方赶来。

通古联盟也有重要人员此时就在会客厅里，一个年轻人出现在楚风他们面前，他眉清目秀，脸色温和，礼貌地打着招呼，连声说对不住楚风他们，说那些保安太野蛮。

李丽琼向楚风他们介绍，这个年轻人是张家的公子，名叫张诚，而张家是通古联盟的重要成员之一。

“什么公子，楚兄叫我张诚就好，如果愿意的话，也可以叫我一声兄弟，我必会受宠若惊。”张诚很谦逊。

不管张诚多么低调多么有礼貌，楚风只是看着他，简单而直接地说道：“我只为讨债而来！”

张诚诧异，而后像是有所醒悟，道：“难道说刘叔失踪，与最近传得沸沸扬扬的诸王设局伏击楚兄的事有关？”

他所说的刘叔正是楚风在云落山擒下的人类王级强者刘子恒。

楚风脸上露出淡笑，略带冷意，道：“通古联盟打算给我一个怎样的交代？”

无形中，楚风身上散发出一阵强烈的杀气，诸王在嘉西境内先后两次联手对付他，当中的人类王级强者比异类王级强者更加阴狠与毒辣。

在云落山时，孔雀王心生退意，想要展翅离开，刘子恒与另外一个人类王级强者却竭力劝阻孔雀王，并试图拉拢诸王一起除掉楚风。可以说，大财团的人一心想除掉楚风，简直比异类还要心狠手辣。

张诚像是很吃惊，也很不解，道：“刘叔怎么会做出这种事情，我们根本不知道啊。”

楚风没有说话，黄牛、大黑牛和西伯利亚虎王等也都神色冷峻。

“如果情况属实，刘叔真的做出这种恶事，我们通古联盟绝对会严惩他，给楚兄一个满意的交代。”

“严惩？他还能活着回来吗？”大黑牛沉着脸说道。

“是我们的不对，竟出现了这种事情，无论如何，通古联盟都会给楚兄一个交代。”张诚叹气，一脸遗憾之色。

此时，李丽琼低语，说通古联盟的部分高层已经赶到。

楚风站在会客厅的窗前，眺望远方。这里是第四十五层，窗户正对着栗湖的方向，那里漫天风雪，如严冬般寒冷，而这里晴空万里，如春天般温暖，两地相距不过七八里，当真是奇景。

四名老者推门而入，其中一人是张诚的叔父，名叫张远航。这四名老者说他们在路上听到刘子恒参与了伏击楚风的行动时，全都非常震惊，根本不知道刘子恒擅自行动，竟做出这种害人之事。

张远航一身唐装，五十几岁的样子，平日神采奕奕，但现在他姿态很低，不断向楚风赔礼道歉，说通古联盟愿意补偿楚风。

“不管怎么说，刘子恒是我们请来的王级强者，他背着我们做出这种害人之事，通古联盟愿意承担部分责任。”其他三名老者也都开口，向楚风表示歉意。

楚风一副置身事外的样子，一句话都没有说。这件事早已审问清楚，刘子恒已经交代，就是通古联盟的张家请他出手的。然而，这些人一脸无辜，还在推卸自己的责任。

西伯利亚虎王冷笑道："那先送来几件法兵吧，呼吸法也要。"

"这……真的没有，我通古联盟虽然有一些珍藏之物，却没有这些东西。"张远航叹道。

楚风的嘴角露出一丝冷笑，当日有人类王级强者拿出紫金雷电锤这种法兵攻击他，足以说明财团底蕴深厚。

大黑牛脸色阴沉，觉得通古联盟表面上在道歉，但实际上缺少诚意，像是有所倚仗。

"你们打算怎么解决这件事？"黄牛很直接地开口。

"从此以后，各位都是我们通古联盟的贵客，但凡有用得到我们的地方，我们一定竭尽所能。"一名老者说道，并且当场开出一张数额巨大的支票。

楚风不为所动，面无表情。

大黑牛直接沉下脸，道："你们在蔑视我兄弟吗？难道你们想用钱打发我们走？"

"楚兄弟，"那名老者再次解释道，"刘子恒是擅自行动的，此事真的与我们无关。他为了自保，或许会胡说什么话，拉我们下水，但我们确实是被冤枉的啊。"

张远航也一再表示，通古联盟会对此事严查到底，但凡为刘子恒提供便利的人，都会被一一拿下。

张诚开口道："楚兄，请你消消气，这件事情我们也很无奈，但是你放心，我们一定会给你一个满意的交代，请你不要迁怒于通古联盟。"

他一脸真诚之色，姿态更低，给楚风鞠躬道歉。

就是四名老者也连连作揖，请求楚风不要动怒。

就在这时，楚风的通信器响了，是陆通找他。

"唉，楚风，我不知道怎样开口。"陆通像是很为难。

"说吧！怎么跟我这样见外了？"楚风远离会客厅，走到一边跟陆通通话。

“是这样的，通古联盟的人找到我这里，让我劝你不要对付他们。”陆通道。

通古联盟的人神通广大，第一时间联系到陆通，百般恳求，请他务必帮忙劝说楚风。

“哼！他们的手伸得够长的，居然干预到玉虚宫去了，还想让你劝说我，真是可笑！老头子，你会帮他们吗？”楚风目光冷厉，通古联盟的人手眼通天，真以为能私下疏通关系，让他改变主意吗？

“我原本拒绝了，但是，随后宫主亲自跟我通话，让我帮他们一次。”陆通告知楚风，他此时很为难。

“玉虚宫之主？”这位绝世强者跟通古联盟居然有关系，让楚风大吃一惊。

陆通叹道：“据闻，宫主曾欠过通古联盟的人情。”

楚风挂断通信器，走了回来，脸色极其阴沉。

通古联盟的人本事还真大，不仅找到陆通那里，还请出玉虚宫之主，想要逼他改变主意。

见楚风这般回来，张远航眼底深处有光芒一闪而没。

楚风坐下，依旧不说话，虽然没有出手，却也没有一点要退走的意思。

接下来，通古联盟的人姿态更低了，简直让人挑不出一点毛病。

忽然，张诚的通信器响了，他看了一眼通信器后，像是很意外也很欣喜，接通后话语之中带着敬意，道：“叔叔，您放心，我们会圆满解决这件事情……嗯，楚兄确实在这里……好，我把通信器给他。”

此时，黄牛、大黑牛、西伯利亚虎王和驴王皆一怔，都想知道在通信器另一端的人是谁。他们听到了那个人的声音，那个人的气场似乎很足。

张诚走来，轻声对楚风道：“真的很意外，元叔知道了这件事，竟亲自过问。”

随后，张诚告诉楚风，元叔是玉虚宫之主，是他亲自拨打通信器来过问的。

听闻张诚的一番话，黄牛、大黑牛、西伯利亚虎王和驴王皆心中一惊。

楚风接过通信器，耳边顿时传来一个中年男子温和的声音：“小楚，卖我一个人情如何？”

果然是玉虚宫之主，他亲自跟楚风通话，为通古联盟求情，让楚风放通古联盟一马。

通古联盟居然拿玉虚宫之主来压他？楚风目光冷厉，看向会客厅中通古联盟的人。

会客厅中的人都看着楚风，通古联盟的人虽然心里有数，知道这是怎么一回事，但还是略为紧张。

楚风沉默，过了一会儿才开口道："好！"

他答应现在退走，不动通古联盟的人。

他是一个有恩必报的人，刚才他在没有开口的片刻间想到很多，他的父母一直受到玉虚宫的保护，此外，他遇到危机时，玉虚宫之主曾站出来，跟普梦山的太极老宗师一起力挺他。

现在玉虚宫之主让他卖一个人情，他想了又想，实在不好拒绝，他现在哪怕很想对付通古联盟张家的人，也还是不得不忍住。不过，这样的机会不会有第二次了，难道玉虚宫之主下次还会阻止他出手吗？

楚风平日里帮玉虚宫出手对付一些强大的异类，如今更是震慑诸王，不仅是为了立功，也是为了还人情。

"走吧！"挂断通信器后，楚风很痛快地说道，然后起身向外走去。

张远航顿时放松下来，满满的笑意从脸上漾出。

"楚兄，我们真没有想到事情会变成这样，我们一定会补偿你。"张诚说道，一脸诚恳之色。

几名老者的眼底有光芒一闪而过，这个结果最好不过，不然，这个楚魔王真要发威，通古联盟必定会大乱。

楚风没有任何回应，直接离开会客厅。

"就这样走了？"大黑牛心中非常不痛快，通古联盟居心叵测，暗中派高手跟异类一起伏击楚风，手段毒辣，楚风怎能就这样放过通古联盟？

西伯利亚虎王从未遇到过这种事，也觉得很不爽。西伯利亚虎王虽然一向没节操，但绝不会让自己受别人的气。

只是楚风不说话，直接就这么离开，大黑牛和西伯利亚虎王等也不好劝阻。

当他们乘坐电梯抵达这栋大楼的底层时，大黑牛实在忍不住了，道："他们想取你性命，结果玉虚宫之主一句话就算完事了？我现在很想冲上去收拾他们。这群人表面上看着很和善，不断向你赔礼道歉，但都是虚情假意，冲他们请玉虚宫之主来压你，就能看出他们不是什么好人！”

大黑牛火气很大，心中十分不甘，甚至想让楚风退出玉虚宫。

西伯利亚虎王也点头道：“兄弟，你赶紧退出玉虚宫，我们几个联手打下一座名山，逍遥自在，谁敢来管我们？我们谁的人情也不卖！”

就连黄牛都赞成楚风退出玉虚宫，黄牛道：“有道理，自己占据一座名山更自在，我们根本不用担心人手问题，可以从昆林山叫来一群兄弟。”

“老驴也支持楚魔王退出玉虚宫，凭什么他玉虚宫之主一句话，就让无上而伟大的楚魔王放弃复仇的打算，放掉谋害自己的仇人？”驴王也开口。

只有化为人形的金雕王一直保持沉默，金雕王虽然被降伏，但心结还在，不愿开口说话。

就在这时，李丽琼追下楼来，声音柔和，道：“楚先生，请您留步。”她居然送来一张支票，正是之前的那张。

楚风猛然回头，一声冷哼，那张被递过来的支票便当场化为齑粉。他凝视着李丽琼，道：“你们好自为之！”

“什么意思，用打发叫花子的方式羞辱我兄弟吗？”大黑牛发飙。

“我们走！”楚风大步离去。

第四十五层的会客厅中，四名老者相视一笑，不再掩饰，都放松下来。

“玉虚宫之主这块金字招牌果然有用，连那个楚魔王都一句话不说就退走了。”张远航的脸上挂着笑意。

另外三名老者也很开心。

此时，张诚也不再低调与温和，他挺直脊背，高昂起头，目光灼灼，嘴角露出一丝淡淡的笑意，气质跟刚才面对楚风时完全不同了。他道：“总算将楚魔王打发走了。”

楚风他们离开杭城，却没有走远，在杭城五百里外停下。

“真这么算了？”大黑牛心中不忿。

“先等一等吧，玉虚宫之主开口，我不得不卖他一个人情，但没有下次了。”

楚风说道。

不久后，陆通联系楚风，说他很愧疚，并且告诉楚风，他马上让人把那个刘子恒解决掉，一定不会交给通古联盟。

“哦，他们还想让刘子恒安然回去？”楚风怒火中烧，觉得通古联盟未免太嚣张了，根本没有把他放在眼里。

刘子恒去嘉西跟诸王一起伏击楚风，最后被擒，通古联盟张家的人还不甘心，想把他要回去。

“真是得寸进尺！兄弟你没找他们麻烦，他们还想要回派出去伏击你的人？”西伯利亚虎王越发觉得不爽。

“凭什么要放人？立刻解决他！”驴王即便是个软骨头，这个时候也愤怒不已。

楚风想了想，告诉陆通，道：“你就好人做到底，将刘子恒送回通古联盟，还给他们。”

“臭小子，你说什么气话啊，你等着，一会儿我就帮你解决他！”陆通说道。

楚风阻止陆通，道：“不要解决他，把他送回去吧！我是认真的，这不是气话。”

陆通不明白楚风为什么要放走仇人。

“既然还玉虚宫之主的人情，那就还得彻底点，下次玉虚宫之主就不会来找我了。”楚风说道。

“唉！”陆通叹了一口气。他知道这次的事的确让楚风心中不舒服了，但他很快又醒悟，楚风即便赌气也不会容忍这种仇人活着，肯定有后招。

“你小子到底想做什么？”陆通忍不住问道。

楚风道：“老头子，这两天你留点心，看一看都有什么人像通古联盟这样找你，请你替他们说情。”

“你想顺藤摸瓜，找出其他曾谋害你的大财团？”陆通眼睛微眯，问道。

楚风点头，道：“看到通古联盟成功利用人情扭转此次危局，说不定有人会效仿他们。”

接着他又告诉陆通可以对外放风，说是陆通本人帮了通古联盟大忙，顺利地扭转了这次的危局。

“你要让其他大财团的人觉得我神通广大，然后找我办事？”

“对，淡化玉虚宫之主的作用，强调此事是你所为。”

一番交流后，楚风结束了与陆通的通话。

“小子，你今天不动通古联盟，除了卖玉虚宫之主一个人情，也是想撒网捞大鱼吧？”大黑牛瞪他。

“嗯，试一试。”楚风没有否认，接着他说道，“我打算逐一登门‘拜访’这些大财团，可是没有一点证据也不太好，看一看这次能否捞到大鱼。”

接下来的两日，消息逐渐传开，楚风曾登门找通古联盟算账，最终却不得不退走，没敢动这家大财团。

曾有大财团的人跟异类一起伏击楚风，楚风去兴师问罪，结果却无功而返？人们一片哗然。

“竟然逼退了楚魔王，通古联盟真是了不起啊！”有人叹道。

“你们懂什么，据闻是玉虚宫的陆通出面拦阻楚风，楚风卖给他一个人情，这件事情才算过去。”

“不懂装懂，是通古联盟神通广大，认识玉虚宫之主，请他出面震慑楚风，楚风这才离去。”

……

一时间，各种各样的消息传出。

通古联盟跟玉虚宫竟有十分密切的关系，这家大财团的背景令人吃惊。

毫无疑问，楚风的威名在这场风波中受了极大的影响，他本来是登门问罪的，却被通古联盟请动玉虚宫的人加以震慑，不得不退走。

不明所以的人还以为楚风对陆通、对玉虚宫之主颇为忌惮，不敢对抗呢。

各大财团之间也有交流，财团子弟更是有自己的小圈子。这两日，张诚不时被他那些朋友询问这件事情的具体情况。

起初他很谦虚，不愿多说，只是提及通古联盟与楚风之间的恩怨已经化解，那只是一场误会。

但有一天他醉酒后，跟其他财团子弟吹嘘，吐露了事情的具体情况，言语极其放肆，说所谓的楚魔王根本不算什么，他们张家直接跟玉虚宫之主通话，当场就压制住楚风，让楚风灰溜溜地退走了，一个字都不敢再提。

这样的风言风语终究还是传出了一些，令楚风的威名一落千丈。

消息传出后，姜洛神拨通楚风的通信器，想弄清楚这究竟是怎么一回事。

“嗯，没什么，我卖了玉虚宫一个人情而已，没有对通古联盟出手，但接下来我要大动干戈了，不可能每家财团都跟玉虚宫关系密切吧，你帮我询问一下是不是这样，免得到时候误伤了哪家财团，那样就不太好了。”

姜洛神听到楚风的话，一阵出神，考虑片刻后，道：“你该不会是要我故意传话吧？”

她想到了什么，顿时不寒而栗。

“你如果当我是朋友，就看着办吧。”楚风说道，而后挂断了通信器。

第三天，陆通联系楚风。

“老头子，有消息了吧，谁找你了？”楚风问陆通。

陆通一阵纠结，而后叹道：“还真有一条大鱼！”

“哪一家？”楚风追问。

“地外文明所。”陆通告知楚风，一声轻叹，讲出详情。

地外文明所不仅找了陆通，还找了八景宫之主，请八景宫之主帮忙说和。

“嗬，玉虚宫、八景宫、碧游宫的三位宫主难道都跟那些大财团有说不清道不明的关系吗？”楚风问道。

陆通有些无奈，八景宫之主曾找他谈话，了解过具体情况。

“好了，老头子，你别为难了，收网吧，这次捞到一条大鱼就足够了。不然，我还真不知道地外文明所也出手了，这跟我想的不太一样！”楚风不准备再等下去了，他要出手了。

“冷静，别乱来啊。”陆通有点担心。

“我不会乱来，但那些要谋害我的人一定会流血！”楚风说完，就挂断了通信器。

“走，再去杭城！”楚风招呼黄牛、大黑牛、西伯利亚虎王、驴王和金雕王。

“你不是卖给玉虚宫之主一个人情，不动通古联盟吗？”大黑牛问道。

楚风冷冷地说道："我是说当日不动通古联盟，但现在已经过去三天时间了，而且，那个张诚跟其他财团的人吹嘘，言语间对我很不敬，说我不敢动他们张家，只能灰溜溜地退走，他用言语这样挑衅一个王级强者，我有理由再登门。"

刘子恒最近三天一直在通古联盟的大楼内休养，感慨万千，他曾参与伏击楚魔王的行动，被擒后还能再回来，算是在鬼门关走了一遭。

不少人来看望他，都是他的朋友与熟人，其中不乏王级强者秘密来访。

"楚魔王又怎样，面对通古联盟，他还是没有办法，不得不将我放了回来，嘿！"这是他很得意的事，他跟朋友谈起时，十分张狂。

不过，说完那些话没多久，他就后悔了，因为事后居然有人把他说的话传了出去。

这三天来，刘子恒的心中都略为不安。

今日这个时候，他眼皮直跳，而后猛然睁开眼睛，眼中略带恐惧，难道这是王级强者的气息吗？

他起身想要遁走，暂时离开通古联盟的大楼。然而，他马上就呆住了，因为房间中多了一个年轻人，正面无表情地看着他。

"楚风，你……怎么来的？"刘子恒惊叫起来。

这里是通古联盟大楼的第二十八层，这一整层都是他休息与练功的地方，楚风居然悄无声息地进来了。

"堂堂正正而来。"楚风答道。

"饶了我！"再次面对楚风，刘子恒吓得脸色发白，根本生不出一丝抵抗的念头，因为他知道他的实力与楚风的实力相差太大了。

"给我一个饶了你的理由。"楚风神色冷峻，而后又道，"放心，你不会死得无声无息，所有人都会知道你是死在我的手里！"

下一刻，刘子恒毙命。

紧接着，楚风起程赶往张家。张家没有住在这栋大楼中，而是住在一片别墅区内。

"楚风？"张诚见到楚风很是吃惊，大叫起来。很快，其他人都被叫声惊动，发现了楚风这个不速之客。

“还要请人来说情吗？哦，错了，是请人来压制我。你们尽管跟那些大人物联系，我看他们是否还会再为你们出头。”

楚风站在大厅中，静静地看着张诚等人，并没有急着动手，而是给他们时间找人。

此时，大黑牛、西伯利亚虎王等都在别墅区内，将这片区域包围了。

“你太慢了！”楚风说道。只听“噗”的一声，张诚被他斩中，倒地而亡。

楚风又看向张远航，道：“你是否要亲自联系某些大人物？不过，你要尽量快点，我可没有太多耐心。”

此时，张远航的脸色苍白无比。

第143章

整体战力增强

张远航面如土色，不断倒退，同时恳求道："楚兄弟，有话好说，不要冲动。"

张诚的死着实让张远航惊惧万分，身体都在颤抖。平日张远航只要一句话就可以要别人的命，但都是他的手下去执行他的命令，他自己从来没有见过血，现在他的亲侄儿死在他的眼前，这让他头皮发麻。

"我的耐心有限，时间也不多，你还要联系大人物来压制我吗？"楚风语气平和地提醒道。

张远航一身唐装，平时很沉稳也很有派头，现在却慌了，手忙脚乱地取出通信器。刚才他的侄儿张诚就是因为动作太慢，被楚风直接斩了，他不想死。

张远航面无血色，嘴唇发白，手指都在发抖，在通信录中慌忙地找人，想要联系玉虚宫之主为他解围。

"你还真要找人压制我？"楚风嘴角挂着一丝冷笑，看了一眼张远航的通信器，看到张远航在通信录里找到的是一个名为元的人。

此时，张远航后悔不已，觉得自己真的不该招惹楚风。他以为他们上一次已经镇住了楚风，扭转了通古联盟的危局，怎能料到才过去三日，楚风竟然直接找到他的家中，这让他心惊胆战。

"你的动作还是太慢了！"楚风说道，同时祭出如红玛瑙般的赤色飞剑。

"噗！"

赤色飞剑旋转着，斩向张远航。

"我真不该惹楚风！"张远航无比后悔，心中满是恐惧，就此毙命。

身为通古联盟的高层，张远航一句话就可以决定别人的生死，怎能料到有一天自己会这般轻易地命丧他人之手?

张家还有其他人，此时有人怒不可遏，咆哮不已，要跟楚风拼命。

“小心，张家够狠的，这里藏有各种威力巨大的武器。”大黑牛提醒道。

这片别墅区中有激光武器，还有炸弹等，武器种类繁多，简直是一座军火库，让人瞠目结舌。

不过张家的人根本来不及动用那些武器，因为大黑牛、西伯利亚虎王和驴王等迅疾如电，将那些武器全部控制住了。

“楚风，你要将我们赶尽杀绝吗？”一个苍老的声音传出，随后，一名银发老者走了出来。

张家竟有一个王级强者！他气场很足，是一个挣断了五道枷锁的强者，也是通古联盟目前战力最强者。

事实上，这是对外隐瞒的，罕有人知道通古联盟有这么一个实力达到了这个层次的老家伙。

这名银发老者正是张远航的父亲，他在二十一年前就曾有过机缘，成了异人。

“我跟你们张家无冤无仇，你们却一心要取我性命，这不会跟你有关吧？”楚风问道。

“你掌握的绝世呼吸法连绝世强者都会动心，更不要说其他人，而且我绝不是最后一个惦记绝世呼吸法的人。”银发老者双目中有银色的光束射出，哪怕遭遇危机，他气场也很强。

他坦言自己派人伏击楚风是失策了，想跟楚风谈判，只要楚风放他们一马，以后通古联盟将倾尽所有，全心全意地支持楚风。

“天下名山飘雪，一场前所未有的大变即将到来，有我们通古联盟的支持，你必然能打下一座名山。”银发老者认为天下名山还没有真正复苏，这次天地剧变后，名山将会变得无比重要，唯有抢先占据一座名山，才能在将来有立足之地。甚至，他预言其他世界的生物降临到这个世界后，要做的第一件事就是争夺天下名山。

“只有手握名山，才能跟其他世界的强大生物谈判，以获取更多的好处，让自身进一步崛起。”银发老者目光灼灼。

“你没资格跟我讲条件，你说的这些，我自己都能做到。”楚风淡淡地说道，杀气弥散开来。

“我不想与你决战，不想走到最后一步，你不要逼我。”银发老者脸色阴沉。

“哧！”

楚风祭出赤色飞剑，剑光横空，从别墅中射出。

“那就一起去死吧！”银发老者怒喝，宛若一只银色的老狮子。他知道楚风极其强悍，早已料到这个结果。

在他的手指指尖处，有一张陈旧而发黄的纸，纸上有一些像蝌蚪文一样的佛教符号，一笔一画都散发出刺目的光芒。他将全身的能量都注入这张纸里，拼命催动这张纸，想要与楚风他们同归于尽。

楚风虽然不了解这张纸的威力，却不可能任由银发老者催动它，只见赤色飞剑如闪电般到了银发老者近前，斩向银发老者。

银发老者横移躯体，避过这一击。他有信心催动这张纸，却不知道这张纸能否真的让楚风丢掉性命。

“噗！”

鲜血从银发老者的肩头流出，他闷哼一声，踉跄着倒退，手臂软绵绵地垂落下去。

在后方的窗口那里，黄牛露出一张稚嫩的小脸。刚才，黄牛催动一支筷子长的银色小矛，刺中了银发老者的肩头，使银发老者不能再将能量注入纸中。

当初在雷天城，先秦研究院的人为了平息楚风的怒火，将银色小矛和藏着蛟魔拳的玉石书送给了他。而他早已有了赤色飞剑，便将这支银色小矛送给了黄牛。

“哧！”

只见剑光一闪，楚风一剑就要了银发老者的性命，而后身影一闪，便将那张纸抓到手中。没有了能量的注入，那张纸慢慢变得暗淡了。

黄牛跃了进来，道：“这是金身罗汉纸，是法兵的一种，属于一次性消耗品，是古代大能制作的。”

依照黄牛所说，金身罗汉纸一旦被能量催动，就像是引线被点燃，可以使天地间游离的能量疯狂地碰撞在一起，从而产生剧烈的爆炸。

现在他们强行中断了催动的过程，所以这张金身罗汉纸还能使用。

黄牛把金身罗汉纸拿在手中，仔细观察后，道："这是金身罗汉级进化者所制作的，纸上还有标记呢，威力肯定不小，真要引发爆炸，应该可以炸伤挣断了六道枷锁的生物。"

楚风、西伯利亚虎王和驴王等听闻，全都大吃一惊，一张陈旧的纸而已，竟然可以炸伤绝世强者？

"金身罗汉级进化者可不简单，他们非常强，其制品哪怕很简陋，对枷锁境界的生物来说也是致命的。"黄牛说道。黄牛观察着金身罗汉纸上的符号，可惜这些都是佛教符号，黄牛琢磨不透。

"可惜，这不是菩萨级进化者的制品，不然会更加厉害。"

楚风、西伯利亚虎王和驴王等听得心动不已。

"菩萨级进化者到底达到了什么层次？"西伯利亚虎王问道。

"暂时就别多想了，在这个世界，我们想超越枷锁境界都很难，等有一天我们能得到成圣做祖的机缘，再考虑那些也不迟。"黄牛回道。

接下来，楚风对张家剩下的人催眠，从他们嘴里了解到足够多有用的消息后，他祭出赤色飞剑，斩了张家的一些嫡系成员。

他们都有各自该死的理由，比如有的人为除掉楚风出谋划策，有的人暗中勾结异类王级强者，试图取楚风的性命，等等。

不过，楚风没有滥杀无辜，对于那些无辜者，他用手一拂，让他们暂时昏厥过去。

之后，张家的地下宝库被打开，黄牛挑挑拣拣，最后寻到三张金身罗汉纸，惊喜不已。这虽然是古代金身罗汉级进化者制作的很简陋的东西，却很实用！

"哈哈——"黄牛很开心，精致的小脸上挂满了笑容。

"可惜没有找到呼吸法，也未曾发现什么拳谱。"大黑牛感到有点遗憾。

"走，我们再去通古联盟的大楼！"楚风说道。

他催眠张家的人时，得悉通古联盟的宝库就在杭城那栋大楼的下面，那里是通古联盟最重要的地方。

张家是通古联盟的重要成员之一，话语权极大，却也不能全权代表通古联盟。

楚风他们速度很快，片刻间就到了那栋大楼，而后直接冲到大楼下面密闭的宝库中。

这里有通古联盟收藏的宝藏，是通古联盟的重地，自然有可怕的警戒手段，但在绝世强者面前，一切都被瓦解，哪怕是数米厚的合金墙壁，也在楚风的拳头与赤色飞剑下碎裂开来。至于自毁装置等，都被楚风他们提前处理掉了。

通古联盟的宝库中有许多稀奇古怪的东西，甚至还有半架飞碟，那是通古联盟从某一遗迹中发现的。

黄牛一路寻找，眉头紧皱，因为黄牛的确发现了一些古代进化者留下的器物，可惜，那些器物都已破损，无法使用。

“没有拳谱！”两头牛失望至极。

“无妨，回头我将形意拳教给你们，里面蕴藏着一种呼吸法。”楚风安慰两头牛。

最终，黄牛眼睛一亮，发现了一杆禅杖。禅杖暗淡无光，可催动起来时佛光闪耀，带着神圣的气息，这绝对是一件非凡的法兵。

“不虚此行，这是一件好东西！”黄牛漂亮的小脸上满是笑容。

他们猜测，通古联盟应该发现过一处佛门遗迹，才能有这种藏品。

黄牛把这杆禅杖给了大黑牛，这让大黑牛眉开眼笑。

刘子恒被斩，张家的重要成员覆灭，通古联盟的宝库被打开，这些消息要是传出去，必定会震撼天下。

楚风他们没有耽搁时间，从通古联盟的宝库出来，就坐上金雕王的脊背，从杭城出发，去“拜访”地外文明所。按照他们的说法，他们要干票大的，震慑各大财团！

在路上，大黑牛非常兴奋，一直手持那杆禅杖，禅杖摇动起来时，上面吊着的铜环叮当作响，声音清脆悦耳，还有佛光弥散开来。

“不对，禅杖的威力不是很大啊。”大黑牛狐疑。

禅杖很重，且足有手臂那么粗，被注入能量后的确散发出佛光，但仅限于此，它并没有爆发出极大的威力。

“这也是通古联盟让它尘封的原因，一般人根本无法催动它，需要懂得佛门呼吸法才行。”黄牛道。

大黑牛闻言，顿时眼睛一亮，开始运转残缺的大雷音呼吸法。只听“轰”的一声，刹那间，恐怖无比的光芒弥散而出，金色涟漪扩散开来，在大黑牛背后，一尊金身罗汉显出朦胧的轮廓，通体金黄，神色庄严。

这种景象让西伯利亚虎王、驴王等大吃一惊，连正在飞行的金雕王都是身躯一震，感觉十分惊悚。

“嘿！”

大黑牛吐气，猛力挥动禅杖，向前方一座大山砸去。佛光普照，伴着禅唱声，“轰隆”一声，那座大山裂开了，上半截直接熔化，岩浆倾泻而下。

别说大黑牛，就是楚风、西伯利亚虎王都目瞪口呆，禅杖爆发出的能量确实太恐怖了。

金雕王浑身羽毛竖立，险些从空中栽落下去，因为金雕王周围激荡着的能量太骇人了。

“累死我了！”大黑牛突然一屁股坐在金雕王背上，像一个泄了气的皮球，浑身乏力，握着禅杖的手都在颤抖。刚才那一击将大黑牛一身的能量都给抽干了，现在大黑牛浑身酸软，站都站不起来。

“这杆禅杖很不凡，真要利用好了，仅凭刚才那一击，应该就能除掉挣断了六道枷锁的绝世强者！”楚风神情严肃。

西伯利亚虎王连连点头，羡慕不已。幸亏西伯利亚虎王跟大黑牛称兄道弟，有了一定的交情，不然，这只没节操的老虎肯定会出手抢走这杆禅杖。

“这东西果然不凡，级别很高，所以一下子抽走了老黑一身的能量。”黄牛说道。

可以说，这杆禅杖比楚风的赤色飞剑、紫金雷电锤以及黄牛的银色小矛都要强，这是楚风他们现阶段发现的顶级法兵。

黄牛断言，刚才那一击的确可以除掉挣断了六道枷锁的绝世强者，但前提是能打中。一旦打不中敌人，催动禅杖的人必死无疑，因为禅杖会消耗巨大的能量，一击过后，自己都没力气了，哪里还能对敌？

“我试一试。”楚风说道。楚风与黄牛都掌握了残缺的大雷音呼吸法，连大黑牛的大雷音呼吸法都是楚风与黄牛传授的，因此楚风也能催动这杆禅杖。

“轰！”

佛光普照，恐怖的能量激荡开来。在楚风身后，一尊宛若由黄金铸成的金身罗汉若隐若现，随着楚风挥动禅杖而发出禅唱声。

“轰！”

下方，那座大山的下半截瞬间崩裂，而后熔化，最后蒸发，消失不见。这个场景再次让黄牛、大黑牛等瞠目结舌。

楚风在金雕王背上挥动禅杖，金雕王实在受不了了，真担心禅杖会不小心砸在自己身上，差点撂挑子。

楚风身体摇晃，快速盘坐下来，即使强大如他，也被禅杖抽干了一身的能量。这杆禅杖级别太高，当下的强者都只能催动一记。

楚风大口吞吐天地精气，运转特别的呼吸法，补充自身的能量。片刻后，他恢复过来，因为他底子厚，哪怕能量枯竭，也能迅速复原。

“这杆禅杖是一件无上武器，你们两个目前还不能与绝世强者对抗，正好用它护身。”楚风对两头牛说道。

楚风自己就可以对抗绝世强者，不需要禅杖护身。

事实上，禅杖的威力出乎黄牛的预料，一个人催动禅杖还真不适合，因为一下子就会被抽干一身的能量。

两头牛都会大雷音呼吸法，平日里也经常在一起，这杆禅杖很适合两头牛一同掌控。

看到西伯利亚虎王有些眼红，楚风笑道：“虎哥，看你不远万里从昆林山赶来给我助战，我自然不会亏待你。”

“啊，送我什么？”西伯利亚虎王顿时来了精神，咧嘴大笑。

“我送你一份大礼，但前提是你以后不能没节操地叛变。”楚风提醒道，这家伙当初可是从东伐军阵营叛变过来的。

西伯利亚虎王一听这话，马上急了，道：“怎么可能？我一直是东方的虎，当初只是误入歧途，被席勒忽悠了。关键时刻，我弃暗投明，反戈一击，这是大智慧，不是没节操！”

大黑牛揭西伯利亚虎王的短，道：“那你偷老僧人的袈裟，有没有还回去呢？”

上次攻打虎泷山时，西伯利亚虎王把老僧人的袈裟给偷来了，当时西伯利亚虎王想从昆林山直接跑路，这让楚风、黄牛、大黑牛等都很无语。

“老黑，你别揭我短了，我已经把袈裟还给老僧人了。那老僧人太不讲理了，我分明把袈裟还给他了，他还想收我当佛门护法圣兽，幸亏我跑得快。”

楚风决定将形意呼吸法从形意十二真形中提炼出来，教给西伯利亚虎王。

“什么？呼吸法！”西伯利亚虎王得悉后，眼睛都直了，激动无比，在金雕王的背上跳了起来。西伯利亚虎王自认为潜能巨大，但就是打不过席勒、孔雀王等绝世强者，一切都是因为其缺少一种呼吸法。

现在号称绝世强者的生物基本都掌握着一种传承，老狮王、席勒、孔雀王等莫不如此。至于老僧人就更不用说了，他可是掌握了金身罗汉呼吸法！

楚风传给西伯利亚虎王形意呼吸法，就是想提升西伯利亚虎王的实力。而且，他们之间有过命的交情，当初在虎泷山共同对抗席勒时，西伯利亚虎王出了大力，要是没西伯利亚虎王的话，那一役的胜负就说不定了，参与其中的强者多半都得死于席勒之手。

楚风用手指点在西伯利亚虎王的眉心，用精神印记传承形意呼吸法，将提炼出来的形意呼吸法注入西伯利亚虎王的精神领域中。同时，他将形意虎形也注入其中，或许这对西伯利亚虎王大有用处。

“哈哈——”西伯利亚虎王狂笑不已，道，“本王也有呼吸法了，本王也将成为顶级高手！自此之后，天下何处去不得？”

“无上而伟大的楚魔王，我也想学！”驴王眼馋，向楚风求取形意呼吸法，这个软骨头现在倒是很大胆。

“等你立功时，我可以考虑将形意呼吸法传给你，现在我先传你一种真形。”楚风用手指点在驴王的眉心，将形意马形传给了驴王。

“好，看我后面的表现吧！”驴王大喜。

随后，楚风将形意鹰形传给了金雕王，同样没有传给它呼吸法。

金雕王此时真的动心了，它被楚风强行收为坐骑后，一直有心结，而现在，它的心结解开了，它也无比渴望得到呼吸法。

黄牛曾说过，只要特别的呼吸法不外传就好，这是无上之法，真正的奥妙之处还没有显现呢，越到后期威力越惊人。此外，黄牛告诉楚风，其他的呼吸法他都不用在意，因为再厉害的呼吸法也比不上这种无上之法，除非完整的大雷音呼吸法出现。

随后，楚风暗中将形意拳谱与刻有形意十二真形图的兽皮都交给了黄牛，让两头牛仔细参悟。

“真是没有想到能在通古联盟得到一杆神秘禅杖，这件法兵实在太了不起了，希望在地外文明所有更加惊人的收获。”

他们开始琢磨怎样向地外文明所讨债。

“真是期待啊，要是得到什么古代至宝的话，那就更妙了。”

他们理直气壮，地外文明所想害死楚风，如今他们登门讨债，不仅要使地外文明所的人付出血的代价，以此震慑天下，还要打开地外文明所的宝库，夺走宝库中的藏品。

“趁域外生物还没有降临到这个世界，我们赶紧把自身武装起来！”

天地剧变后，地外文明所所在的吴苏城与杭城有两千公里左右的距离。

对于普通人来说，这是一段漫长的路程。可这对于楚风来说根本不算什么，如果让他自己赶路，他二十分钟左右就能狂奔到目的地。

金雕王的速度也不慢，但楚风他们在路上试验禅杖的威力，又研究呼吸法与形意真形，耽搁了一些时间。即便如此，不足四十分钟，楚风他们便赶到了吴苏城。

“讨债的来了！”

金雕王降落在吴苏城外，同时化成人形。一行人进入城中。

地外文明所总部所在地是一座园林，其中多亭台楼阁，奇石假山，小桥流水，景色绝佳。

楚风他们直接登门，驴王很不客气，“哐当”一声，一脚就将紧闭的朱红大门踹开了。

驴王自告奋勇打头阵，主要是想趁机表现，希望得到呼吸法。在过去，这个软骨头可没有这么大的胆子，而是一向以逃跑的形象闻名于兽王间。

一行人闹出这么大的动静，加上他们直接往里闯，表现得如此强悍，怎能不惊动地外文明所的那些高手？

“嗬，这不是‘驴跑跑’吗？你什么时候变得这么大胆了，竟然敢闯地外文明所？”一个异类王级强者出现，拦住了驴王的去路，面带揶揄之色道。

只听“呼啦”一声，这个异类王级强者身后出现了一大群异人，这群异人都是听到动静后，出来拦截楚风一行的。

“你怎么在这里，难道你投奔地外文明所了？”驴王惊讶道。

“本王目前为地外文明所的护法。”这个异类王级强者说道。他早已化成人形，身材挺拔，颇为英武。

“什么年代了，还护法？”驴王支棱着一双大长耳朵，龇着大板牙，一脸不屑之色。

“你懂什么！”这个异类王级强者极其霸气地说道。然而，他的霸气没有维持三秒钟就消失了，因为他看到了随后赶到的楚风！

“你认识他？”楚风问驴王。

“是的，这是大雁王，其本体是一只大雁，完全可以做成美食！”驴王热心地向楚风禀报。

“啊！”大雁王吓得转身就跑，他现在恨死了驴王。

“什么人敢来这里胡闹？”地外文明所的不少高层被惊动，从园林深处赶来，后面还跟着不少重要人物。

楚风不紧不慢，神色自若，走过石拱小桥，站在亭台水榭间，看向对面赶来的人。

只见一个女性王级强者正朝楚风走来。她年岁应该不小，但是成王后显得年轻，加上保养得不错，看起来只有四十岁左右。她雍容华贵，风韵犹存，看得出她年轻时应该很漂亮。

她名叫霍燕，是地外文明所高层之一，而霍家也是地外文明所的重要成员。

“竟然是你……楚风，真是稀客，欢迎来到吴苏城。”霍燕一眼就认出楚风，面对楚风，她脸上带着淡淡的笑，举止从容，没有一丝惧意。

“楚兄，真是意外啊，你竟然来到我们地外文明所，有失远迎。”人群中一个年轻的男子开口道。他名叫霍林，是霍燕的儿子，随母姓。

霍林面带笑意，向楚风走来。面对传闻中的楚魔王，他竟丝毫不怯场，直接跟楚风称兄道弟。

“楚兄，久仰大名啊，今天能够见到你，我非常高兴。”霍林说道。

如今楚风声名赫赫，一般来说，他来到大财团，还轮不到霍林这样的年轻人接待，必然是那些老一辈的重要成员亲自迎接。此时，霍林却很主动地接待楚风，没有一丝惧意。

大黑牛、西伯利亚虎王等都暗自冷笑，他们知道地外文明所背景深厚，跟八景宫之主有私交。

陆通此前曾告诉他们，地外文明所的人联系到了八景宫之主，要请他出面压制楚风。

“想效仿通古联盟，让楚风退走吗？”驴王也暗自冷笑。

显然，地外文明所还不知道杭城发生的事情。

楚风斩了刘子恒，令张家重要成员覆灭，并打开了通古联盟的宝库，这些事情暂时还没有传出，因为事情发生不久，他们就赶到了这里。

“一会儿消息传来，不知道他们会是什么表情，真是无比期待啊。”大黑牛嘿嘿直笑。

第144章

地外文明所

楚风面带笑意，地外文明所的人见到他后，竟丝毫没有意识到大祸即将临头，真是有意思。

尤其是霍林，这个年轻人楚风之前从来没有听说过，居然大模大样地跟他称兄道弟，言谈举止十分随意。

“楚兄，回头我给你介绍一下吴苏城的几位朋友，他们都很不错。”霍林来到楚风近前，动作看似十分亲热，却相当自我。

终于，就在快要拍到楚风肩头时，他收回了手，没敢这样做。

在其他地方，“楚魔王”三字一出，连王级生物都会战栗，地外文明所的人却十分淡定，连一个年轻人都敢跟楚风称兄道弟，没有一丝敬畏之心。

“楚兄弟，久闻大名，如雷贯耳啊。”一个中年人开口，微微一笑，也走上前来，自我介绍叫杨景轩。

杨家与霍家一样，也是地外文明所的重要成员。

接着，几名老者走来。他们都是地外文明所的高层，自恃地位尊贵，在杨景轩的介绍下，这才向楚风打了一个招呼。

这些人脸上都带着笑，保持着基本的礼貌，但是楚风明显感觉到他们有所倚仗，对他并没有什么惧意，不然，他们见他找上门来，不可能如此淡定。

霍燕直接询问楚风，他来地外文明所所为何事。

楚风脸上的笑意渐浓，地外文明所的人还真是揣着明白装糊涂。

“楚兄，你来了自然是贵客，里面请。”霍林再次开口，很热情地招呼楚风，示意他往园林深处走。

楚风并没有动，只是看着在场的人。

“楚兄，走吧。”霍林见他不动，走过来就要将手搭在他的肩头。

“砰！”

这一刻，楚风肩头发光，霍林整个人横飞而出，挂在远处的一座凉亭上，嘴角溢血，脸色煞白。

这一切发生得太突然了。

“楚兄弟，你这样在我地外文明所伤人，不好吧？”杨景轩脸色很难看。

“楚风，你这是什么意思？”霍燕冷冷地问道。霍林是她的儿子，她的脸色自然也很难看。

楚风说道：“我想说，你们地外文明所的年轻人过于自信与随意，就是王级强者都不敢随意将手搭在我的肩头。”

“他只是比较热情，你这样故意伤他，是不是太不近人情？”霍燕声音略冷。

“我可跟他不熟。你看哪个王级强者愿意被人随意搭肩？”楚风的脸上依旧带着笑意。

“误会误会，小兄弟来到我们地外文明所，绝对是我们的贵客，蓬荜生辉，快里面请！”几名老者纷纷圆场，脸上堆满了笑，请楚风向里走去。

霍林是异人，虽然负了伤，还受到了惊吓，但还是利落地从凉亭上跳了下来。他望着楚风的背影，眼中尽是寒光，心中十分愤懑。

“有什么了不起的，兴师动众去通古联盟，最后还不是灰溜溜地退走了，还敢跑到我地外文明所撒野，真以为我们好欺负吗？”霍林低语。

虽然霍林的声音几不可闻，但在场的都是高手，自然能听到他的话。

楚风猛然止步，却没有回头，只是缓缓道：“真是年少轻狂，你们这里的年轻人似乎觉得咽不下这口气啊。”

“小兄弟不要在意，谁不是从这个年纪过来的，年轻人血气方刚，你不要跟他一般见识。”一名老者倒是很会说话。

“走吧，小兄弟。”另外一名老者也劝道，怕把事情闹大。

几名老者虽然有所倚仗，却不希望真正得罪楚风。

霍林虽然表面上没敢再说什么，但显然心里很不满。

“你很不满，对我有敌意？”楚风转身看着霍林。

霍林面露轻蔑之色，道：“说得你好像很了不起似的，真要是威风凛凛的楚魔王，怎么会在通古联盟被迫屈服！”

霍林曾听张诚说过，楚风根本不算什么，张家直接跟玉虚宫之主通话，当场就压制住了楚风，让他灰溜溜地退走了。这在财团子弟的小圈子里已是尽人皆知。

霍林觉得，地外文明所与八景宫之主有私交，同样不怕楚风，自然可以压制他。

“我们地外文明所不惹事，但也不怕事！”霍林冷冷地说道。

“别说了！”一名老者呵斥道。

“嗬，你挑衅我？”楚风抬手向前按去，一瞬间，淡金色光芒闪耀，恐怖的能量滚滚而出。

“你……”霍燕大吃一惊，急忙阻挡楚风的攻击。但是，楚风的力量何其强大，而且动作很快，只见楚风抬手间，能量光束早已朝霍林打了过去，她已无法阻挡。

“砰！”

霍林横飞而起，脸上满是惊恐。

只听“嗡”的一声，霍燕跃上高空，双手接住霍林，拼命给霍林的身体注入生命能量。

她奋力化解楚风的能量，才没让霍林丧命，但霍林的身体遭受了很严重的创伤。

“楚风，你欺人太甚，敢来我们地外文明所撒野！”霍燕惊怒交加。

霍林是霍燕的儿子，虽然她暂时保住了霍林的性命，但是霍林伤势太重，可能会就此残废，这让她的眼睛都红了。

“欺人太甚？你们派人跟异类一起围攻我时，怎么没有想到这些？”楚风冷冷地问道。

“我们没有，你不要乱说！”霍燕否认。

几名老者感到不妙，赶紧上前劝阻。

一名老者开口道：“一切都是误会，小兄弟不要发火，坐下来慢慢谈。”

他们请楚风坐下，建议双方先沟通，避免再次发生冲突。

与此同时，一名老者试着联系八景宫之主，想请他压制楚风，不然，今日地外文明所多半会出大事！

“你从通古联盟退走，不敢放肆，为什么敢来我们地外文明所逞凶？”霍林受重创后，眼中喷火，而且，他无比偏执，想要一个答案。

这时，大黑牛哈哈大笑道：“你们小圈子里那个吹牛的张诚已经毙命，他在背后非议一个王级强者，胆子未免太大了。”

就在这时，有人飞快地冲进园林，向在场的高层密报。当看到楚风时，这个人吓得一个踉跄，险些摔倒在地。

几张纸出现在几名老者和霍燕的手中，他们看着纸上的内容，全都惊悚不已，而后一起抬头看向楚风。

“你斩了刘子恒，灭了张家的重要成员，还打开了……通古联盟宝库的大门？”霍燕声音发颤。

在场的地外文明所的人听到这句话后，一个个脸色发白，纷纷倒退，全都预感到情况不妙！

玉虚宫之主不是曾经出面压制这个楚魔王了吗？怎么还会发生这种事？

霍林面露惊恐之色，这跟他了解的情况完全不一样，张诚不是说玉虚宫之主、八景宫之主出面，足以压制楚魔王吗？现在看来，事实显然不是如此。他想到自己之前的言行，忍不住身体发颤。

这个时候，杨景轩和几名老者也无法淡定了，一个个从头凉到脚。

他们不久前还是一副很镇定的样子，对找上门来的楚风没什么敬畏之心，现在则完全不同，通古联盟传来的这则爆炸性的消息，令他们毛骨悚然。

“楚兄弟，你听我们解释。”一名老者作揖，额头上冷汗直冒，姿态一下子放得很低，生怕楚风大打出手。

“为什么对我出手？”楚风问道。财团中的人类王级强者对他出手时手段无比狠毒，他不明白自己哪里得罪他们了。

几名老者全都冷汗直流，有人拨通了八景宫之主的通信器，有人硬着头皮解释：“一切都是为自保啊，域外生物终究要降临到这个世界，我们想得到一种绝世呼吸法，占据名山，用以立足。”

“贪婪！”楚风冷冷地道，并一掌拍出，击向霍林。

“你竟敢伤我儿！”霍燕急了眼，拢着霍林疾速倒退。她也恐惧了，没有了之前的那份从容。

“有什么不敢？我连你都要斩了，别以为我没有认出你来，你就是当初穿着盔甲围攻我的人类王级强者之一！”楚风冷冷地说道。

一见到霍燕出手救霍林，释放出自己的气息，楚风就知道诸王围攻他的那个夜晚，霍燕是在场的。

楚风发出的能量光束飞向霍林。

“啊！”霍林惊惧不已。

“不！”霍燕大叫，并出手抵挡。

霍燕暂时抵挡住了楚风发出的能量光束，但霍林当即毙命。

“该你了！”楚风迈开脚步，移动身体，逼近霍燕，而不是像刚才那样站在原地出掌。

“我跟你拼了，还我儿性命来！”霍燕已经发狂。

“楚兄弟快住手，八景宫之主要跟你通话！”后面一名老者大叫，脸色煞白。

事实上，地外文明所的高层都万分恐慌！

楚风听到老者的话，满腔怒火。他找上通古联盟时，玉虚宫之主出来阻止；来到地外文明所后，八景宫之主也要阻拦。

要知道，通古联盟、地外文明所的人都曾想除掉他，还派出王级强者围攻他，是他的仇敌，他怎么会放过他们？

“容我解决一个人，再跟他通话！”楚风回道。

“轰！”

楚风左手施展大力牛魔拳，右手施展蛟魔拳，猛力出击。顿时，一头太古莽牛与一条蛟龙浮现在他的身后，仿佛要撕裂虚空，凶猛无比。

“砰！”

霍燕怎么可能挡得住如此强大的攻击？在楚风发怒后的至强一击下，她横飞而起，而后殒命。

现场鸦雀无声，地外文明所的所有人都浑身冰冷，战栗不已。

楚风感到自己动了真怒，便开始运转特别的呼吸法，很快，他的身体表面光辉闪耀。

他刚才的确被激怒了，现在平静下来。他接过那名老者的通信器，与八景宫之主通话。

“楚风，我迫不得已才找上你，想请你放过霍家的人。”八景宫之主果然为地外文明所出面，想要保住霍家！

楚风态度平和，脸上挂着淡淡的笑，道：“没问题，只是我刚才已经斩了两个霍家的人了。”

楚风向八景宫之主坦言，霍燕曾身穿盔甲，遮住头脸，隐藏身份，跟异类一起围攻他，今日再次跟他交手，被他除掉了。此外，一个叫霍林的年轻人对他不敬，屡次冒犯他，也被他除掉了。

“死了，霍燕竟死了。”八景宫之主低语，挂断了通信器。

楚风转身，面向地外文明所的人。

大黑牛、西伯利亚虎王、驴王等一起向前逼来，散发出王级强者的气息。

“楚兄弟，霍燕已死，足以平息你的怒火了吧！事情到此为止，如何？”一名老者开口。

楚风脸上带着淡淡的笑，道：“霍燕与异类一起围攻我，死有余辜。不要摆出一副你们是受害者的样子，事情还没完！”

听到这样的话，地外文明所的人都很不安，心生恐惧。楚魔王连霍燕都除掉了，要对付他们显然更加容易。

“楚兄弟，你还要怎样？人都死了，还不能解你心头之恨吗？”一名老者说道，脸上带着悲苦之色。

楚风道：“霍燕该死，你们也该死！不要摆出一副哀伤的样子，妄想撇清自己！正是你们决定要谋害我，才让霍燕和异类一起围攻我，或许你们比她更加可恶！”

“你……这件事跟我们无关，霍燕已死，难道你还要赶尽杀绝吗？”一名老者的脸色瞬间变了。

楚风一指点出，抵在这名老者的眉心，以精神能量催眠这名老者，莹莹光芒顿时迸放。

下一刻，这名老者什么都招了，正是地外文明所的高层合谋，认为有机可乘，才决定请霍燕去参与围攻楚风的行动，以谋求绝世呼吸法。

在他们看来，当时楚风绝对活不了，而他掌握的绝世呼吸法会被参与围攻行动的各方人马瓜分，他们也想从中分一杯羹。

“我们只是顺口提了一句，是霍燕主导的！”另一名老者大叫。

下一刻，几名老者全部殒命，那个名为杨景轩的中年人也被楚风斩灭。

“啊——”

见几个高层就这么死在了楚风的手上，地外文明所的其他人纷纷大叫，非常惊恐。

“在来这里之前，我就做了决定，要让你们付出血的代价！”楚风站在原地，平静地说道，“财团又怎样？你们既然选择与我为敌，对我出手，就要承担相应的后果！”

这样的话让在场人的心都提到了嗓子眼，一个个脸色惨白，双腿瑟瑟发抖，惊恐万分。哪怕是异人，他们也承受不住楚风的威势，许多人瘫软在地。

一些人明白，楚风这是杀鸡儆猴，用地外文明所震慑其他大财团。

楚风示意大黑牛、西伯利亚虎王、驴王等可以动手了，他们没有对付那些普通的异人，而是一路向园林深处冲去。

“你，回来！”楚风盯上了一个异类王级强者，那正是之前对驴王极为不屑的大雁王。

大雁王头皮发麻，冲天而起，结果被楚风一剑斩落。

就在楚风他们闯进地外文明所时，外界沸腾不已。

“通古联盟出大事了！”

一石激起千层浪！

通古联盟发生的事情终于被外界知道，一系列消息简直如同惊涛骇浪，令外界的很多人震惊不已。

首先，刘子恒被斩了，而且就在通古联盟大楼的第二十八层，那是他练功与休养的地方。

他活着回来时，外界都惊叹通古联盟手段通天，竟能将麾下的强者从楚风手里救出，实在是了不得。

须知，每一个落入楚风手中的王级强者几乎都难以活命，这次通古联盟居然从他的手中安然带走了刘子恒，这简直就是一个奇迹，引起了巨大的轰动！

怎能料到，三天之后，刘子恒就被斩于自己的居所？

接着，又有消息传出。

“惊世消息，通古联盟的宝库被强行打开！”

这样的消息传出后，四方轰动。一般来说，大财团的宝库机关重重，难以闯入。所有人都意识到事情闹大了，通古联盟肯定曾被人攻克，不然，他们的地下宝库怎会被开启？

至于张家，刚开始人们还不知道那里发生了巨大变故，直到最后才发现。

“天啊，张家完了，张家的大人物全都死了！”

消息传出后，四方瞩目，不少人觉得头皮发麻。通古联盟的张家完了？这实在太突然了。

“是楚风……做的！”张家幸存的人惶恐大叫。

这些人之前都被楚风轻拂，昏了过去，清醒后第一时间大叫出声。

这些消息像是山洪暴发，令各路强者心惊胆战。他们虽然早有猜测，但确定了这一切是楚风所为后，还是很震惊。

这一切果然都是楚魔王做的，他真的捅破了天！

他居然进攻一家大财团，简直太强悍了。

不是说玉虚宫之主压制了楚风，保住了通古联盟吗，到头来怎么会是这样一个结果？各方都大为震惊。

通古联盟的张诚曾扬言，楚风已被压制住，不敢再找他们麻烦。当时，他跟朋友聚餐，自信十足，提及楚风时面带轻蔑之色。

许多人都曾轻叹，楚风终于碰了一次壁，威名受损，连张家的年轻人都说出这种话来，多半假不了。

“一切都变了，仅仅过了三天时间，通古联盟就被人重创，张家更是几乎覆灭，重要成员都死了！”

“张家那位公子还真会开玩笑，净往自己脸上贴金，这就是他说的压制了楚魔王？结果他们张家彻底搭进去了！”

“真不愧是楚魔王啊，竟敢对财团出手，想必其他财团都要不安与恐惧了。”

“我早有预感，楚风不会被玉虚宫之主压制，现在他果然对财团出手了。让我们拭目以待吧，看他接下来会对付哪家财团！”

……

外界掀起了惊涛骇浪，所有人都在议论此事。

而此时，楚风正在地外文明所的园林深处，外界的人还不知道他已经对第二家财团出手了！

一名坐在轮椅上的老者轻叹：“唉，千万不要让杨腾回来，现在的他面对楚魔王，必死无疑。他没有参与这件事情，就让他置身事外吧，为我们地外文明所留下一个王级强者。不然，我们何以在天地即将再次剧变的天下立足？”

这名老者是地外文明所的重要人物，拥有极大的权势。

“可惜啊，我本已请到的两位绝世强者爽约了，真是可恨！不然，我们说不定能改变这一切！”这名老者很不甘心，眼中充满了愤怒。

他身边的几个异人听到后都很震惊，难道老爷子曾请到绝世强者坐镇地外文明所？

“你们都走吧，楚风不会为难你们的。”这名老者坐在轮椅上，遣散身边的异人。

他知道留下再多的人都没有用，他们根本挡不住楚风的攻击，想要阻挡楚风，唯有绝世强者出击才行！

一路上，楚风他们除掉了数十人，这些人全是地外文明所的重要成员，都参与了谋害楚风的计划。

“老家伙，听说你是主谋？”楚风来了，看向那名身边空无一人，独自坐在轮椅上的老者。

“你觉得我很可笑吧，成王败寇，要是我们成功除掉了你，现在可笑的人就是你了。”老者道。

只听"噗"的一声，老者用匕首刺进了自己的胸膛。

"轰！"

之后，楚风他们攻破了地外文明所的宝库。

宝库十分广阔，里面收藏了大量珍贵的器物，连飞碟、战舰都有，不过飞碟、战舰都是残缺的，破损严重。

"地外文明所要是真将这些东西研究透彻，绝对了不得！"楚风轻叹。

"地外文明所研究这些飞碟和战舰多年，发现它们难以复原。"大黑牛说道。刚才大黑牛将一些人催眠，了解到了一些内部情况。

此时，黄牛看到一些破烂的旗子和一些玉块等，眼睛顿时亮了起来。它们被放在宝库最深处，被视为珍稀的藏品。

"地外文明所不是应该更重视那些飞碟和战舰吗，怎么反而更看重这些东西？"西伯利亚虎王狐疑。

黄牛道："因为这些东西来自域外，地外文明所研究的是这个世界之外的文明，自然更看重这些东西！"

很可惜，这里没有一件完好的器物，所有器物都是破破烂烂的。

"嗯？"他们发现宝库中竟有一间密室。

他们攻了进去，这间密室正是地外文明所重地中的重地！

"啊，发达了，居然能找到这种传承！"黄牛惊喜不已。

在这间密室中有一个玉石盒，里面放着一本古册，古册以兽皮制成，看来年代久远。

很快，消息传到外界，地外文明所被楚风攻破！

外界的人们大为震惊，一个个瞠目结舌。要知道，通古联盟才被攻克没多久，这么快就轮到地外文明所了？这则消息像是一阵席卷天下的飓风，各大财团全被惊到了，人人自危。

"真是难以相信，一日间便接连攻克两大财团！楚风现在离开地外文明所了吗？"

"楚风还没有离开，正在地外文明所烧烤，食材是大雁王。"

外界的人消息还算准确，楚风他们确实还在地外文明所。

楚风得悉，当日大雁王曾化成人形，穿着盔甲与霍燕一起参与围攻他的行动，今日他在园林中找大雁王算账，把大雁王做成了美食。

两大财团接连出事，人们在震惊的同时也在猜测，楚魔王接下来会向谁讨债，想必各大财团已经不安。

第145章

场域

“我可以做证，我家就在吴苏城，楚风真的在地外文明所！”在外界一片哗然，众人深感震惊时，有异人证实地外文明所的确被楚风攻破了，而且楚风还没有离开。

“可怜的大雁王，怎么说也是一只禽王，居然沦落为楚风的食材，直到大战落幕才被人顺便提及……”有人轻叹，觉得大雁王实在太惨了。

许多人听闻这则消息后，都不知道该说什么才好。

楚风一日间攻克两大财团，闹出的动静实在是太大了。

外界根本没有办法安静下来，别说是普通人，就是各路王级强者都蒙了。

“太强悍了！”最后，人们只能这样感叹。

此时，被认为极其强悍的楚风的确还没有离去，正和西伯利亚虎王、驴王等在园林中做大煞风景的事——焚亭台，烤雁王。

他们横扫地外文明所后并没有急着离开，而是一边享用香喷喷的野味，一边研究战利品，悠然自得。

地外文明所的所有人则脸色苍白，战战兢兢，惊惧不已，没有人敢上前。

“这是一本关于场域的古册，十分珍贵！”黄牛翻看着在密室中得到的那本古册，精致的小脸笑开了花。

场域是法阵的本质所在，哪怕是在域外，这样的书籍都极少见。

楚风拿过古册翻看起来，发现上面都是他不认识的神秘的符号，像是蝌蚪文，带着沧桑的古意。

“如果能把它研究透彻，再去名山大川的话，我们一定不会吃亏。”黄牛很开心地说道。

现在的名山都有场域，这些场域皆是古代大能布下的，有的利用地磁，有的则利用太阳火精。

楚风闻言大喜，要是掌握了场域，再登虎泷山势必容易得多。

“哈哈，这本古册真是瑰宝啊！”大黑牛咧着大嘴，一脸傻笑。

现在各路强者都在攻打天下名山，但都损兵折将，成功率极低。

究其原因，主要是名山上的场域太强，导致名山上步步凶险，王级强者一不小心就会葬送性命。

当然，也有个别地方较为特殊，是古代大能饲养的一些生物守护着山峰。

别说楚风、黄牛等，就是驴王都极其期待，一旦洞悉场域的奥秘所在，他们打下天下名山指日可待。

“无上而伟大的楚魔王，请接受我的跪拜，我愿终生追随你左右。”驴王这个软骨头很会拍马屁。

“一边去，你是我的坐骑。”大黑牛给了驴王一巴掌。

“让我也研究一下。”西伯利亚虎王凑上前来，将古册抢了过去。

“虎哥，我警告你别犯老毛病，不要看见好东西就想抢，然后逃跑。”楚风提醒道，因为这只老虎太没节操了。

“说什么呢，我是那样的虎吗？”西伯利亚虎王不满，但有点心虚，所谓习性使然，这只老虎刚才还真有那样的念头。

“真不厚道！”大黑牛翻了个白眼。大黑牛长期与西伯利亚虎王厮混在一起，一眼就看出这只老虎刚才是真想抢走古册。

“习惯而已，我改还不行吗？”西伯利亚虎王急了眼，同时不忘快速翻阅古册，想要参悟场域的奥秘，只是盯了半天，还是一个字都不认识，一脸发蒙。

“为了闯遍天下，我研究过很多种古文字，也算是半个语言学家，但是……这些文字是什么意思？我一个字都不认识！”西伯利亚虎王恼怒不已。

楚风相当惊诧，这只没节操的老虎原来这么厉害，跟大黑牛有一拼。

楚风与两头牛在西拉时，黄牛说大黑牛掌握了好几种语言，而这几种语言是专为“探索”天下而学习的。

“我总算明白了，天才……不，恶棍具有一样的品格！”楚风看了一眼西伯利亚虎王，又看了一眼大黑牛。

西伯利亚虎王与大黑牛则都看着楚风，一脸鄙视。

其实楚风很头痛，古册上的字他们一个都不认识，怎么去参悟？他问黄牛这种文字属于哪一族的文字。

黄牛很严肃地告诉他们，这里面有佛文，跟金身罗汉纸上面的文字一样。此外，这里面有道家一脉的道文，还有兽文、虫文和禽文等。

“这么多种文字？”大黑牛傻眼了，这还怎么学，谁有那么大的精力去研究这么多种文字？

“所以我才说这本古册不简单，是珍本，价值连城。”黄牛很郑重地说道。

照黄牛所说，即便是在域外，也鲜有人研究场域，除非是顶级大教才会有专人参悟，为的是利用山川地磁，保护道统。

黄牛告知几人，关于场域的古册比修行秘本要少得多，属于稀有之物，任何一本都值得各大教去争夺。这本古册更加不凡，里面有多种文字，意味着它所阐释的场域层次极高，能量非常惊人！有些文字天生蕴含着奇异的能量，只要把它刻在相应的山川上，就能让地磁有微妙的变化，适合构建场域。

“古代各族大能创造的文字，有不少都跟其拥有的能量共鸣，能够领悟天地间各种神秘莫测的道理。而能够领悟天地间道理的文字，在有规律地组合后，可以改变山川自然存在的法阵，甚至可以创造新的场域。”黄牛为几人“扫盲”。

“这玩意儿太复杂，我头都大了，不学！”大黑牛第一个摇头。

西伯利亚虎王则将古册当成破烂货一样扔给了黄牛，不再把古册当成宝贝，也没心思去抢了。

黄牛点头道：“研究场域的确比修行更难，更复杂，所以在其他世界，也少有人学这个。”

“你要学吗？”楚风问道。

“当然！我是受上天眷顾的天才，第一个从域外降临到这个世界，注定要成圣做祖，如果连我都研究不透这本古册，那就没有人能够做到了。”黄牛十分自信。

楚风觉得黄牛吹牛，便问黄牛准备怎么参悟，因为他也对这本关于场域的古册非常感兴趣。

“首先，我认识这里面的一些文字。其次，研究场域不需要去学各种文字，而是靠自己去体会这些文字的意义。你可以在名山大川间刻出这些文字，感受它们带来的微妙变化，体会它们蕴藏的力量与道理。”黄牛告知楚风。

楚风听闻，连连点头，然后告诉黄牛，他也想学。

黄牛略微琢磨，翻动这本古册，而后将自己所认识的文字讲给楚风听，让他记下。

随后，楚风一页一页地翻动这本古册，然后将古册放在额头处。此时，他的额头发光，他在用精神烙印记下这本古册的所有内容。最后，他将这本古册还给了黄牛。

“就靠你们两个了，一定要研究透彻，以后无论是‘道教圣苑’‘佛门祖地’，还是‘神祇之源’，天下名山大川都将成为我们的囊中物。”西伯利亚虎王鼓励道。当然，这只没节操的老虎实在缺少诚意，其实不太相信楚风与黄牛能够成功。

“等着吧，这世间的一切名山大川都将属于我们！”楚风哈哈笑道。

“没错，就是域外生物降临，也闯不进我们的地盘！”黄牛自信满满。

晚上，楚风他们没有离去，就在地外文明所过夜。

地外文明所的人脸色难看，敢怒不敢言，觉得楚风他们可真是张狂而霸道，不仅横扫此地，还在这里又是烧烤又是留宿，实在是欺人太甚。

“难道我们就没有办法对付他们？天地未曾剧变时，我们就洞悉本质，财团中一定有高人才对啊。”地外文明所年轻的嫡系成员痛心不已，对楚风他们的所作所为非常不满。

“唉，确实有一位高人！那位高人真要现身，一定无敌于天下。但是我们现在不敢妄动，不然，我们都要陪葬。据闻，那是我们地外文明所未来的倚仗。”有人低语，情绪低落。

第二日清晨，楚风一行人才离开地外文明所。

一大早，他们就了解到很多消息，知道他们在通古联盟和地外文明所的事情已被外界传得沸沸扬扬。此时，所有人都在猜测楚风他们接下来会动哪家财团，有的人还很期待，毕竟看热闹的不嫌事大。

至于其他那些财团，则像是坐在活火山口上，屁股下面流淌着红色的岩浆，日子很不好过，生怕楚风突然找上门来。

“陆地上的势力果然弱小，什么财团，难道就只有这么一点实力？如果是我们海族的望族，凭这么几个人也敢打上门？非让他们有去无回不可！”有海族强者发言，以俯视的姿态点评此次事件。

有人揭海族的短，嘲讽道：“你们南域海龙族确实是望族，不过族中的黑螣都让人当成食物了，你们还有什么可吹嘘的！”

海族强者冷冷地道：“南域海黑龙太子是遭人暗算，肯定有绝世强者联手，图谋南域海龙族的无上武器，这件事没完！”

到现在为止，海族还在猜测黑螣是死在谁的手上，虽然有怀疑目标，但至今没有确切的证据，也无人站出来承认。

甚至，海族都不知道乾越已经死在了楚风手中。

因为，卫星拍下的画面本就不太清晰，加之当时参战的强者都仿佛化成了光团，所有强者包括楚风在内都如同被太阳光笼罩着，外界的人根本看不出那是谁。

玉虚宫的人至今还在为楚风保密，没有把秘密泄露出去。

孔雀王不战而走，虽然有少数异类了解情况，但这些异类却不敢提，怕触怒孔雀王，毕竟这件事太丢人。

大黑牛咧着大嘴直笑，海族强者这么跳出来，吹嘘海族的实力如何强大，一旦了解事情的真相，估计会恼羞成怒。

“下一个目标是哪里？”西伯利亚虎王问道。西伯利亚虎王对大黑牛的禅杖眼热无比，也想要一件法兵，所以把目光投向了剩下的那些财团的宝库。

“天神生物。”楚风有些迟疑，最终还是定下了这个目标。

林诺依所在的林家是天神生物的重要成员，楚风原本不想动天神生物，但穆家也是天神生物的重要成员，而穆家是他的死敌，所以，他还是决定走上一遭。

清晨，朝霞艳艳，透着生命的气息。楚风他们步行，从吴苏城中出来。

如果金雕王在城中化出本体，展现出百米长的身躯，腾空而上，肯定会引发人们的恐慌情绪。

吴苏城外，大山一座又一座，猿啼虎啸声不绝于耳。

楚风他们没有急于赶路，而是轻缓地迈步，迎着朝霞，呼吸着清新的空气，各自舒展筋骨，练拳，运转呼吸法。

西伯利亚虎王非常开心，骨节噼啪作响。对于这只老虎来说，形意呼吸法太重要了。本就挣断了六道枷锁，再辅以楚风传授的形意呼吸法，让西伯利亚虎王感觉脱胎换骨。西伯利亚虎王能感受到自身的内在变化，血气更加旺盛，有呼吸法的强者与没有呼吸法的强者果然不同。

“老虎会武术，谁也挡不住！”西伯利亚虎王嗷嗷直叫，运转完形意呼吸法后，又练了一遍形意虎形。

大黑牛掌握有两种呼吸法，先运转大雷音呼吸法，接着运转形意呼吸法，也感觉自身体质有更大的提升。

只有黄牛与楚风掌握三种呼吸法，其中黄牛传下的特别的呼吸法是完整的，也是无上的，效果最惊人。

可以说，楚风能有现在的成就，跟特别的呼吸法分不开！

旁边，驴王极其眼红，这个软骨头现在还没有被楚风彻底信任，所以没有得到任何一种呼吸法，只能先练楚风传授的形意马形。

驴王施展形意马形，腾空而起，有模有样，摆出的架势还真的很惊人。

金雕王看到驴王这个软骨头，总觉得很无奈。不过，金雕王也没闲着，练了一遍形意鹰形。

突然，楚风汗毛倒竖，一声大吼，浑身光芒迸放。他在防御，也在躲避，可还是为时已晚，遭到了袭击。

只见一只极其锋利的大爪子从虚空中突兀地探来，在楚风的后背上抓了一记，瞬间血液喷涌。

楚风负伤了，这太突然了，在场的王级强者都没反应过来。

那只大爪子足有簸箕那么大，换作其他王级强者，被它抓中的话会直接殒命，因为它极其锋利，而且释放出的能量太惊人。

在那只大爪子的一击之下，这片山林剧烈震动，像是发生了一场大地震。

同时，楚风身上的衣服变得破烂。要知道，他贴身的马甲可是用兽王皮加工而成的，可现在那兽王皮马甲已然破碎，他的后背上出现了几道可怕的抓痕，这实在是太惊人了。

关键时刻，还是靠他自己肉体坚韧，体质超常，才避免了被那只锋利的大爪子撕裂的命运。

“嗡！”

楚风的身体迸发出更为刺目的光芒，能量大钟出现在他的身体之外，龙形、虎形、熊形和鹰形等真形一起浮现，围绕着能量大钟旋转，而后烙印在能量大钟上。

这是楚风练形意拳登堂入室后，参悟出来的一种非常强大的护体术。

“当！”

那锋利的大爪子从虚空中第二次落下时，拍击在能量大钟上。能量大钟剧烈震动，钟声悠悠，那大爪子竟没能伤到楚风分毫。

不得不说形意拳的奥义极其神秘，由能量化成的大钟宛若真的一般，震动时带着金属颤音，震荡山林。

楚风双目如炬，体内血气翻腾，周身释放出强大的能量，击向那只大爪子的神秘主人。

“喵！”

一声刺耳的摄人心魄的猫叫传来，带着精神攻击，而后，一只身体健硕的大猫突兀地从虚空中现身，大爪子上还沾着血。

楚风将那只大爪子的主人逼了出来，让它露出了真容。

“九命猫王！”楚风只看一眼就猜测出这只大猫的身份与来头，那是跟孔雀王交情很深的九命猫王，也只有这等绝世强者才能袭击到他。

他早就听闻九命猫王拥有奇术，潜形匿迹的功夫天下第一，今日一见果然名不虚传，连他都差点命丧九命猫王之手。

楚风警醒，这个世间总有一些生物掌握奇术，他现在哪怕实力超凡，可以与挣断了六道枷锁的生物争锋，也不能大意。

事实上，九命猫王比楚风还要惊异，这可是它蓄谋已久的至强一击，居然没有达到预期的效果。在它的计划中，它要用这一击重创楚风，然后取楚风的性命。

“嗷！”

另一边，西伯利亚虎王、大黑牛等同时遭到了袭击，怒吼不已。

这一刻，一向没有节操的西伯利亚虎王竟然非常讲义气，挡在最前面，面对最为凶险的攻击，阻挡偷袭者。当然，这边的偷袭者潜形匿迹的功夫比不了九命猫王，是等九命猫王得手后才趁乱出手的。

“可恶啊，疼死本王了，嗷！”西伯利亚虎王惨叫。

楚风吓了一跳，以为西伯利亚虎王生命垂危，忙回头看去，顿时有些无语。

此时，西伯利亚虎王正撅着屁股，一下蹦得很高，嗷嗷叫个没完没了，因为这只老虎的屁股上插着五六根羽毛。这几根羽毛非同寻常，每一根都有数米长，通体金黄，还带着烈焰。被这几根羽毛插中，跟中剑差不多。

“金乌王，有种下来跟本王大战三百回合！偷袭算什么本领！”西伯利亚虎王很生气地大叫着。屁股上插着几根数米长的带着烈焰的羽毛，谁都会受不了。

大黑牛也疼得龇牙咧嘴，生气地叫道：“疼死本王了，金乌王快下来，你不是爱射羽毛吗，我给你拔光！”

大黑牛的屁股上也插着一根羽毛，用手去弹时还发出金属颤音，看起来相当锋利。

倒是黄牛、驴王躲在后面，逃过一劫，没有受伤。金雕王站得更远，也同样无恙。

“凭你等也是我的对手？真要大战起来，你们全部要丢掉性命！”空中，一只通体金黄的禽王冷幽幽地说道。

那正是金乌王。它忌惮的只有楚风，其他几个它根本没有放在眼里。

金乌王、九命猫王都来了，它们是孔雀王强大的盟友，也是进攻“封禅之地”的异类首领。

“嗬，袭击我，自此之后，不死不休！”楚风开口。他早就知道，这两大绝世强者一路南下，要帮孔雀王除掉他，但它们一直没有找到合适的机会出手，直到今日才正式出手。

九命猫王开口道：“有点意思，你的强大与敏锐超出了我的预料，如果换成那只老虎，应该已经丧命了。”

九命猫王举止优雅，迈着猫步，在这片山地中来回走动，围着楚风转圈。

“小猫咪，怎么说话呢？”西伯利亚虎王瞪眼道，“再怎么说，咱俩也长得挺像，你不过来向本家大哥问好，在那里胡说八道什么呢！”

“这只猫比你厉害。”驴王的软骨头病又犯了，见两大绝世强者来袭，驴王腿都软了，恨不得直接投降，喊道，“金乌王、猫王，我们都是自家人，有话好说，别动怒。”

“一边去！”大黑牛给了驴王一巴掌，赶走了驴王，觉得驴王太丢人了。

“当！”

钟声悠悠，楚风体外的能量大钟在颤动。

楚风目光如炬，通体璀璨，运转特别的呼吸法后，他后背上的伤口快速愈合。

挣断了心脏部位的枷锁后，他生命力惊人，获得了再生术，能够在极短的时间内修复受伤的身体。

仅仅在片刻间，他后背上的伤口就消失了。

这让九命猫王吃惊不已。说它是“天下第一刺客”都不为过，但现在它有压力了，感觉事情变得很棘手。

楚风的恢复能力太可怕了！

九命猫王开口道：“地外文明所找到我们，想要与我们联手伏击你，我们想看一看这家财团的底蕴到底有多深厚，真是遗憾，最终我们也没有看到。”

它直接将地外文明所那名坐在轮椅上死去的老者给出卖了，从中挑拨，希望楚风再去地外文明所折腾一番。

“财团的底蕴？”楚风很敏锐地察觉到了什么。

“是！各大财团比所有人都先知道天地要剧变，自有其道理，你可以去探察一番，有种说法是财团终究会无敌。”九命猫王微笑，不介意多说几句。

“别的不管了，我先拿你开刀！”楚风一声大喝，冲了过去。

九命猫王脸色变了，因为楚风此时的速度太快，已经超越了五倍声速。

“轰！”

空中发生了一场大爆炸，整片山林都随之震动，成片的林木与山石随着楚风的移动轰然破碎。

伴着龙吟虎啸声，楚风施展出形意拳中的绝招——龙虎竞逐，一出手就毫无保留，想让九命猫王无从抵抗。

“嗷！”

九命猫王居然发出一声如虎啸般的嘶吼，让百兽战栗，令山林震荡，银色的涟漪从它的嘴里扩散开来，击向楚风。

“当当当——”

能量大钟护住楚风的身体，被银色的涟漪撞中，发出清脆的响声，颤音不绝于耳。

与此同时，他施展形意龙形与形意虎形，演绎出龙虎竞逐的场景，一条身上覆盖着密密麻麻的鳞片的神龙与一只黑色的太古凶虎同时浮现在他的身前，爆发出惊人的能量，纠缠着向九命猫王扑去。

“喵！”

九命猫王动作灵敏，快速跳开，没有硬拼。然而，龙虎竞逐释放出的能量十分霸道，横扫这片山地，让它无法全部避开。

“轰！”

九命猫王不得不迎击，而后它身体颤抖，嘴角溢血，快速倒退。

“拿命来！”楚风大喝，冲了过去，一纵身就是两三里远，周身所有毛孔都喷吐着淡金色的光华。

“果然很强！”九命猫王低语，而后一闪身，便从原地消失。再出现时，它已来到楚风的背后，一爪子向楚风抓去，寒光刺目。

九命猫王神出鬼没，像是可以在虚空间穿梭，这是它挣断第六道枷锁时所获得的能力，能让它在一定范围内隐匿踪迹，他人很难察觉。

很可惜，楚风练形意拳有成，有能量大钟护体，防御力太惊人，此时，他的身体如同金刚不坏之身，很难伤及。

一人一猫快速过招，片刻间就已交手数百招。

九命猫王实力非常强，楚风若非有能量大钟护体，恐怕早就死在它手上了。

那能量大钟简直可以让楚风万法不侵，天生克制神出鬼没的九命猫王。

九命猫王轻叹一声，数百招过去了，它还是击败不了楚风。它第一次遇上这样的对手，简直像是为克制它而生似的，它神出鬼没的匿迹能力此刻毫无用武之地，无论从哪里出现，怎样进攻，它都打不穿那能量大钟。

九命猫王转身就走，再这样战下去，它的处境会很危险。

“想走？没那么容易！”

下一刻，楚风的气息变了，他运转特别的呼吸法，施展出大力牛魔拳与蛟魔拳，将两种拳法融合在一起，勇猛无比。

这是他目前最强的攻击手段，也是他练得最久的攻击手段！

此时，楚风不再锤炼形意拳，而是换了已练得很成熟的拳法，攻击九命猫王。

另一边，西伯利亚虎王也开始跟金乌王交手。西伯利亚虎王屁股上插着几根羽毛，一颤一颤的，一边打一边破口大骂。

不远处，大黑牛手里拎着禅杖，悄然向禅杖注入能量，准备突然发出一击，除掉金乌王！

第146章

绝世争锋

“哞！”

这声莽牛吼并非楚风发出的，而是由他的拳头自动发出的。大力牛魔拳练到一定层次后，拳头会迸发光芒，自带莽牛吼，不仅能伤害敌人的肉体，还能摧毁敌人的精神。

楚风凌空而行，一跃就是两三里，追击九命猫王。

九命猫王浑身长毛竖立，面露惊容，因为对方的速度太快，比它这个以敏捷闻名于世的绝世强者的速度更快。

“锵！”

九命猫王转身，挥舞着如同雪亮的钩子般的锋利的大爪子，径直向前抓去。

只听“砰”的一声，半空中像是响起了一个炸雷！

楚风凌空而至，他的右拳跟九命猫王的大爪子撞在一起的瞬间，拳头前有一头通体乌黑的大莽牛从空中俯冲而来，这是拳意真形。

九命猫王向来以敏捷闻名于世，力量上并不占优势。现在它被楚风练得最成熟的拳法攻击，浑身颤抖，一声大叫，嘴里喷出一口血来。

此时，楚风还身在半空中，他猛力俯冲，左拳也砸了下来，施展的是蛟魔拳。

一刹那，光芒迸放，楚风的左拳发出龙吟声，震撼人心。可以看到，他的左拳前有一条蛟龙飞舞，散发出极其恐怖的气息，攻向九命猫王。

“砰！”

九命猫王举起大爪子对抗，却如遭雷击，横飞而起，同时口鼻出血。

身为挣断了六道枷锁的绝世强者，它居然受了重伤，这对它来说，确实是一个不小的打击。

“嗖！”

九命猫王瞬间消失，利用潜形匿迹的本领遁走了。

楚风皱眉，将神觉散开到极限，同时心脏发光，释放出惊人的能量。

“咚咚咚！”

楚风心脏跳动的声音跟擂鼓声一般，隔着很远都能听到。常人若是在这里，肯定会无比惊骇，一个人类的心脏怎么能这么有力，简直无法想象。

此时，楚风的肉体能量达到最强，融于血液中的精神能量也在疾速增强，随着特别的呼吸法与血气一同运转。

“你走不了，我感应到你了！”楚风大喝。

他释放出最强的能量，周身所有毛孔都散发出光辉，而后他再次跃起，朝着一个方向追去，速度达到了五倍半声速，快得可怕，沿途发生一次次大爆炸，树木、山石一碰到他就会炸开。

九命猫王可以潜形匿迹，可它这样做，虽然隐藏住了身体，速度却变慢了。

“轰！”

虚空仿佛要炸开，楚风突破声障，瞬息而至，拦住了九命猫王的去路，再次出击。

“嗷！”

“哞！”

两种太古凶兽的吼声震得虚空轰鸣，一条黑色的蛟龙与一头黑色的莽牛在楚风身后一起浮现，俯冲而来。楚风的双拳此时气势磅礴，拳风浩荡，有无坚不摧之势。

九命猫王号叫不已，长毛根根倒竖，竭尽全力对抗楚风的攻击。

“砰！”

九命猫王被震得前肢弯曲，一双锋利的大爪子变得暗淡，有些尖甲折断，落在地上时如同金属般铿然有声。它被楚风双拳发出的巨大力量打得直接陷入了地下，像是一枚钉子被敲入墙壁中一般。

“轰！”

土石炸开，九命猫王身上有不少血迹，但依旧冷静与镇定。只听“嗖”的一声，它再次消失了。

楚风感应到某一方位有微弱的气息，再次追击而至。

“哧！”

然而，这一次九命猫王看似逃亡，实为反击。它见楚风的攻击力增强，但是护住身体的能量大钟消失了，便决定再次袭击楚风。

九命猫王神出鬼没，在楚风追击而来时，从虚空中跃出，突兀地在楚风的后方出现，一爪子掏向楚风的后心。

猫科生物的攻击手段相近，这一击是典型的黑虎掏心。

“当！”

然而，下一刻九命猫王惊悚不已，因为楚风体外迅速出现了能量大钟，他依旧如同拥有金刚不坏之身，九命猫王没能袭击成功。

事实上，楚风可以在形意真形与大力牛魔拳间随意转化。

钟声悠悠，楚风瞬间转变拳意，震得九命猫王再次倒退。

“哪里走！”楚风被能量大钟扣着，腾空而起，再次追击九命猫王。

九命猫王十分憋屈，它从来没有这么被动过，它的偷袭术可以说是天下无双，无往不胜，令人防不胜防，但是今日却被楚风克制。

“你在逼我，我虽然会付出极大的代价，可能会死，但也要拉上你！”九命猫王大吼。

一刹那，它皮毛的颜色变了，由淡黄色变成白色，身上没有一根杂毛，像是由白银铸成。

“嗷！”

九命猫王咆哮着，实力大增，口中喷出宛若剑气般的白色光束，径直射向楚风。

“当当当——”

楚风体外的能量大钟颤动，几乎要被白色光束打穿。

“你就这么一点本领吗？还是不行！”楚风大喝道。

他越发勇猛，冲到九命猫王近前，以能量大钟护住身体，挡住白色光束，而后双拳猛力击出，只见一条蛟龙与一头莽牛纠缠在一起，从他的双拳间冲出。

“嗯？”九命猫王感受到了一股极其危险的气息。

与此同时，楚风体外的能量大钟消失，他以攻代守，双拳迸发的黑色光芒形成了黑色的不可穿透的“墙壁”。这是融合了大力牛魔拳与蛟魔拳的拳法，被楚风演绎到了非常惊人的地步。

大力牛魔拳带着一种极其可怕的节奏，将力量无限放大，让九命猫王的躯体震动不已，简直要将它的躯体击得粉碎。蛟魔拳则带着特殊的螺旋劲在它的躯体内部旋转，似乎要将它的躯体撕裂。

这种融合了大力牛魔拳与蛟魔拳的拳法楚风已练得十分成熟，目前威力最大，直接重创了九命猫王。

“喵！”

可怕的事情发生了，九命猫王白色的身体有一半变为黑色，另一半则依旧雪白，十分诡异，有点阴阳两隔的味道。尤其是它的一双眼睛，一只如同地狱深渊般漆黑，一只如同冰天雪地般惨白，十分瘆人。

传说猫这种生物可通阴阳，能看生死，九命猫王现在这种状态让楚风感觉极其危险。

“轰！”

虚空发生了大爆炸，楚风施展神足通，疾速倒退。

不过，楚风的速度再快也快不过光速。九命猫王的双目中飞出两道不同颜色的光束，一道乌黑，一道雪白，极其惊人。

楚风不由得起了一身鸡皮疙瘩，他竟从这两道光束中感受到了阴阳的力量，体会到了生与死的轮转，这光束仿佛要将他吞噬。

楚风不得不暗自感叹，九命猫王不愧是孔雀王的盟友，不愧是敢在“封禅之地”征战的绝世强者，实力实在太恐怖。九命猫王一旦拼命，让他都觉得毛骨悚然。

“当！”

楚风演绎形意真形，龙形、虎形、鹰形和熊形等六种真形浮现出来，快速旋转，形成能量大钟。一时间，钟声悠悠，震荡山岭。

形意十二真形中的六种真形刻在能量大钟的钟壁上，将他保护在内。

不过，危机并未解除，能量大钟这次没有挡住九命猫王的攻击，那两道光束竟然击穿钟壁，射了进来。

目前只刻着六种真形的能量大钟挡不住那两道光束，只是削弱了它们的力量。

“轰！”

在这危急的时刻，楚风运转黄牛教给他的特别的呼吸法，大口地吞咽着游离在天地间的能量，同时，他的毛孔发出刺目的光芒，跟整片天地交换能量。一瞬间，他的肉体能量大增，精神能量也跟着翻腾。

楚风没有动用任何一种拳法，只是凭着本能，舒展身体，双臂交叉，而后向外横推而去，迸发出无量光。无量光像是一片金色汪洋，从他的双臂间迸发开来，席卷而去。

“噗！”

楚风的双臂被黑白两道光束射伤，但是他的身体无恙，他成功地挡住了那种恐怖的力量。

而且，从他双臂间迸发出去的无量光击在九命猫王身上，让它受伤更重。

“嗯？”下一刻，楚风惊悚不已，只见他双臂的伤口处，生机迅速衰减，那是生死轮转的力量，是阴阳两隔的气息，在吞噬着他的血肉精气，将精气化为死气。

楚风立刻运转特别的呼吸法，把黑白光束从双臂中逼了出去，而后伤口慢慢愈合。

他吃惊不已，九命猫王的实力太强大，他险遭不测，换一个人来的话必死无疑！

此时，九命猫王的皮毛变得暗淡，而后迅速干枯，它在瞬间变得无比苍老，血气枯竭。

显然，动用阴阳生死的力量对于九命猫王来说也很致命，因为其反噬力太惊人。

“死！”楚风径直向前，举拳击向九命猫王。

“嗷！”

另一片战场，西伯利亚虎王鲜血淋漓，在金乌王的攻击之下毫无还手之力，险些被斩灭。

金乌王实力极其恐怖，它还有一种超出寻常的直觉，预感到了危机四伏，几次扑击过去，又退走了。

大黑牛数次想挥动禅杖，可金乌王直觉太可怕，稍进即退，令大黑牛头痛不已。不过，幸好有大黑牛手持禅杖暗自震慑金乌王，不然，西伯利亚虎王性命堪忧。

“欺负本王刚掌握呼吸法，造诣还不高是吧，再过一个月试试看，本王拔光你全身的羽毛！”西伯利亚虎王破口大骂，但下一刻就闭嘴了，因为成片的金色羽毛正激射而来，宛若箭雨，西伯利亚虎王不得不慌乱奔逃。

“轰！”

金乌王舍弃追击西伯利亚虎王，转而带着漫天的火焰，扑到楚风跟前，伸出一双大爪子，抓向楚风。

一瞬间，草木成灰，岩石熔化，地面变为红色的岩浆地。金乌王像是神话中的神鸟再现，要焚毁天地一般。

“轰！”

楚风一拳打向空中，跟金乌王硬拼，一拳向九命猫王击去，誓要除掉九命猫王。

“砰！”

九命猫王伸出一双大爪子阻挡楚风的拳头，被震得横飞出去，身负重伤。

九命猫王发出一声怒吼，半空中的金乌王也引颈长鸣，金色羽毛根根发光，恨不得立刻除掉楚风。

“轰！”

楚风用一只手震开金乌王的大爪子，另一只手猛然抓向九命猫王。

楚风如同一尊魔神，抓住九命猫王，看着它的双眼变得暗淡。

他毫不留情，九命猫王既然敢来袭击他，就要做好死亡的准备。

楚风的嘴角挂着一丝冷笑，他扔下九命猫王的躯体，舒展身体，准备与金乌王大战，想趁机将金乌王也解决掉，机会难得。

九命猫王和金乌王可都是赫赫有名、威震天下的绝世强者，任何一个都可以俯瞰诸王，号令一方，有着极大的影响力。

“轰！”

楚风施展出蛟魔拳，拳意骇人，仿佛可以撕裂虚空，一条黑色的蛟龙向着半空蹿去，缠向金乌王。

楚风腾空而上，跟金乌王决战。

漫天都是火光，到处都是烈焰，烧得虚空都扭曲了。金乌王愤怒至极，跟楚风展开搏斗。

两大强者在半空中碰撞在一起，光焰冲天，景象十分惊人。

下一刻，半空中有金色羽毛飘落，不仅带着火焰，还染着血，而楚风也被撞得横飞出去。

这是绝世争锋，是目前顶级强者的大对决。

可以说，从抓住九命猫王的那一刻起，楚风就算是一名真正的绝世强者了，现在他又在跟金乌王大战。

“轰隆！”

带着火焰的金色羽毛飘落在地，烧毁山林，让土石化成灰烬。可以想象，金乌王的实力有多可怕。

“楚风，你真是该死！”金乌王长鸣，拍打着翅膀，从空中俯冲而来，烈焰腾腾，金光遮天蔽日。

它与九命猫王联手截击楚风，结果却失利，令它恼羞成怒。

“轰！”

接下来的场面更加惊人。楚风落在一座小山上，与此同时，金乌王振翅，从空中俯冲下来，令这座小山完全熔化。金乌王一击，令那片地带瞬间被赤色的光芒淹没，岩浆滚滚。

楚风心中一惊，金乌王不愧是绝世强者，实力之强让他都颇为忌惮。他立刻运转特别的呼吸法，周身迸放出万丈光芒，这样，哪怕陷入岩浆中，他也可以保持肉体不坏。

“砰！”

楚风从岩浆中一跃而起，身上带着光芒与能量，再次跟金乌王搏斗。

“啊？那只猫死了？”大黑牛等从数里之外赶过来，见九命猫王一动不动地躺在地上，都震惊不已。

“太强悍了，绝世强者九命猫王居然也死在了楚风的手里！”西伯利亚虎王也惊叹不已。

接着，西伯利亚虎王龇牙咧嘴，因为这只老虎身上插着数十根金色羽毛，像一只刺猬。西伯利亚虎王气得大叫：“兄弟，快将金乌王斩了吧，它实在太可耻了，居然用羽毛袭击我！”

“快憋死我了！”大黑牛一张大黑脸都发紫了，因为被注入禅杖中的能量在激荡，大黑牛却始终没有挥动禅杖的机会。

绝世强者的神觉太敏锐，金乌王没有给大黑牛一丝袭击它的机会。

“死！”楚风咆哮着，跟金乌王不断碰撞，火光冲天，光芒迸放。

这是绝世强者之间的碰撞，金乌王的攻击比九命猫王的攻击更凌厉，它现在已经发狂，金色羽毛根根竖立，十分凶猛。

“唏！”

突然间，天空中出现了密集的“光雨”，金乌王又动用了绝招，它躯体上成片的金色羽毛脱落，那些金色羽毛简直比利剑还可怕，铿锵作响，还带着火焰，向下方激射而去。

“逃！”西伯利亚虎王等连连后退。因为，这一次的金色羽毛比之前的更加锋利，威力更加骇人。

楚风感觉到了危机，密集的金色羽毛能量可怕，遮蔽高空，封锁了他所有的退路。他一声大喝，运转特别的呼吸法，吞吐天地间游离的能量，而后抬起左手，动用天师降妖术，雷电符号瞬间出现。

电弧激荡，半空中上百根金色羽毛遭到雷电的轰击，景象顿时恐怖起来。

雷与火相互碰撞，瞬间发生大爆炸！

“当当当——”

一些金色羽毛被阻挡，但还有一些射了下来。与此同时，楚风体外浮现出能量大钟，阻挡射下来的金色羽毛。

“噗噗噗！”

许多金色羽毛插入楚风周围的地面，瞬间而已，火光冲天，地面塌陷，山林被毁，岩浆滚滚，宛若世界末日来临。

金乌王越发凶狂地拍着双翅，无数的火焰席卷而下。

“死乌鸦，你除了喷火还会什么！”楚风略显狼狈，因为他脚下的山地都熔化了，成了岩浆地。他浑身发光，释放能量，护住身体。

“哧！”

突然，金乌王俯冲而下，化成一个金发男子，抡动双拳击向楚风，气势逼人。

“轰！”

金乌王的双拳发出炽烈的光芒，身体表面也是光束交织，十分耀眼。金乌王如同神人下凡，气息过于恐怖。

楚风不惧金乌王，敢近身过来的敌人并没什么可怕的，就怕敌人总是翱翔在空中，他无法触及。

“咚咚咚——”

两大强者不断碰撞，光芒迸发，能量激荡。

金乌王不愧是征战“封禅之地”的绝世强者，实力极其强大，一双拳头就能震塌山岭。金乌王跟楚风激烈交手，实力毫无保留。

“噗！”

突然，金乌王张嘴喷出一道金色光束，让楚风惊悚不已，一瞬间而已，护住他身体的能量大钟就被这道金色光束击穿。

楚风横移身体，惊险万分地避过了金乌王的攻击，而在他的后方，一座石山被金色光束击中，直接熔化。

“太阳火精！”楚风震惊不已。太阳火精是火道精华，刚才那道金色光束竟是太阳火精，真要被太阳火精击中，他必定承受不住。幸好，金乌王喷出那道太阳火精后，身体摇晃，短时间内无法喷出第二道了。

“死乌鸦，拿命来！”楚风大吼，斗志昂扬，再次冲过去跟金乌王搏斗。

天师降妖术、驭剑术……楚风一一施展，现在是真正的大决战，可不是锤炼拳意的时候，金乌王非常可怕，比海族的黑膳、乾越强多了！

“哧！”

金乌王再次腾空而起，化成本体。只听一声大喝，它动用了一种非常可怕的能力，天空中，金色羽毛飘舞，瞬息间，无数金光迸放。

“嗯？”楚风吃了一惊，只见所有的金色羽毛都化成了金乌，在空中盘旋，恐怖气息弥散开来。

这种景象让楚风一阵头大，也让远处的西伯利亚虎王、大黑牛等心惊不已。

难道这是金乌王成百上千的化身吗？金乌王跟那些金色羽毛化成的金乌混在一起，令人难以分辨哪个才是真正的金乌王。

这种能力让人防不胜防。

“当！”

楚风体外浮现出能量大钟，被动防御。同时，他的掌心发光，雷电符号闪现，一道又一道雷电打向空中，他希望借此逼出金乌王。

“哧哧哧——”

此时，所有的金乌都散开，分布在四面八方。楚风想要用雷电轰击金乌，必然会耗费巨大的能量。

“死！”金乌王的喊声响彻四面八方，成百上千只金乌一同朝楚风扑去。

“每一根金色羽毛上都附着一点精神能量，所以一时间难以分辨出哪个是真正的金乌王！”楚风暗自思忖。如果给他时间，他自然能够分辨清楚，但现在时间太仓促了。幸好他有能量大钟护住身体，防御力惊人。

他不得不感叹，金乌王这一招确实很恐怖，足以消灭诸多王级强者，就连一些绝世强者都不见得是金乌王的对手。

“当当当——”

楚风体外的能量大钟被金乌撞得颤动不已，同时，许多金乌直接变回了金色羽毛。

“咚咚咚——”

天地间，擂鼓声般的心跳声再次响起，楚风心脏发光，身体近乎透明，释放出自身最强的能量。

生死搏斗之际，楚风将神觉扩散到极致，很冷静地寻找真正的金乌王。

最为关键的时刻，楚风警觉起来，横移身体，与此同时，金乌王现身，张嘴喷出一道金色光束，那正是能击穿他的能量大钟的太阳火精，险些触及他的身体。

“哪里走！”楚风避开金乌王的致命一击后，快速腾空而起，追击金乌王。

他已经发现，金乌王一旦喷出太阳火精，就会有片刻较为虚弱，这正是除掉它的最佳时机。

金乌王震怒，它的千万化身术居然这么快就失效了，如果楚风慢一些，它的太阳火精就能喷到楚风的身上，烧穿楚风的身体。

“砰砰砰——”

天空中，金乌王遭到了楚风最猛烈的攻击，从形意拳到大力牛魔拳与蛟魔拳，拳拳气势骇人，光华刺目。

金乌王的一些金色羽毛带着血飘落下来，同时，楚风被火焰灼伤的拳头发黑。

“你们敢！”突然，金乌王大叫，因为它看到了西伯利亚虎王等在动手，准备带走九命猫王。

金乌王瞬间射出无数金色羽毛，试图阻挡西伯利亚虎王等，同时，它舍弃楚风，朝那里扑击而去。

楚风落地后，在后面追赶金乌王。

“砰砰砰——”

楚风和金乌王几乎同时赶到那里，展开了数十次剧烈的碰撞。这是一场硬拼，没有任何花哨的招式。

“噗！”

金乌王咯血，身负重伤，骇然失色。它有过特殊的机缘，拥有了金乌的血统，肉体力量强大至极，可今日它居然屡次处于下风，这让它大为震惊。

之后，金乌王抓着九命猫王的躯体腾空而起，楚风追击上天，跟金乌王交手。

金乌王惊怒交加，浑身金色羽毛竖立。

楚风在落地的过程中取出金刚琢，他知道金乌王要退走了，现在需要动用撒手锏了。

“让我来！”大黑牛狂吼，脸都憋红了。大黑牛已经忍了很长时间，现在正借助西伯利亚虎王的力量，冲上高空，同时挥动手中的禅杖。

一尊金身罗汉在虚空中浮现，那杆禅杖发出的光芒骇人至极，瞬间便笼罩了那片天空。

“砰！”

禅杖发威，恐怖能量扩散开来！

金乌王身躯剧烈震动，金色羽毛纷纷扬扬，从空中飘落下来。它遭受重创，险些从空中栽落下来。

“打偏了！”大黑牛抱怨道，同时疾速向下坠去。

楚风抬头望着，晃了一下金刚琢，感觉自己距离金乌王太远，对方多半能避开金刚琢的攻击。

“金雕王，给我追！”楚风转身冲着后面喝道。而后，他跃上金雕王的脊背，追击逃跑的金乌王。

第147章
位列东方十大强者

金雕王在户山刚被楚风强行收为坐骑时，心中极为不忿，可是现在已经快被征服了，主要是因为楚风太强悍了。金雕王看到了什么？楚风先是攻克了两大财团，后又击败了九命猫王，现在又要追击金乌王，这让金雕王心中悸动不已。

金雕王没有拂逆楚风的意思，很配合地张开翅膀，刹那间罡风猎猎。

“接着！”大黑牛落地后顿时瘫软在地，一身能量被抽干，彻底没了力气，勉强将禅杖抛向楚风手里。

黄牛不放心，纵身一跃，也来到金雕王背上，跟楚风一起追击金乌王。

金雕王腾空而起，速度越来越快，最后达到了四倍声速，追击远遁而去的金乌王。

金乌王在前，金雕王在后，从吴苏城外冲向远方的山岭。它们像是两架超声速飞行器，发出巨大的声响，沿途惊动了不少生物。

可惜，金乌王起步早，而且终究是挣断了六道枷锁的绝世强者，显然速度更快。哪怕已身负重伤，在拼命的情况下，它依旧保持着惊人的速度，将金雕王越甩越远。

“金乌王，有种你不要逃！”楚风在后面大喊，可惜距离太远，金乌王根本听不到。

楚风他们一路追击，从吴苏城外追到嘉西境内。最终，金乌王消失在楚风的视线之中，楚风无比遗憾，没能除掉这只绝世禽王。

不久，这场绝世大战的消息走漏了。

“大事件，楚魔王又一次捅破了天！”

楚风跟九命猫王和金乌王的战斗地点就在吴苏城外，当时就被人察觉到，只是没人敢接近，人们都在远距离观战。虽然人们看不清楚这场大战的具体情况，但最后的场面让他们震惊不已。

金乌王带着九命猫王的躯体冲天而去，楚风则在后面追击，这样的场面震撼了每一个人的心灵。

沿途也有人看到这样的场面，各种线索拼凑在一起后，人们全都震惊了！

现在人们已经能推测到发生了什么，这实在出乎众人的预料，两大绝世强者相继败北，九命猫王更有可能命丧当场！

各路人马都有些发蒙。

楚风不是刚攻克了两大财团吗？他怎么又跟异类中的绝世强者大战起来？这也太突然了。

“楚魔王也太强悍了！”人们不得不叹。

别说普通人，就是诸王都心悸不已。这样的楚魔王谁人可敌？连续挫败两大绝世强者的攻击，意味着楚风已经真正崛起，屹立于绝世强者之列！

在此之前，楚风闹出的动静再大，一些老牌的绝世强者心中也有底气，但现在他们底气不足了。谁能说自己一定比九命猫王强大？九命猫王可是天生的刺客，是行走于阴影中的偷袭者，却在与楚风的战斗中生死未卜。

某些财团的高层坐不住了，感觉胸口很闷，眼前发黑，心中有一种深深的不安。

楚风越来越强，超出他们的预料。

此前他们派人对付楚风时，楚风不过挣断了四道枷锁，而且重伤垂死，被诸王认为走不出嘉西。

此外，黑騰一旦养好伤，必然会对付楚风，两者之间境界差距太大，对战的结局不会有任何悬念。而且，孔雀王南下，号令南方各路禽王寻找楚风，欲置楚风于死地。

当时，嘉西境内有数十个王级强者全面追击楚风，楚风身处天罗地网之中，正常情况下完全没有活下去的可能。尤其是，有强者很快发现了他的行踪，二三十个王级强者一起出击，誓要击败楚风，逼问出绝世呼吸法。

让人震惊的是，一切都在那一晚发生了巨大的变化，楚风战出了一条血路，成功突围，逃出生天，堪称奇迹。

楚风大战诸王，最终成功突围，越发显得他身上的呼吸法超凡，也越发让各方势力眼红。

可惜，没有人能成功地斩灭楚风，反而是曾围攻楚风的一些王级强者遭到了楚风的报复，楚风那一系列惊人的战绩震慑各方。

某些财团曾经对楚风下狠手，手段比异类还要狠辣，现在他们无比心虚，真的怕了。楚风越是强大，他们心里越是不安。

“现在谁还能打败这个楚魔王，难道没人治得了他吗？”有异类哀叹道。

九命猫王生死未卜，金乌王被追击，这则消息对许多异类来说无异于天塌地陷。

有人忧愁，自然也有人欢喜。

“哈哈，楚神太厉害了，自从在嘉西被围攻后，他踏出了一条血路，迅猛崛起，再也不怕异类的绝世强者了。”

普通人都很高兴，当初楚风斩了在人类的城市中肆虐的苍狼王，许多人记住了他的好，于是对他一路力挺。

此时，海族倒是很淡定，并不觉得楚风的战绩有多么辉煌。大海浩瀚，海中自然有更加可怕的王级强者，而且，海中的王级强者在数量上远超陆地上的王级强者。

登岸后，海族一向自信满满，这一次自然也不例外。有海族强者以俯视的姿态点评楚风的战绩。

“不过如此。”某个海族强者对楚风的战绩评价不是很高，似乎对他看不上眼。

“也算不错了，跟海族中的蛟龙、海神虎等族的天才相比，也不见得弱，是一个人物。”也有海族强者还算客观地评价楚风，言语之中没有什么轻视之意。

“可惜，南域海黑龙太子被人联手害死了，不然，哪能让这个楚风如此恣意妄为，早就除掉他了。”有海族强者表示遗憾。在这些海族强者看来，如今陆地上的人类本应战绩不佳，辉煌当属南域海黑龙太子。

事实上，有些海族强者就是因为有这种心态，才会有意贬低楚风。

“玉虚宫，你们终究会承受南域海龙族的怒火！”一个海族强者放狠话，称南域海龙族会报复玉虚宫之主。因为，海族得到证据，有人看见玉虚宫之主出现在太京山，现在很多海族强者确信黑騰是玉虚宫之主联合他人一起斩灭的。

正因如此，海族强者坚信楚风很幸运，没有与黑騰交手，否则，他肯定会被黑騰除掉。基于此，海族强者始终认为楚风论实力不如黑騰。

楚风听到消息时，一阵无语，难道他莫名其妙地洗脱了“嫌疑”？

此前海族将他列为怀疑目标之一，无比仇恨，现在玉虚宫之主反倒替他背了黑锅。同时，楚风有些诧异，难道他与黑騰交手时，玉虚宫之主就在太京山？

陆通得到消息时，也是一阵无语，而后迅速联系玉虚宫之主，让他做好准备，或许海族会进攻玉虚宫。

玉虚宫之主此时就在嘉西境内，闻言一脸无奈。

同样在嘉西境内的昆林山的夔王、凌山大林寺的老猿、谷山的金翅大鹏王等先后开口，称玉虚宫之主果然了得，居然斩了南域海黑龙太子。

“不是我做的。”玉虚宫之主澄清事实。这种战绩落在身上虽然能威震天下，但是风险太大，可能会被海族大举报复。况且，黑騰真不是他斩灭的，他可不愿意背这个黑锅。

可是海族很固执，认为黑騰就是他除掉的，有证据表明他当时就在太京山。

“我只是路过。”玉虚宫之主解释。

在海族看来，这是可笑的解释，路过……骗人吧！

随后，有人称看到八景宫之主在嘉西，猜测是两大宫主联手斩了黑騰，夺了南域海龙族的无上武器。

这则消息着实引起了一番不小的轰动，两大宫主亲临嘉西，这可不是一件小事。

接下来的一则消息，让事情出现了转变。

云落山一战，楚风大战四方，消灭诸王，其中那个挣断了六道枷锁的绝世强者的身份曝光，正是三眼族强者乾越。

此前卫星捕捉到的画面中，激战的强者全都被光团笼罩着，看不清真容。但是，异人军队、大量科研人员前往云落山后，不可能都守口如瓶，消息最终还是泄露了。

海族强者彻底傻眼，它们一直故意贬低楚风，认为他只是侥幸躲过黑膦的攻击，不然，他必死无疑，没想到到头来又传出这样的战绩。乾越比黑膦还要厉害一分，连乾越都败在了楚风手里，这让自负的海族强者面子挂不住了。

随后，有人分析楚风的各种战绩，将云落山和吴苏城外战场的残迹进行比较，然后将对比照放在网上，请专人点评。

结果，专人越是研究越是神色古怪。太京山附近的战斗痕迹哪怕被清除不少，但还是有迹可循，跟云落山和吴苏城外的战斗痕迹实在太像了。

“不会吧，难道黑膦也是被楚风除掉的？”异类中德高望重的老前辈都忍不住这样猜测，而后被这种猜测惊呆了。

这引起了轩然大波，一群人疯狂对比，认真研究那些战斗痕迹，最后所有人的心里都有了这种怀疑。

怎么看太京山附近的战斗中都像是有楚风的身影，因为造成的破坏痕迹太相近了。

之后，有人在太京山附近的一块岩石上看到了一个足迹，仔细对照之后，发现这跟楚风的脚掌很相符！

海族恼羞成怒，一些海族强者曾亲口说黑膦的死不是楚风所为，认为楚风的实力还不够，结果现在挨了一记极为响亮的巴掌。更可气的是，那个楚风自始至终都没有吭声，一副置身事外、无比超然的样子。

“咬人的狗儿不露齿！”海族气坏了，觉得被楚风耍了，各种难听的话都说了出来。

各方势力瞠目结舌，原来最近所有的大事都是楚风一人所为。许多人惊惧不已，这个楚魔王比他们想象中的还要强悍！

大黑牛、驴王一行也在议论此事。

“太巧了，该不会是玉虚宫之主不想为你背黑锅，故意把消息泄露出去的吧？”

嘉西境内更是无法宁静，登岸的海族强者大多在这里，想要进攻虎泷山，占据

“道教圣苑”。

“楚风，你真是可以啊，我们就问你一句话，南域海黑龙太子到底是不是你除掉的？”

海族动了真怒，有强者说想挑战他，有强者说要追击他，还有强者说黑臁的父亲南域海老龙王必然会登岸取他性命。

“蛟蛇的味道不错。”楚风终于开口，一句话就像是捅了马蜂窝，就是陆地上的各路强者也一阵无语，这个楚魔王还真是不怕事大。

说这句话的时候，楚风已经一路北上，来到了海明城，也就是天神生物总部所在地。

海明城的规模很大。

楚风他们低调抵达海明城，并没有惊动其他人，很多人以为他们还在嘉西。

此时，外界对楚风议论不绝，热度还在持续当中，他敢跟海族死磕，这绝对是一件大事。

不少人都在谈论楚风的实力到底有多强，因为他战绩太突出，已经超过一般的挣断了六道枷锁的生物。不然，他何以能斩黑臁、除乾越、胜九命猫王？

有人相信，如今的楚风或许可以位列东方十大强者，这是惊人的实力排名，尽管不是所有人都会认同。

昆林山的老僧人、宝峦山的山龟、谷山的金翅大鹏王……这些都是被众人认为可以进入东方十大强者之列的生物，实力极强。相对来说，楚风太年轻，跟那些活了数百年甚至上千年的生物相比，他崛起的速度太快。

有人提及楚风可以位列东方十大强者，引起了人们的热议，不管是否属实，这本身就是对楚风能力的一种认可。

随之而来的则是对他崛起的秘密的探索，不用多说，很多人都猜测这跟他掌握的绝世呼吸法有关。不过，现在没有人敢轻举妄动，因为楚风将南域海黑龙太子都当成了食物，连大财团都敢攻克，现在的他就是一个魔王。

天神生物，林家。

许婉怡最近这段日子时喜时忧，楚风重伤垂死时她自然很高兴，楚风归来时她则心情糟糕。

她的妹妹许婉清跟穆家公子联手对付楚风，结果都死在了卫城山，这让她一度仇视楚风，想尽办法报复楚风。可是，随着楚风成为王级强者，她不敢再随意出击了。

“跟海族作对，得罪了南域海老龙王。”许婉怡笑了，觉得自己的心病快要去掉了。

南域海老龙王足有一千五百年的道行，如今正在大洋深处寻找化龙果，不然早已登上陆地对付楚风了。

“咦，外面怎么这么热闹？”许婉怡惊讶不已。

林家是一个大家族，人口众多，在这片别墅区拥有很多栋房子，此时嘈杂声从外面传来，引起了许婉怡的注意。

“少奶奶不好了，是那个楚魔王来了！”她的亲信前来禀告。

“什么，他不是在嘉西吗？”许婉怡很慌乱，她曾经数次针对楚风，甚至迁怒到楚风的父母身上，所以她非常怕楚风报复自己。

接着，她接到消息，楚风指名道姓要见她，时间就是现在。

许婉怡顿时脸色煞白，而后“咚”的一声栽倒在地，吓得昏厥过去。

此时，林家一些重要成员亲自迎接楚风，将楚风请进会客厅中，连几名年纪很大的老者都亲自作陪。他们没有想到楚风会来海明城，而且直接到了林家。

林诺依此刻并不在海明城，不过她已经接到了消息，说一两日内就能赶回来。

林家人的心情极为复杂，他们从未想过楚风能在这么短的时间内走到这一步。

他们认可楚风的实力，在天地剧变后，像楚风这样的强者是各大财团最需要的人才。但他们内部在谈论时对楚风颇有微词，觉得楚风不够内敛，行为偏激，在财团中得罪的人太多了。

他们中的一些人了解天地剧变的本质，深知财团底蕴的可怕，因为他们自身就是财团。

“楚风，你跟诺依是同学，而且关系很好，我们不把你当外人，有些话若是说重了，你也不要太在意。”一名老者开口。他是林诺依的叔爷，年纪很大，但脸色红润，精神矍铄。

“如今只能算是天地剧变的初期，以后的事谁也说不准。”他刚才已经委婉地点拨楚风，这样一路大战下去不好，这世上谁都做不到无敌，要多考虑将来的事。

楚风听后虚心点头，并没有反驳。

总的来说，气氛还算不错，没有发生不愉快的事，因为楚风确定林家没有安排王级强者去对付他。甚至，林家人告知楚风，穆家应该也没有这样做。

这让楚风诧异不已。

事实上，他来海明城主要是想针对穆家。他知道有林诺依在，林家应该不会跟他对立，但穆家不同，穆家本就对他怀有敌意，他自然会怀疑穆家参与了围攻他的行动。

“穆家现阶段求稳，静等天地再次剧变，应该没有参与。”老者告知楚风。

不久，许婉怡来了，脸上勉强带着笑，哪怕是在天神生物林家，她也担心楚风一言不合就会除掉她。

对于财团的人来说，楚风近乎被妖魔化，他一日间就攻克了两大财团，财团中人谁不害怕？

许婉怡这个跟楚风有宿怨的人现在更是害怕到极点，她的丈夫林夜羽目前又恰好不在。

林家有的人多少知道一些情况，一直圆场，希望楚风能够不计较。

楚风盯着许婉怡看了又看，真想出手对付她，但他想了又想，没有当场发作，不过他的脸上也没有什么笑意。

楚风直接说许婉怡手段过人，竟针对他的家人，他曾不止一次想来海明城“拜会”林家。

这让林家人的脸色都变了，这个楚魔王说的“拜会”可不是什么好话，通古联盟、地外文明所都曾被他“拜会”过，结果成了什么样子？

林家有人对许婉怡神色不善，也有人同情她。最终，许婉怡“咚”的一声倒下，又昏厥过去。

楚风一脸无奈，他真没打算在还算融洽的气氛中对许婉怡出手，没想到她这么不禁吓。

到了他这个层次，要对付这个女人实在太容易了，他甚至不用亲自动手，只要逼迫林家人就可以了，但今日他不想这么做。

“我希望她不要再动什么坏心思。”楚风说道。

最终，他没有离开林家，林家人很好客，专门为他安排了住处。

林家人知道楚风和林诺依之间有过交往，便告诉楚风，林诺依马上就会回来。

“你们怎么看？”林家几个重要人物在一间密室中交流。密室用的建筑材料十分特别，足以隔绝王级生物敏锐的神觉。

“实力超凡，崛起迅猛，极有可能变得更强，但这只是从进化角度考虑。”

“过刚易折，哪怕能够保住自身，以后的路也难免曲折。”

林家几个重要人物谈论着，对楚风的进化天赋给予肯定，但是觉得他不够内敛，前景不会太光明。不说财团底蕴尽出时会发生什么，就连海族这一关他都不见得能迈过去，南域海老龙王一千五百年的道行可不是虚的。

“族中有些人希望诺依能和他在一起。”

“他们什么都不懂，让他们闭嘴！”

楚风在林家住了一天便离开了，去酒店找大黑牛、西伯利亚虎王等。

接着，楚风他们来到穆家。

穆家的嫡系成员都不在，显然他们担心楚风借故向他们出手。两大财团接连被楚风攻克，早已令他们惊恐万状。

留下的人向楚风保证，穆家这次绝对没有参与围攻他的行动。随后，他联系林诺依，向她求证，得到的答案是穆家应该没有出击。

楚风相当诧异，跟他有仇的穆家居然没有妄动，跟他无冤无仇的通古联盟、地外文明所反倒积极出手，世事真是难料。

“你什么时候回来？”楚风问林诺依。

“明天应该能到海明城。”林诺依回道。

楚风出现在海明城的消息最终泄露，引起了不小的轰动。

当下，越来越多的人认为楚风或许真的有资格位列东方十大强者。许多人以为他会对天神生物出手，结果发现毫无出手的迹象。

“他该不会成为林家的女婿吧？”一些希望看到大战的人酸溜溜地说道。

午时，正当骄阳似火，海明城内出现了异常之事，数十株藤蔓从天穹垂落而下，直抵海明城中。

相似的事还发生在雷天城、吴苏城和杭城等地。接着，西方一些大城的上空也出现了怪异的藤蔓。

各地的人们大吃一惊，不明白这是怎么一回事。

昔日，太空中曾有植物生长，甚至危及卫星等，最后这些植物都被炸弹摧毁了。难道现在发生了相似的事情？

然而，经过高空拍照、卫星监测，人们震惊地发现，这一次根本不是那么一回事。这些藤蔓像是从半空中突兀地长出来的，扎根在虚空中。

楚风第一时间让金雕王载着他升上高空，想查看个究竟。黄牛与楚风同行，神色凝重。

这些藤蔓像是绳索般，都很结实，有的从上万米高空垂落，有的则从数百米高空垂落，且颜色各不相同，有的绿油油的，有的紫莹莹的。

楚风和黄牛寻到一株蓝色的藤蔓，这株藤蔓从三千米高空垂落，有手臂那么粗，蓝得醉人。楚风和黄牛来到它的源头，发现那里有一团直径一米的雾霭。

楚风刚要接近，黄牛一把拉住了他，道："别接近。"

楚风和黄牛观察了一番，发现所有藤蔓的源头都有一团不大的雾霭。

楚风祭出赤色飞剑，接近雾霭，很快传来一阵叮当声，赤色飞剑像是遭到了什么撞击。他神色一变，瞬间收回了赤色飞剑，然后仔细观看剑体，却看不出有什么异常。

"难道又一次天地剧变彻底到来了？"楚风自言自语。

当日，有一些异人非常大胆，沿着藤蔓向上攀去，竟然消失在雾霭之中。

"这是登天梯，连着仙界啊！"一则传闻就这样流传开来。

绝大多数人不敢妄动，不愿以身犯险，但还是有一部分人爬了上去，而后消失在雾霭中。

这引起了巨大的轰动，所有人都在等待，想看看那些消失在雾霭中的人是否还会出来，出来之后会有怎样的变化。

第148章

千星藤

艳阳下的藤蔓长势旺盛，色彩斑斓。有的赤红如火，叶片翻动时赤光漫天；有的雪白晶莹，微风拂动时叶片如雪花飘舞；有的黑黝黝，宛若黑龙倒挂……

每一座较大的城市上空都有数十株藤蔓，这些藤蔓源头距离地面数百米到上万米不等，引起不少人探索的欲望。

“这到底是什么？”这么多藤蔓同时出现在世界各地，吸引所有人的目光，楚风总觉得不对劲。

到现在为止，有两三千人沿着藤蔓攀爬上去，而后消失在直径一两米的雾霭中。这些人有的是异人，有的是普通人。相对而言，那些普通人赌性更大，想改变自己当前的状态，迫不及待地闯入高空的雾霭中。

黄牛狐疑，仔细看了又看，道：“应该是千星藤。”

“那是什么植物，很有名吗？”楚风问道。

“嗯，非常有名，它们真正成长起来后，能够遮天蔽日，覆盖星空。”黄牛答道，粉嫩的小脸上写满了严肃。

楚风惊诧，暗自思忖：“居然这么夸张？”

“这些千星藤还处于初始阶段，才生根发芽，离进化成熟还很远。随着它们不断生长，它们的形态会不断改变。”黄牛小脸绷紧，神色凝重，告知楚风，最惊人的千星藤就如其名，扎根在星空之中，连接着上千颗星辰。

“连接上千颗星辰？”楚风目瞪口呆，这简直就是天方夜谭。

“不过，成长到那个层次的千星藤没有几株。”黄牛很严肃，因为千星藤在黄牛来的那个世界都没有，只记载于古籍之中。

“一日之间，漫天千星藤生长，这预示着什么？”楚风皱眉。

“有可能是星空深处飘来的种子，在这个世界的复苏之地发芽，也有可能是其他世界的人故意这样干的。”黄牛说道。正因如此，黄牛才叮嘱楚风，不要轻易闯进雾霭中，雾霭里面可能连着一条路，那样做太冒险。

“一座名山一条路，现在连天空也是如此吗？我怎么感觉我们这个世界四通八达啊！”楚风神色古怪。

“原本就是如此，不然，你以为域外各界的道统为何都不要命地想来到这个世界，还不是为了夺得机缘。”黄牛仰望天穹，神色复杂。

“这个世界许多地方都有场域，足以证明这片古地十分不凡，曾经有各种道场。”黄牛提示。

研究场域比掌握各种传承还要复杂，即使在域外都少有生物愿意触及这一领域，那少许研究场域的人才多在顶级道统中。而在这个世界，各座名山几乎都布有场域，只不过现在还没有真正显露出来，这非常惊人。

“我再提醒你一遍，天地剧变后，圣树根须复苏，某些场域开启，在这里修行一年相当于在其他世界修行百年，就是域外的大教都会坐不住，但出于某种原因，域外生物很难降临到这个世界。正因如此，各界的高人都会想尽办法打通连接这个世界的路，将门人弟子送过来，以寻求成圣做祖的契机。”黄牛旧事重提，让楚风珍惜可以迅速进化的机会，否则，一旦错过，将遗憾终生。

此时，金雕王从空中降落，大黑牛、西伯利亚虎王和驴王都凑过来，听到了黄牛和楚风最后的谈话。

西伯利亚虎王觍着脸，道：“兄弟，你们抓紧时间参悟那本关于场域的古册，抢占先机，攻占天下所有名山，我们就此成圣做祖！到时候，那些神子圣女就算来了，也只能乖乖地臣服于我们。”

黄牛鄙夷地道：“就怕那些人来了，你第一个叛变，跑过去给人家当坐骑或者当护山凶兽。”

“胡说，我是那么没有节操的虎吗？”西伯利亚虎王反驳道。

“是！”大黑牛郑重地点头。

次日，林诺依回到了海明城。

她穿得很随意，下半身穿着有几个破洞的牛仔裤，上半身搭配一件宽松的T恤。这身装扮虽然跟她的身份和气质极不相符，但很接地气。

她身材高挑，跟楚风肩并肩，漫无目的地走着。尽管穿得很接地气，她依旧气质偏冷，像是一朵冰山雪莲在这滚滚红尘中绽放，带着冷冽的气息，还伴有一丝幽香。

上一次见面时，林诺依就已经成为王级强者，现在她的实力更进一步，变得更加强大了。

“真正的大时代要来了。”林诺依仰望高空，看着那些色彩斑斓的千星藤，有担忧，也有向往。

财团的人比常人更了解天地剧变，林诺依虽然很年轻，但也从族中知道了不少秘密。

天地接下来可能会发生更剧烈的变化，也许强者会更强，也许弱者因弯道超车而崛起，甚至，也许有域外生物降临到这个世界，各种情况都可能出现，一场变局即将到来。

林诺依看向楚风，认真地告诉他，这段时间他应该收敛一些，要懂得在马上到来的变局中潜伏与自保。

楚风明白林诺依的好意，他自然知道出头的椽子先烂。

现在几大名山飘雪，天空中异藤垂落，天地明显要剧变了。谁能崛起，谁将没落，这很难预料得到。现有的绝世强者可能会更加强大，也可能会被后来者赶超，整个格局都将改变，就连财团都在等待那一天真正到来。

楚风被各路强者围攻，一直咽不下这口气，想再算一笔账，然后让自己的生活归于平淡。然而，在林诺依的一再劝说下，楚风改变了想法，点头道：“接下来我会修身养性，等待这场大变局到来。”

楚风之前一直过着打打杀杀的日子，或许他真的需要让生活归于平淡。

楚风知道天神生物曾有出海的计划，了解很多海族的事，他待在海明城就是想通过林诺依进一步了解南域海老龙王，那条老蛟蛇的确让他有些忌惮。

“南域海老龙王足有一千五百岁，膝下有三子，黑螣是其最小的孩子。”林诺依将自己所知道的情况详细告知楚风。

楚风感觉到了压力，从种种迹象来看，那条老蛟蛇的确强大无比。

“短期内南域海老龙王应该不会到陆地上来。海中的机缘不比陆地上的少，海中有水下洞府遗迹，有真龙巢穴传说等。更重要的是，南域海老龙王正在追寻化龙果，这对其至关重要。”

林诺依猜测，近几个月内南域海老龙王都不会登岸，目前大洋深处对化龙果的争夺非常激烈，任何一条线索的出现都可能搅起腥风血雨，几大霸主不会在这个时候离开。

“几个月能发生很多事情。”楚风微笑。他没什么可担心的，几个月后天地早已剧变，他只要抓住机会不断进化，就可以立于不败之地。他手中有三颗种子，只要名山上的异土进一步复苏，他便可以再次栽种种子，借此进一步进化。

随后，楚风又问起那块藏有蛟魔拳的玉石书，林诺依告诉他，先秦研究院还没有归还此物。

当日，楚风离开了海明城，跟黄牛等一起赶赴嬴都，也就是先秦研究院总部所在地。

嬴都是一座历史悠久的古都。先秦研究院坐落在这里，最早是研究先秦历史，后来逐渐壮大，成为一家财团。在研究先秦历史时，先秦研究院曾得到一些古器，接触到一些超自然能力，所以这家财团越发追求神秘力量。

嬴都，古老的城墙斑驳而沧桑，如一幅画卷横于天地间。

天空中，一株又一株千星藤垂落下来。

“最新消息，有人从上面安然回来，他们说这些藤蔓的尽头是天宫，有仙土，还有人采摘到了神秘果实，如今已进化到了准王境界。”楚风他们行走于嬴都中时，听到了这样的消息。

各大城市上空都有千星藤，很快又有一些消息传来。

“有普通人进化成异人，有异人进化成准王！”

“我们要是爬上去，会不会进化成为绝顶王级强者？”大黑牛心动了。

“别冒险，我总觉得像是圈套。”楚风警告大黑牛，别禁不住诱惑。

他们来到先秦研究院，这里很安静，只有少数人留了下来。

楚风早已料到了这一局面。他一日内攻克两大财团，威震天下，其他财团肯定有所防备。先秦研究院选择避其锋芒，撤走了大部分人马。

不过没多久，一个熟人出现在楚风面前，此人正是齐宏林，当初楚风和他在雷天城见过。他是先秦研究院的高层，藏有蛟魔拳的玉石书就是他向楚风赔罪时送给楚风的。

“老朽待在这里只是想表示诚意，我们先秦研究院真的没有参与围攻小兄弟的行动。”齐宏林神色坦然道。随后，齐宏林双手奉上一块古玉，告知楚风这就是天神生物借给他们的那一块玉石书，他们已经得到林家知会，可以将玉石书转交给楚风。

一切都出乎楚风的意料，对方不但敢于现身，还如此低姿态，直接奉上他迫切想要得到的玉石书。

这块玉石书中蕴藏着蛟魔拳的下半部，上一次他只得到了蛟魔拳的上半部。

黄牛曾告诉楚风，完整的蛟魔拳与大力牛魔拳融合后，能让自身战力倍增！

上一次，楚风只融合了蛟魔拳的上半部，的确感觉自身实力提升了一截，但这还远远不够。

楚风一指点在齐宏林的眉心，对齐宏林进行催眠，结果没有任何证据表明先秦研究院曾派人围攻他，他有一种一拳打到空气中的感觉。不过，值得欣喜的是，他得到了蛟魔拳的下半部！

“楚风，我们在大林寺。”

意外的通话让楚风大吃一惊，他的父母居然在凌山大林寺。

“别担心，我们来这里访友而已。”楚致远的声音从通信器里传来，略有一些不自然。

楚风心中一惊，他不明白父母怎么突然去大林寺访友，而且他能感觉到父亲的声音不自然，该不会发生了什么事吧？

楚风用一种只有他的父母才能听懂的暗语与他们沟通，因为楚风与他们提前制定过应急措施，商量过一旦遇上意外该怎样应对。

“别瞎想，我们很好，只是来这里做客。”王静在通信器另一端开口，似乎还在取笑楚致远。

“什么情况？”楚风狐疑。

“我们跟凌山大林寺的猿猴是旧识。”王静说道。

很快，楚风便知道了这是怎么一回事。

当初，天地刚开始剧变，楚风从卫城山一路跋涉，回到雷天城的家中时，老猿第一个开宗立派，当时正是大林寺震世之际。

楚风还记得，那天吃饭时他的父亲怨气十足，对凌山的猿猴没有什么好感。在他看来，他的父亲平日间儒雅而稳重，可当时很不淡定，有些好笑。

王静在饭桌上揭短，说他们以前去凌山时，曾用水果喂凌山上的猿猴，结果楚致远好心没好报，被其中一只猿猴抓破了手臂，自那之后，他就对猿猴再也没有一丝好感。

当时，楚风只是当笑话听了，可现在他目瞪口呆，那只抓破父亲手臂的猿猴竟是大林寺老猿的孙子！老猿的孙子前段时间去雷天城，在碧游宫中意外看到楚致远夫妇，先是一阵狐疑，而后竟认出了他们。

“猿猴一脉在凌山立教，成立了大林寺，得到了金身罗汉呼吸法，也算是皈依佛门。佛门讲究因果，那只猿猴见到你爸和我后，称我们以前种下善因，现在要结下善果。”王静笑道。

楚风明白父亲的声音为何不自然了，不禁大笑起来。此时，他彻底放下心来，告诉父母自己会尽快赶去大林寺。他也想登上凌山看一看，那可是名山中的名山。

先秦研究院的事已告一段落，能够得到蛟魔拳的下半部，楚风也算满意。

就在当日，楚风、黄牛和大黑牛各自以精血开启传承，终于得到了完整的蛟魔拳。这对目前的他们来说意义不小，能让他们战力激增。

“最近我们行事还是低调一些吧，我要去凌山大林寺走一趟，你们去吗？”楚风问道。

“不去！”大黑牛直接摇头，还黑着一张脸。黄牛则偷着乐，因为黄牛知道这是怎么一回事。

“你跟老猿不是结拜兄弟吗？”楚风哪壶不开提哪壶。

当初，大黑牛偷偷上凌山，想盗取凌山上的金刚菩提果，结果被老猿狠狠地揍了一顿，因此，大黑牛肯定不愿意去凌山。

黄牛道：“我们先去找个地方练拳，然后去嘉西。听闻海族准备大举进攻虎泷山，我们看一看能否浑水摸鱼。”

分别时，黄牛小声提醒楚风，让他看一看凌山大林寺有没有猴儿酒。

“猴子真会酿酒？”楚风愕然，他一直以为这只是一种传说。

黄牛告诉楚风，天地剧变后猴儿酒与蜂蜜的价值不好估量，其中一部分可能是无价之宝。

很快，楚风就明白了，如果是以异果酿的酒，或者是以异花酿的蜜，那的确了不得。

最终楚风跟黄牛等分开，也没有让金雕王当坐骑，一个人上路。

天地剧变后，赢都到凌山的距离有五千公里左右。对于普通人来说，这样的距离十分遥远。然而，对于楚风来说，他如果始终保持五倍声速的速度狂奔，不到一个小时就能赶到凌山。

当然，目前他只能在前半个小时内疾速奔行，超过一定的时间必须降低速度，不然就会浑身滚烫，容易伤到自己。

傍晚时分，楚风赶到了凌山脚下。

凌山在天地剧变后变得异常巍峨，宛若与天相连。

山上松青柏翠，紫气氤氲。在霞光的映照下，山上一片殷红，淡金色的光芒闪耀其中，显得十分神圣。

楚风无声无息地开始登山，很快便来到了凌山上。

成片的古刹在余晖中像是镶上了金边，显得祥和而宁静，古老的金刚菩提树随风摇动，树叶沙沙作响。

“咚咚咚——”

暮鼓响起，禅唱声阵阵，这里与世隔绝，超脱尘世，让楚风的心瞬间平静下来。

“嗖！”

一道身影出现，正是大林寺的老猿。此时，老猿已化为人形，他身形干瘦，个子并不高，虽然得到了佛门传承，却没有剃度，一头短发根根坚硬，双目如同金灯般闪闪发光。

这是一个绝世强者，也是第一个开宗立派的异类。

楚风到来后，老猿第一时间生出感应，瞬间出现，足以说明老猿的强大。

“见过前辈。”楚风开口。

老猿微笑，并没有托大，因为他深知这个年轻人实力非常惊人，已经屹立于绝世强者之列。

“我曾去过嘉西，想去救你，不承想你自己便横扫诸王。”老猿说道。

楚风知道，有不少兽王还待在嘉西，没有离开，其中包括一些挣断了六道枷锁的绝世强者。

“多谢前辈好意！”

楚风和老猿边走边交谈。之后，楚风见到了父母，确定了他们没有危险。

楚风觉得父母留在凌山是一个不错的选择，这里环境优美，紫气袅袅，生机勃勃，非常适合居住。

上一次，出于安全考虑，陆通将楚风的父母从玉虚宫转移到碧游宫。如今，老猿将两人接到凌山，除了了结善果，未尝没有安全方面的考虑。

“前辈是不看好我吧？”楚风微笑。老猿这样待他的父母，难道是觉得他会遭遇不测？

“不，我很看好你。”老猿笑道，“佛门讲究因果，我将两位施主接到凌山来是应该的，两位施主就当来散心，你也留下来住一段时间吧。”

楚风没有拒绝老猿的一番好意，他本就想蛰伏一段时间，而且他对凌山的环境很满意，想在这里修行，提升自己的实力。

清晨，钟声悠悠。

楚风比大林寺的一群猿猴起得还要早，他念佛偈，观真经，很投入。

凌山有千年古刹，有大量的佛经，让人心神安宁。

接连数日，楚风都没有离去。这几日间，他练成了完整的蛟魔拳，还将蛟魔拳与大力牛魔拳融合起来，这让他实力大增。

楚风觉得很放松，常常于清晨与傍晚练拳，舒展身体，实力越发强大。除此之外，楚风练形意十二真形时更进一步，已经能在能量大钟的钟壁上烙印下第七种真形了。

龙形、虎形和鹰形等七种真形围绕着他旋转，能量大钟长鸣，他的防御力又提升了一个档次。

数日前，只有六种真形围绕他旋转，烙印在能量大钟的钟壁上，现在他的防御力绝对更加骇人，他当真要拥有金刚不坏之身了。

有时候，楚风会去找老猿切磋，跟老猿比试一下身手，只为锤炼拳法。

在此过程中，他对老猿所掌握的金身罗汉呼吸法有了一些了解。

“前辈真是不凡，一个人就攻下了凌山。”楚风赞叹道。

“我所占据的不过是凌山的一小部分，真正的山体还隐在迷雾中。”老猿轻叹，指向虚空中。

到了此时，楚风彻底明白，所有名山的情况都相仿，如今名山真正的山体还没有出现呢。

接连数日，楚风都蛰伏在凌山，从人们的视线中消失。不过，外界并没有因为他的蛰伏而归于平静。

现在嘉西境内风雨如晦，海族即将大举进攻虎泷山。这一次海族声势浩大，各路强者联合在一起，想要一举拿下虎泷山，瓜分虎泷山上的机缘。

陆地上的一些绝世强者也纷纷赶到了虎泷山，连孔雀王都现身了，金乌王也赶到了，还有卫城山的白蛇、普梦山的太极老宗师以及八景宫、玉虚宫和碧游宫的三大宫主也都到了。

因为，人们预感到这一次天地剧变后，虎泷山的神秘区域可能真的会开启！

不久后，黄牛跟楚风通话，说谷山的金翅大鹏王、昆林山的夔王都去了虎泷山，此外还有更多的绝世强者到来。如今嘉西境内彻底乱了，诸王想跟着海族一起登上虎泷山。

“前辈不去吗？”楚风问老猿。

“‘道教圣苑’可不是那么好攻克的，我就不去凑这个热闹了。”老猿很有定力。

“楚风赶紧过来，虎泷山有异宝将要出世，难怪这群挣断了六道枷锁的绝世强者都跑了过来，确实值得一拼啊！”大黑牛催促楚风立刻动身。

楚风神情严肃，提醒道：“绝世强者亲临虎泷山，那么多绝世强者争锋，你们就不要凑这个热闹了，别不小心将自己搭进去！”

他的确有些坐不住了，怕大黑牛等发生什么意外。

楚风原本不想参与，因为他去过虎泷山，知道现阶段根本攻不上去，想等自身的实力更进一步再说。

“楚风，你能去虎泷山接应一下宫主吗？他在那里遇上了大麻烦！”陆通突然跟楚风通话，请他支援玉虚宫之主。

“什么情况？不是海族在攻虎泷山吗？”楚风皱眉。

“有异宝出世，如今落在宫主手里！”陆通秘密告知楚风。

楚风一叹，只能选择上路：“这次我去还掉玉虚宫之主的人情！”

第149章

海陆大决战

清晨，凌山被霞光照射着，成片的古刹与苍松翠柏都闪烁着金光，宛若佛光普照。

钟声悠悠，淡金色的古刹带着禅意，仿佛超脱尘世。

楚风知道情况紧急，为了救人，他准备立刻上路。跟老猿打过招呼，跟父母告别后，他从山峰上一跃而下。

“砰！”

楚风落在山地间，像是一颗陨星砸落下来，令地面崩裂，并剧烈地摇动起来，冰雪四溅，仿佛要发生雪崩般。

大雪早已停了，不过只有通向山巅古刹的山路被大林寺的猿猴清扫出来，其他地方依旧白茫茫一片。

楚风像是一架人形超声速飞行器，狂奔而去，山石、树木等碰到他便会炸开，根本无法拦住他的去路。

天地剧变后，折叠空间出现，凌山与虎泷山两地间的距离变为八千公里。

救人如救火，楚风现在没有保留，全力以赴地奔行。当然，他也不能让自己的身体受损，每当身体发热，仿佛要焚烧起来时，他便减速，不然，他即便赶到了虎泷山，也无力一战。

太阳初升，万物生长。然而，在这个美好的早上，所有的宁静都被打破。

一则又一则消息从南方传来，如同一座又一座活火山喷发。

“谷山掌教金翅大鹏王疑似殒命！”

“昆林山绝世强者夔王遭受重创！”

……

这一切来得太突然!

虎泷山发生了海陆大决战，陆地上的强者战败的消息不断传来。

数日前，海族大举进攻虎泷山，准备攻下这座“道教圣苑”，陆地上的各路强者也赶去了。

谁能想到，那里会发生惊世大战，将改写整个陆地上的格局?

这个清晨，大战到了高潮，诸王嘶吼，群雄激战，虎泷山被王血染红。

陆地上的强者遭受重创，很有可能死了九成。

“卫城山的白蛇那么强大，盘起来如同一座大山，结果……却败了!”

“玉虚宫之主受了重伤，血溅‘道教圣苑’!”

……

消息一出，所有人都惊呆了。

接着，又有消息传出，八景宫之主一条手臂断落，被困在虎泷山之巅。

很快又有让人揪心的消息传出，普梦山的太极老宗师浴血奋战，却被刀光剑影淹没，现在生死未卜。

这是一个阳光灿烂的清晨，温暖的太阳却驱不尽人们身上的寒意，所有人都很不安，觉得头皮发麻，内心恐惧不已，这是人们从没有想到过的局面。

一夜间而已，陆地上那些赫赫有名的绝世强者便死的死，伤的伤，血染虎泷山。

这一切都是海族所为，正是海族在虎泷山跟陆地上的强者决战。海族到底要干什么，发疯了吗?这样对付陆地上的强者，难道海族要大举登岸?

“我不相信这是真的，陆地上有名的绝世强者相继败北，简直不可想象!”

“陆地上要天翻地覆了，难道海族以后要统治陆地?”

这些言论宛若滔天的洪水，令各地都不能宁静，现在很多人的内心都强烈不安，非常恐惧。

此刻，楚风一心赶路，根本不知道这些爆炸性的消息。他沐浴着朝晖，运转特别的呼吸法，双脚用力地踏在地上，每一次跃起都到了两三里之外。这跟古代传说中纵横天地间的神仙没有什么区别，一日间可以行数万里路。

常人无法想象一个仅拥有血肉之躯的人竟可以达到这样的速度。

楚风双脚发光，每一次落地时都释放出惊人的能量。他在施展神足通，遇到宽阔的河流能一下子迈过，哪怕遇到山峰阻路，他也能直接跃到山巅，沿途不时有山石炸裂。他虽然不能飞行，却比飞鸟还要快。

终于，楚风疲累了，不得不降低速度。现在，他的身体温度过高，就像一个火炉子，不断蒸腾起白雾，毛孔中更是冲出能量光。

楚风大口呼吸，恢复精力，游离在天地间的能量被他吸收过来，跟他的肉体能量交融，这让他的身体渐渐放松，体温也渐渐恢复正常。

此时，楚风的通信器响了，是陆通找他。

“我在赶路，已经走了大半路程，你放心吧，我会尽快赶过去！”楚风说道，以为陆通催促他。

他一路狂奔，已经将五千公里的路程甩在身后，还有三千公里的距离，再休息一段时间，他就可以一口气跑到目的地。

“我现在有些后悔当时的决定。我并不是催你尽快赶去虎泷山，那里成了一个绝地，你不要去了！”陆通叹道。

“发生了什么事情？”楚风惊诧不已。

“你没有关注最新的消息吗？那你还是不要看了。你记住，活着最重要，赶紧回来吧！”陆通声音低沉。

楚风闻言，快速在通信器上查看新闻页面，一时间，他怔住了。

“陆地上赫赫有名的绝世强者惨遭大败，血染虎泷山！”

“昆林山的夔王战死！”

“史地剑宫的白鹤染血的羽毛漫天飞舞！”

这些消息实在是太意外了，这得战到何等惨烈的程度才会如此？楚风心一沉，不寒而栗。他深知夔王、白鹤等都是绝世强者，强大无比，但还是死的死，伤的伤，这说明这一战非常可怕。

楚风不能确定这些消息的真假，这些消息一旦为真，那么现有的格局将被彻底打破！

“嗯？”突然，楚风看到了一则配有一张照片的消息，照片上，普梦山的太极老宗师被海族强者围攻，道袍破碎，满身是血，连须发上都沾着血。

有人拍到了大战的画面，然后发了出来。

这让楚风心中发闷，脸上满是怒气，周身腾起光焰。此时，他决定前往虎泷山，参与这一战。

之前他几次遭遇危机，普梦山的太极老宗师都站在他这一边，让他心怀感激。现在看到这个老人须发皆染血，他不由得心中紧张，哪怕知道虎泷山无比危险，他也要闯一闯。

“即便消息属实，海族肯定也付出了相应的代价，想解决陆地上那些挣断了六道枷锁的绝世强者，海族想不流血都不可能！”

楚风开始用通信器联系黄牛和大黑牛，结果打不通，他又尝试联系西伯利亚虎王和驴王，同样没有动静，通信器无人接听。他的神色变得无比凝重。

他深吸一口气，再次开始狂奔。这一次他速度更快，而且沿途没有停下，如同飞行一般。最终，楚风接近虎泷山。此时，他的身体呈赤色，毛孔中蒸腾着丝丝缕缕的血气，他跑得太快了。

三千公里并非坦途，途中有各种障碍物，可他只用了半个小时就到了虎泷山。

虎泷山最近成为强者会聚之地，这片区域有很多异人和异类，数日以来都是如此。这些异人和异类都是闻讯赶来的，实力不够，所以上不了山。

今日清晨，海陆大决战的消息传出后，引起巨大轰动，很多异人和异类恐惧不已，但也有一些异人和异类很胆大，特地跑来观看。

楚风很冷静，没有立刻冲上山去，因为该发生的都发生了，他心里再着急也没有什么用。

他在做各种准备，决定调整到巅峰状态后再登山。他确实要参与这一战，但不会因为愤怒与冲动而将性命丢在这里。事不可为的话，他会马上退走，不会白白送死，只要活下来，早晚可以找海族算账。当然，他会竭尽全力先去虎泷山上闯一闯，尝试营救一些强者。

楚风一边恢复精力，一边查看通信器上的消息，想尽可能地了解大战的情况。

所有战斗都发生在虎泷山，为什么没有强者逃下来？这让楚风诧异不已，但仔细了解后，他便知道了原因。

原来，虎泷山上有一片神秘空间，海族与陆地上的强者都冲了进去，争夺里面的机缘，陆地上的那些强者被堵在里面，即使战败，也难以逃走。

“黑老大？”突然，通信器里出现一则最新消息，一张照片映入楚风的眼帘，让他眼中光芒大盛。

照片上，一个长着一头淡金色长发，英武无比的海族强者傲然地站在虎泷山上，脚下踩着一只血淋淋的牛角，那像极了大黑牛的犄角。此外，在那个海族强者的脚下，还有白鹤的羽毛和人类强者的断臂，场面极其恐怖。

那个海族强者属于海神虎一族，实力强大无比，曾站在虎泷山上厉声喝问，谁敢与其一战。

“黑老大！”楚风揪心不已，难道大黑牛被那个海族强者重创？现在唯一还能让他沉得住气的是，那张照片中并没有出现大黑牛的尸体。

“嗯？”很快，楚风身体一震，他看到那个海族强者的脚下还有一角血衣，那很像黄牛穿过的小衣服。

这让楚风心中非常焦虑，体内的能量翻滚而出，血气如汪洋般起伏，周身散发出非常恐怖的气息。他等不下去了，大步向前方走去，准备浴血奋战！

楚风一边走一边恢复精力，运转特别的呼吸法，吸收附近游离的能量，他的身体迅速闪耀着光辉，脚步渐渐变得更加有力。

他悄无声息地来到人群后面，发现这片地带的生物太多了，有异人也有异类，有些异类还没有化形，鳞片铿亮，羽翼鲜艳。

“太揪心了，普梦山的太极老宗师不会真的战死了吧，好可惜啊！”一名人类少女眼圈泛红。

“太极老宗师的拳法高深莫测，或许……他能活下来。”一名中年人开口，但他自己都不太相信。海族围攻太极老宗师，太极老宗师身陷剑光之中，身上血迹斑斑，坠入虎泷山的那片神秘空间内。

不仅人类在议论，很多异类也在私语，异类也无比担忧。

“那可是金翅大鹏王啊，谷山掌教，号称东方十大强者之一，难道真的死在海族强者手上了？”一只通体鲜红如玛瑙的异禽低语，情绪很低落，不愿相信金翅大鹏王已战死。作为禽族中数一数二的强者，金翅大鹏王殒命的话对禽族来说是一个很大的打击。

楚风默不作声，依旧运转特别的呼吸法，迅速恢复精力，现在他已接近巅峰状态，准备冲向虎泷山。

不过，在听到这些议论后，楚风戒备起来。

他见识过早已拥有古代神禽血统的金翅大鹏王的风采，昆林山大决战时，金翅大鹏王曾以绝对的实力压制西方的绝世强者黑龙王。可是，连这样强大的金翅大鹏王都死于此地？

陆地上的绝世强者绝对不弱，却在这里遭到不测，他不得不多加注意。

“真是无趣啊，陆地上的绝世强者虽然有点本事，但数量实在太少了，根本不够我对付，我还想锤炼我的刀法呢。”半山腰，一个懒洋洋的声音传来。说话的是一个白发男子，他手中正提着一柄雪亮的长刀，刀尖还滴着血。他冷冷地俯视着山下，十分张狂。

楚风从山下那些生物的口中得悉，这个白发男子是海族的白鲨王，是一个非常厉害的角色，连玉虚宫之主都挨了他一刀。此外，他还与其他海族强者一起围攻普梦山的太极老宗师，令太极老宗师身负重伤。

“好了，白鲨王，你还是去对敌吧，这里由我坐镇。”一个黑发男子出现在半山腰，接替了白鲨王。

白鲨王脸上带着微笑，提着滴血的长刀从原地消失。

“虎鲸王！”山下有生物低语，许多生物不由自主地低头，不敢看向半山腰，因为这个虎鲸王非常凶狂。

虎鲸王身量魁梧，有着一头浓密的黑色长发，眼中带着野性。

只听“砰”的一声，虎鲸王将手中一物抛出，使其挂在半山腰的一棵大树上。那是半条尾巴，皮毛灰白，还滴着血。

“楚风的结拜兄弟被我斩下了半条尾巴，不知道楚风来了没有，我可是等他多时了。”虎鲸王开口，言语间带着冷意。

山下鸦雀无声。

“楚风的这个结拜兄弟是一头驴，跑得倒是挺快，暂且留它一命。”虎鲸王淡淡地说道。

一头驴是楚风的结拜兄弟？虎鲸王这是有意针对楚风吧？

“楚风斩了我的结拜兄弟黑朧，他以为这件事过去了吗？我会把他的结拜兄弟也一个一个地除掉！”虎鲸王俯视山下，道。

人们顿时明白了，在传出黑朧死在太京山附近的消息时，蚌仙子与虎鲸王曾第一时间赶去，可见虎鲸王与黑朧的关系不一般。

驴王被虎鲸王重创？楚风怒气冲天。他避过其他人，在林地中穿行，想要斩掉虎鲸王。不过，他脚步很轻，也没有释放出能量，他不想一出现就被海族强者发现。

这几天，海族与陆地上的王级强者一同登上虎泷山，的确打开了局面，可以看到沿途血迹斑斑，那些王级强者生生踏出了一条血路。

这不是上次楚风闯山的那条路，这条血路的尽头在很远处，超过了半山腰区域。

山上的海族生物并非都是挣断了六道枷锁的强者，有些很普通，负责站岗放哨，在这里巡逻。

可以看出这片地带发生过大战，地面坑坑洼洼，地上有很多残骨、鳞片和羽毛等，这些都是王级生物所留！

楚风已经恢复到了巅峰状态，他沿着血路旁的密林行走，没有遇到场域所导致的凶险。此时，他距离身量魁梧的虎鲸王已经不足三百米！

半山腰有一座破旧的小道观，小道观比一座普通的亭子大不了多少，墙体龟裂，看样子随时会倒塌。陈旧、破败是它给人最直接的印象，唯一的异常就是，它在发出很微弱的光。

照山脚下那些生物的议论来看，小道观后面连接着那片神秘空间，一群挣断了六道枷锁的绝世强者都冲了进去。

残破的小道观竟然就是神秘空间的入口！

起初谁都没有注意到这座小道观，因为它都快被蒿草和荆棘遮挡了，后来有人无意闯入，才发现里面另有乾坤。

除了虎鲸王，蚌仙子也在半山腰处。她青丝如瀑，面孔精致，眼睛扑闪，十分美丽。而且，她背后有一对雪白如玉，泛着璀璨光泽的蚌壳，为她平添了一种独特的气质与风韵。

蚌仙子称得上是一个丽人，但这些天她的双手却沾满血腥。

这里有一张摆满了水果与甜点的玉石桌。蚌仙子神情相当淡定，一边享用甜点，一边漫不经心地开口道：“虎鲸王，你可以慢慢来，先对付里面的两头牛，再除掉那只老虎，一个一个来，让那个姓楚的细细体会，慢慢‘享受’。”

蚌仙子一袭白色长裙，长得很美丽，称得上清丽脱俗，此时却令人心生畏惧。

山脚下，有不少生物都听到了蚌仙子的话，越发觉得其心与其貌相差甚远。

“有道理，我立刻就去追击，那两头牛和那只老虎一个也跑不了！”虎鲸王面露冷笑，阔口中牙齿雪白。

“嗯，回头我们也可以打造一个美食排行榜，请姓楚的来点评。”蚌仙子在说这些话时，脸上依旧带着笑，不过目光有些冷厉。

蚌仙子倾慕黑膽，已不算什么秘密，她比虎鲸王更想除掉楚风。

“哈哈，这个主意不错！等我消息，想来要不了多久，我们就能打造那个美食排行榜了。”虎鲸王转身，走进小道观中。

此时，楚风距离这里已经不足百米，他准备出手，先对付蚌仙子，再斩灭虎鲸王。

蚌仙子忽然起身，面对山下，道：“楚风，你来了吗？如果你还没有来，你的兄弟们就要死掉了！”

她笑脸盈盈，继续道：“陆地上的强者真的不多啊，数量太少，根本不够我们对付。说起来，你的兄弟很惨哦。”

说到这里，蚌仙子款款而行，站在一个地势较高的土坡上，从地上捡起一角血衣，道：“这是我亲自出手从那个小家伙身上扯下来的，嗯，有点可惜，小家伙只是受伤了，没有当场毙命。”

楚风确定那是黄牛的衣服，他盯着那里，双目喷火，心中大怒。

那里还有不少带着血的物品，有大黑牛的一只犄角，有金雕王的羽毛，还有普梦山的太极老宗师残破的道袍……

“这些都是我的战利品，一部分是我自己出手取到的，一部分是请人出击带回来的。”蚌仙子满脸笑意，用脚踢来踢去，摆弄那些带着血的物品。

楚风动了，向前跃起，准备击向蚌仙子。

在他看来，这个所谓的蚌仙子哪里还有什么仙气，言语相当恶毒，就是想刺激他来虎泷山。

蚌仙子为了替黑腦报仇，行事会很疯狂，现在如果不除掉她，后面她肯定会做出更加可怕的事情来。

“死！”楚风断喝。

蚌仙子瞳孔收缩，没有想到楚风真的来了，而且距离她不足百米远，而她之前竟然丝毫没有察觉！

“楚风！”

“天啊，楚魔王来了！”

山脚下响起成片的惊呼声，无论是异人还是异类都很期待楚风发威，进入那片神秘空间中，压制海族！

“我等你多时了！”蚌仙子没有慌乱，抬手间，掌心出现了一个玉盒。只听“砰”的一声，盒盖自动弹开，一道剑光从玉盒内飞起，宛若剑仙横空。

“哧！”

那道剑光太璀璨了，令人睁不开双眼。

“不好！”有人惊叫起来。

见到这一幕，许多人都害怕了。

玉盒中藏着锋利的武器，有人亲眼看到，盒盖弹开，剑光一闪，就重创了昆林山的夔王。

楚风汗毛竖立，他看得很清楚，那道剑光并非由一柄飞剑发出，而是由一张刻着奇异符号的银白纸张发出。

那张银白纸张类似于楚风在通古联盟张家缴获的金身罗汉纸，是古代大能随手留下的粗陋作品。但是，对于挣断了六道枷锁的强者来说，那张银白纸张威力巨大，能重创甚至除掉他们。

楚风没有大意，自从登山后他便没有小觑任何一个强者，只见光芒一闪，他便从原地消失了。

他将自己收进玉瓶中，任剑光劈得玉瓶铮铮作响，他都安然无恙，只不过身体在剧烈地震动而已。

楚风早就做过试验，发现玉瓶很结实，他想尽办法都打不破。这次来虎泷山，他担心自己陷入场域中，遇到对抗不了的力量，便想用玉瓶渡过难关。

楚风没有想到，这个蚌仙子居然掌握有类似金身罗汉纸的古代大能的作品，逼他不得不用上这个玉瓶。

足足劈了六七次，那张银白纸张不再射出剑光，而是四分五裂，化成飞灰。

“怎么可能？”蚌仙子心惊，这可是神蛟纸，是古代的神蛟遗留的作品，哪怕没有用心去做，也不是一般强者可以对抗的。

蚌仙子负责守在外面，她看着柔弱，其实身上带着这种武器，就是为了对付随后赶来的陆地上的绝世强者。她没有料到楚风竟能逃过这一劫！

只听“嗖”的一声，楚风冲出玉瓶，将玉瓶收起，而后举拳击向蚌仙子。

蚌仙子的脸色变了。

蚌仙子看着年轻，其实是一个挣断了六道枷锁的强者，已存世数百年，拥有非凡的道行。

此时，蚌仙子闭合蚌壳，试图保护自己。同时，蚌壳发光，丝丝缕缕的能量化成道道光束，一起冲向楚风。

楚风不惧，他刚刚练成了蛟魔拳，蛟魔拳与大力牛魔拳融合在一起后，让他实力大增。

“轰！”

一拳而已，他就击穿了雪白的蚌壳，打得蚌仙子惨叫出声。蚌仙子哪怕早已挣断了六道枷锁，也不是楚风的对手。

蚌仙子双臂交叉，想要阻挡楚风的攻击。可惜，楚风这一拳堪称绝世威猛，击穿蚌壳的同时，也震断了她的一双手臂，打中了她的躯体。

“一拳而已啊！”山脚下，有人惊呼。

堂堂蚌仙子，一个挣断了六道枷锁的海族强者，竟然被楚风一拳打中身体，这实在是太惊人了！

“啊——”

蚌仙子惨叫连连。

“砰！”

楚风手臂一动，令蚌仙子飞了出去，倒地而亡。与此同时，他快速地进入小道观，追击进去的虎鲸王。

所有人都战栗不已，在楚风身上感受到一股山崩海啸般的气势，人们都预感到，楚魔王要大战海族了！

第150章
神秘空间

楚风闯入小道观中！

山脚下，人影憧憧，许多人热血沸腾，心潮澎湃。无论是异人还是异类，此时都被楚风的实力震撼了，他们看到楚魔王一出手就解决掉一个不可一世的海族强者，都感到非常痛快，心中的一口恶气终于出了。

这些海族强者飞扬跋扈，手持威力巨大的武器，重创了陆地上的一些绝世强者，还冷言冷语，让陆地上的很多异人和异类都很气愤。

现在看到楚风强力出手，不少人的心中舒坦多了，虎泷山下响起一片兴奋的呼喊声。

“楚魔王现身，斩灭海族强者。”

消息第一时间传到外界，有人还拍摄下了那一瞬间的画面，在外界引起了巨大的轰动。

“楚风进入小道观中救人，虎泷山的神秘空间中必定会再次爆发绝世大战，海族或许会损失惨重！”

谁都能看出楚风急切的心情，他恨不得生出双翅立即闯进去。

小道观确实很小，到处布满裂痕，陈旧而破烂。

楚风进去后，发现里面另有乾坤，一条通道像是没有尽头，一直向前延伸。

楚风大步奔行，闯出去很远后才发现，这条通道很奇异，是由能量构建而成的。

这里没有岩石，也没有建筑物，只有如同淡黄色水晶般的能量通道。

楚风一口气跑了十几里，而后止步。

此时，一道能量光幕出现在楚风前方，能量光幕接近透明，隐约间能看到后方连接着一片空间。

楚风很谨慎，动用精神能量，催动赤色飞剑探路。赤色飞剑穿透能量光幕时遇到了一些阻力，但没有什么危险。

他踏了进去，发觉有一定的压力挤压着他的身体，这种压力不是王级生物的话肯定承受不住。

楚风穿越过来后，整个人彻底呆住，他看到了如茵绿草，也看到了湛湛蓝天，这简直就是一个新世界。

“折叠空间还真是神秘。”楚风更加谨慎，悄然观察四周，而后他的瞳孔猛然收缩。因为，就在前方有几株南瓜秧，秧上都结着硕大的南瓜，南瓜早已成熟，还泛着金黄色的光泽。

上一次楚风攀登虎泷山时，和席勒一起被五种农作物炸得险些死掉，其中一种就是南瓜，不过，当时的南瓜可没有这么大。

楚风觉得这里很危险，这么大的南瓜真要爆炸的话，估计连他都会受不了。

这片南瓜秧地带发生过战斗，虽然战斗痕迹被掩盖，但还是能闻到一丝血腥味，而且能看到一些焦黑的地面，显然是遭过雷击。

“有蚌仙子手持神蛟纸在外守着，谁能攻进来？我们倒也轻松。”不远处出现了两个海族生物。这两个海族生物虽然不是绝世强者，但也不弱，应该已经挣断了四道枷锁。

如果有敌人出现，这两个海族生物只需要远远地攻击南瓜秧即可，只要那里的金黄色大南瓜爆炸，就是绝世强者也会承受不住。

楚风伏在地上，左掌心发光，雷电符号出现，这正是他在虎泷山悟出的天师降妖术。

他贴着地面，快速在这片危险的南瓜秧地带穿行。如果是一般的人，肯定遭到雷电轰击了，即使不死也得丢掉半条命。但是，他掌握有天师降妖术，刚好契合此地的雷霆之意，他左掌心发出的光跟南瓜秧交融，没有引发雷电。

只听“嗖”的一声，楚风闯了过去，成功过关。

两个海族生物被惊动，见这里莫名其妙多了一个人，震惊不已。

一般来说，想要通过这片南瓜秧地带，需要人为将一根青铜柱子从地下拔起来才行，这里有小型场域，可以控制南瓜秧地带的雷电的强弱。可楚风就这么突然出现在两个海族生物面前。

“死！”两个海族生物嘶吼，一起向楚风扑过去。

“砰！”

楚风毫不犹豫地出手将两个海族生物打进南瓜秧地带，然后快速地向远方奔去。

“轰隆！”

雷声响起，金黄色闪电交织，两个海族生物惨叫着，被雷电劈中，只留下焦黑的残骸。

楚风以敏锐的神觉搜索王级强者的气息，想尽快寻到黄牛等。大黑牛被海神虎一族的强者斩断了一只犄角，驴王被虎鲸王削掉了半条尾巴，不知道现在怎样了。

很快，楚风惊异地发觉这片空间很小，方圆不过几十里，他以五倍声速的速度奔行，片刻间就踏遍了这里。

这里有破裂的小山峰，显而易见，这里有过大战，但他就是没有发现任何人。

楚风捡起一截道袍，道袍上的血液还没有彻底凝固，瞬间便染红了他的双手。毫无疑问，这截道袍是普梦山的太极老宗师的。

随后，楚风的双目注视着一株比山峰还要高的奇怪的植物，他起初以为这是一棵大树，后来却发现这是一株葫芦藤。

只听“嗖”的一声，楚风跃起，沿着粗大的葫芦藤向上攀爬，有时候甚至踩着它巨大的叶片直接向上跳跃。

葫芦藤绿油油的，带着勃勃的生机，但上面没有结葫芦。

楚风上升到数千米高，穿过云层后，惊愕地发现天穹上有一个大窟窿。他稍微犹豫了一下，而后跳起，从大窟窿进入天穹上的空间。

一瞬间，浓郁的生命气息扑面而来，他像是进入了一个神话世界。

这里所有的草木都泛着光泽，哪怕一株野草都是绿莹莹的，花朵更是发着光，散发着浓郁的芬芳。

许多老树十分粗大，五六人都合抱不过来，树上垂下来很多藤蔓，鲜嫩欲滴，还泛着光泽，一切看起来都无比瑰丽。

“虎泷山的仙家净土吗？”楚风心中惊异。

如果不是看到地上的血迹和前方大片被毁的山地，楚风会觉得这里有一种说不出的祥和感。

很快，他脸色阴沉下来，越向前走越是触目惊心，他看到了一块带着乌黑皮毛的血肉，这属于獒王。

“咦？”过了一会儿，楚风发现了一棵半人多高的小树，树上结着一颗紫莹莹的散发着清香的果实。

“有异果！”楚风惊讶不已，眼前这颗果实可以让普通人进化为实力很强的异人。

随后，他又看到了一棵通体呈赤色的古树，古树有数丈高，看样子也曾结过果实，不过被人采摘了。

这里还有血迹，应该发生过激烈的战斗。

楚风明白了海族围剿陆地上强者的原因，这里有不少机缘，海族与陆地上的强者都想要争夺。

他沿着血迹，踏着破碎的山地，一路奔跑，追踪大战的那些强者。

跑出去百余里后，他终于看到了人影，那是三个结伴而行的生物，身上都染着血。

可以看出，这三个生物都是海族生物，因为化成人形后，这三个生物还保留着一些族群特征。其中一个生物的双臂是一对大钳子；还有一个生物保留着鲨鱼头，血盆大口张开时可以看到里面的牙齿锋利得像匕首似的；最后一个生物身上有很多疙瘩，长着章鱼的腕足，一条腕足上还提着一个带血的头颅。

楚风心一沉，目光当即冷厉下来，那是昆林山的一只兽王，居然惨死在这三个海族生物手上。他跟昆林山诸王关系很好，看到自己认识的一只兽王惨死，他心中有些发闷。

“该死的豹子，跑得真快，差一点就被我抓住了！”

“没事，虎鲸王出手了，那只豹子逃不掉的，肯定会死得很惨！”

“那两头牛究竟在哪里？虎鲸王吩咐我们必须找到那两头牛，他要亲手对付那两头牛，引那个楚风前来送死。”

三个海族生物一边说着，一边在这片地带寻找黄牛与大黑牛。

此时，楚风出现，浑身散发出强大的气息，不加掩饰，令三个海族生物大吃一惊。

这片地带已经被海族的顶级强者扫平，算是战场后方，此时没有一个绝世强者。三个海族生物发现楚风后，都快速倒退。

“你是……楚风！”三个海族生物认出楚风来，大叫道，想要引来绝世强者围攻楚风。

“轰！”

楚风出拳，并且催动赤色飞剑。

楚风只是一拳而已，就将那个挣断了四道枷锁的长着一对大钳子的海族生物打死，并用赤色飞剑斩了另外两个海族生物。

楚风带着冲天的怒气，继续向前追击。

他已经得悉虎鲸王在前方寻找两头牛，不过先一步发现昆林山的雪豹王了。

前方，草木稀疏，但天地精气依旧浓郁。这里是一片火山地带，许多山口都冒着黑烟，有的山口甚至正向外喷吐岩浆。

楚风追击上百里，散开敏锐的神觉，很快便听到了虎鲸王的声音，于是快速向前奔去。

“一只小小的雪豹而已，也敢在我面前张牙舞爪，连你们昆林山的夔王都被我刺了一矛，败在了我的手上。”虎鲸王身量魁梧，满头黑发飘舞，眼若铜铃，像是一尊魔神般站在一座火山脚下，地上有岩浆涌过。

“说，那两头牛在哪里？不然，我对你不客气！”虎鲸王俯视着雪豹王，道。

雪豹王满身是血，现在保持着人形，因为雪豹王失去了一条手臂，化成本体的话不易奔跑。

雪豹王的身边还有一具兽王的尸体，鲜血染红了一大片火山岩。

雪豹王陷入了绝境，悲愤无比。他身边死去的兽王也是来自昆林山，跟他是莫逆之交，却挡不住虎鲸王狂暴的一脚。显而易见，他们跟绝世强者之间的差距实在太大了。

“老僧人会替我们报仇的，还有，你想对付两头牛王，楚魔王必然也会出现，找你报仇！”雪豹王豁出去了，一头银发染着血，声音低沉，带着无边的怒意。

“老僧人敢来，自然会有人‘招呼’他！至于楚风，我倒是希望他早点赶来送死！什么楚魔王，在我们海族诸王面前算什么，只会被我们打得毫无还手之力！”

虎鲸王的声音宛若雷鸣声在这片火山地带震荡开来，让附近的火山都在轻微地颤动。

这里的岩石都是坚硬的火山岩，活火山一座又一座，很多山口都冒着浓厚的黑烟，附近硫黄的气味很浓，火红的岩浆在地上流淌着。这片火山地带对于普通生物来说就是死亡之地。

雪豹王背靠一块巨石，虽然愤怒无比，却无可奈何，因为他远不是虎鲸王的对手，跟他交情很深的昆林山兽王就死在他的眼前，他已经拼命阻挡虎鲸王，可还是改变不了什么。

“怎么沉默了？你真以为那个老僧人很厉害吗？即使单打独斗，我们海族也有强者可以除掉他。至于那个楚风，他真要出现在这里，一定有他好受的！”虎鲸王逼近雪豹王，一步一步走来，踏得地面都在震动，而后龟裂开来。

不远处，岩浆“咕嘟咕嘟”地冒出热气泡。

楚风循着虎鲸王的声音一路奔来，此时站在一座非常高的火山上，遥望着虎鲸王所在的方向。

虎鲸王十分张狂而霸道，声如雷霆，可以传出去数十里远，所以楚风才能在第一时间听到，迅速赶来。

“不算晚！”楚风站在那座非常高的火山上，目光扫过一片火山群，看到了那道魁梧的身影。

楚风也看到了雪豹王，他原本想直接冲过去，现在只能悄然接近，怕雪豹王被虎鲸王突然消灭。

火山脚下，虎鲸王向前迈步。虎鲸王身材高大，黑发浓密，眼睛中射出的光束如同闪电般，身上更是有一股极为可怕的气息。

只听“嗖”的一声，虎鲸王动用精神能量将雪豹王不远处的那条断臂拿到手中，狞笑道：“告诉我那两头牛在哪里，我就把手臂还给你。以你蓬勃的王级血气，你的手臂现在完全可以接上，还能重新长好。”

“你不用问了，我跟两头牛王早就分开了，根本不知道两头牛王在哪里。”雪豹王很虚弱，不想多说。

“不说是吧，你别后悔！”说到这里，虎鲸王发出一声冷笑，拎着雪豹王的那条断臂，来到流淌的岩浆前。

“是告诉我那两头牛在哪里，还是让我毁掉你的这条手臂，你自己选择吧！”虎鲸王冷冷地俯视着雪豹王。

“滚！”雪豹王怒斥，摇晃着身体，准备和虎鲸王拼命。

虎鲸王面带轻蔑之色，奚落道：“就你这样，再来十个也不够我对付，你也敢对我发怒，简直不知死活！”

说到这里，虎鲸王将那条断臂抛向不远处的岩浆，准备毁掉它。与此同时，虎鲸王逼近雪豹王，伸出一只大手，向着雪豹王抓去。

虎鲸王非常强悍，身上带着血腥味，脸上露出冷笑，道：“从今天开始，我也要打造一个美食排行榜，让那个楚风去点评！”

雪豹王绝望不已，拼尽全力撑起一道能量光幕，试图阻挡那只大手，结果能量光幕被压得破裂开来，根本挡不住虎鲸王的攻击。

突然，雪豹王眼中露出光芒，双目大睁，像是在绝境中看到了一丝生命的曙光。

与此同时，虎鲸王后背腾起一阵寒意，瞬间横移出去上百米远，在原地留下一道残影，没顾得上解决雪豹王。

虎鲸王身量魁梧，却很灵活，避过了赤色飞剑的袭击。

“楚风！”虎鲸王转身后，瞳孔中射出两道炽烈的光束，满头黑色长发飘舞，杀气腾腾。虎鲸王没有想到，自己一直想对付的楚风突然出现，就站在不远处。

刚才，楚风动用精神能量，将雪豹王的那条断臂拿到手中，没有让它落入岩浆中，并且迅速祭出赤色飞剑，击向虎鲸王，解除了雪豹王面临的危机。

“你还真敢出现！”虎鲸王双目如炬，体内血液奔涌，将战力提升到巅峰状态。虎鲸王虽然霸道，却不敢小觑楚风。

“该死！”楚风只说了这一句话。他的胸腔中有愤怒的火焰在跳动，他刚才已经看到与听到了一切，如果不是担心雪豹王的安危，他早就出手了。

楚风身体一动，转眼就到了雪豹王身前，帮雪豹王将那条断臂接上，而后道：“还有一些活性，应该还能长好！”

雪豹王双目中饱含热泪，这不是伤感，而是激动。他刚才恨不得一刀斩了虎鲸王，可是以他目前的实力而言，他做不到，他如果直接死了，实在咽不下这口气。

看到楚风出现，雪豹王热血沸腾，想看到楚风压制凶狂的虎鲸王。

“楚兄弟，斩了这个虎鲸王！”雪豹王嘶吼。

“交给我，你放心好了！”楚风说道，而后转身面向虎鲸王。

雪豹王微微出神，他第一次在昆林山见到楚风时，楚风才初入王级领域，当时他与马王还笑谈，要将各自的女儿许配给楚风。没有料到，时间没有过去多久，楚风竟然变得如此强大，可以只身大战绝世强者。

“你想怎么死？”楚风盯着虎鲸王，道。

在此过程中，虎鲸王没有闲着，而是发出长啸声，试图呼唤其他海族强者过来一起对付楚风。

“你自身难保，还敢向我挑战，我马上让你生不如死！”虎鲸王冷笑道，同时将背着的黑色长矛取下，握在手中。

虎鲸王根本不惧楚风，因为他相信自己的实力，也知道附近至少还有两个挣断了六道枷锁的海族强者。他刚才长啸，已经发出了信号。

“还是你来说一说想怎么死吧。”虎鲸王面带微笑，看起来很自信，将手中的黑色长矛指向楚风，道，“这杆黑色长矛曾经刺中夔王的躯体，染过绝世强者的血。”

虎鲸王有意拖延时间，想等同伴到来，一起出手对付楚风，那样更为稳妥。

因为，无论是谁看到楚风，都会觉得他体内的血气太旺盛，跟挣断了六道枷锁的生物没什么区别，需要谨慎对待。

楚风很“配合”，没有立刻出手，而是观察附近的地形。他不久前仔细观察过这片火山地带，现在只是进一步确定。

随后，他从玉瓶中取出锁龙桩，快速将四根黄铜柱子掷出，它们分别飞向四个方位，将一片方圆数里的火山地圈在当中。

四根黄铜柱子虽然无比沉重，却被楚风轻易而精准地掷出去数里远，插入土石中，消失不见。

楚风布下了一个小型场域。前几天他在大林寺中参悟过那本关于场域的古册，也仔细研究与琢磨过现成的锁龙桩，更加知道锁龙桩该怎么用了。

这片火山地带地势起伏，许多地方看起来十分相似，普通人进来后很容易迷路，更重要的是这里地磁异常。这些条件使这里非常适合利用锁龙桩布下小型场域。

“你……”虎鲸王见到锁龙桩后，脸色立刻变了，他知道那是黑騰的东西。

“你呼唤海族强者过来送死，我便成全你，来多少我斩多少！”楚风冷冷地道。

如果来的海族强者过多，楚风打算将其引到锁龙桩圈着的那片地带，然后全部消灭。

虎鲸王脸色微变，得提醒附近的海族强者不要踏入那片地带才行。虎鲸王更加想拖延时间了，便道：“小子，你不想知道那两头牛的情况吗？还有那头驴，被我削掉了半条尾巴，模样简直太可笑了，你想知道那头驴现在如何了吗？”

“你找死！”楚风相信两头牛与驴王都还活着，但还是被虎鲸王激起了怒火。他已经布下了小型场域，不想再耽搁时间，不想再给虎鲸王机会了。

只听“轰隆”一声，楚风扑击过去，速度超过五倍声速，简直快到极致，同时，他的拳头发光，向着虎鲸王挥去！

“诸位……”虎鲸王知道已经没有办法再拖延时间了，便大吼起来，想直接说出这里有一片锁龙桩圈着的危险地带。

然而，楚风动用蛟魔吼，震荡长空，将虎鲸王的声音全部压了下去。

“死！”虎鲸王惊怒不已，手中的黑色长矛像是一条毒龙般，发出道道光芒，径直向着楚风刺去。

黑色长矛非常锋利，而且蕴含着惊人至极的能量，此时带着恐怖的气息，足以将山峰穿透，使山峰破碎。

虎鲸王的确强大，族群天生的神力让其在同境界的强者中拥有绝对强大的实力，可以轻易用黑色长矛击碎大山。

然而，只听“当”的一声，楚风的拳头发光，带着雷霆万钧之力砸落下来，竟震得虎鲸王手臂发麻。这让虎鲸王震惊不已，暗自感叹楚风的力量未免太大了！

虎鲸王虽然飞扬跋扈，却一直没有小觑楚风，毕竟楚风斩过黑膢，这让他谨慎无比，即使如此，他现在还是被楚风吓了一大跳。

普通的虎鲸就拥有巨大的力量，更不用说虎鲸王了，他早已成为王级强者，力量自然强大无比，可他却在与楚风的较量中处于下风，这不得不让他大为震惊。

“你……”虎鲸王咆哮着，猛力挥动黑色长矛，再次刺向楚风。

可是，这根本没有用。楚风现在比斩灭黑膢时更加强大，因为他练成了完整的蛟魔拳，蛟魔拳与大力牛魔拳融合起来后，显著提升了他的战力。而且，他已将形意拳中护体的能量大钟练到了第七层，这是他实力大增的体现。

“轰隆！”

楚风以双拳砸开黑色长矛，与此同时，他的体外浮现出能量大钟，钟声震荡，震耳欲聋。

他猛地冲撞过去，将黑色长矛打得火星四溅，滑向一旁，震得虎鲸王虎口都裂开了。此时的楚风霸道无比，一身战力强到极致。

“咚！”

楚风的拳头发出炽烈的光芒，让方圆百米内都一片璀璨，整片天地都仿佛跟着他的拳头在震动。

“噗！”

虎鲸王实在难以承受楚风的攻击，被楚风的拳头和能量大钟撞击得咯血，身负重伤。

“当”的一声，虎鲸王手中的那杆黑色长矛也被打飞了。

“怎么可能？”虎鲸王怒吼着。他曾去过太京山附近观察那里的战斗痕迹，黑膢分明跟楚风大战很久后才败亡。他自认为比黑膢强，无论如何也不可能这么快就受伤才对。

这是因为楚风打算在最短的时间内解决虎鲸王，而且楚风的实力的确大增，远胜从前。

“轰隆！”

一时间，地动山摇！

当楚风发光的拳头再次打来时，虎鲸王已经躲不开，只能双臂交叉着被动迎击，因为他的黑色长矛已经脱手飞出去了。

只听“砰”的一声，虎鲸王被打得横飞而起，大口咯血，双臂痉挛，其中一条手臂更是直接骨折。

楚风如同一道闪电，一纵就是两三里。他追上虎鲸王，再次挥动拳头，向虎鲸王砸去。

一瞬间，大地颤动！

虎鲸王被打得嘶吼起来，目眦欲裂，那条骨折了的手臂根本禁受不住这样的攻击，顿时断落在地。

（本册完）